名家忆往系列丛书

汪兆骞 主编
刘醒龙 著

在母亲心里流浪

中国文史出版社

图书在版编目（CIP）数据

在母亲心里流浪 / 刘醒龙著. —北京：中国文史出版社，2021.1

（名家忆往系列丛书 / 汪兆骞主编）

ISBN 978-7-5205-2823-8

Ⅰ. ①在… Ⅱ. ①刘… Ⅲ. ①散文集—中国—当代 Ⅳ. ①I267

中国版本图书馆 CIP 数据核字（2020）第 250831 号

责任编辑：李晓薇

出版发行：中国文史出版社

社　　址：北京市海淀区西八里庄路 69 号　　邮编：100142

电　　话：010－81136606　81136602　81136603（发行部）

传　　真：010－81136655

印　　装：北京新华印刷有限公司

经　　销：全国新华书店

开　　本：880mm×1232mm　1/32

印　　张：10.625

字　　数：228 千字

版　　次：2021 年 10 月北京第 1 版

印　　次：2021 年 10 月第 1 次印刷

定　　价：52.00 元

个人印记的精神图景

——关于散文的絮聒之三

汪兆骞

记得壬辰午之春，曾应中国文史出版社之邀，为该社主编过一套“当代著名作家美文书系”散文丛书。所选皆与我熟稔的著名作家之散文名篇，每人一卷。经年老友多过花甲之年，正是“老去诗篇浑漫与”，其为文已到随心所欲之化境，锦心绣口，文采昭昭，自出杼机，成一家风骨。文合为时而著，本人性，状风物，衔华而佩实。我在总序中说：“这些大家的散文，是血肉之躯与多彩现实撞击出的火光；是人性与天理对晤出的大欢喜、哀凉与哲思；是直面人生，于世俗烟火中，发现芸芸众生灵魂绽放出人性光辉的花朵；是针砭世事，体察生活沉重，发出的诘问。高山安可仰，徒此揖清芬，篇篇似兰斯馨，如松之盛，赠君以言，重于金玉，乐于琴瑟，暖于棉帛。”

该丛书面世之后，反响不俗，其中莫言、陈忠实两卷尚获重要文学奖项，可惜仅出版六卷，便草草收场。问题不少，但其主要原因，是我已准备十多年的七卷本“关于民国大师们的集体传记”《民国清流》系列的撰写，到了不能再拖的地步，实在无力分心旁骛，只能抽身。

忽忽六年过去，早已在眉梢眼角爬上恁多暮气的我，已成白头老翁，所幸七卷本《民国清流》，在晨钟暮鼓、花开花落中，陆续顺利出版，且另一长卷《文学即人学：诺贝尔文学奖群星闪耀时》，也即付梓。此时中国文史出版社再次请我主编“名家忆往系列丛书”，鉴于壬辰年所主编丛书，虎头蛇尾，一直心怀愧歉，便欣然从命。于是再邀文坛名家老友，奉献散文佳作。幸哉，老友鼎力相助，纷纷响应。惜哉，一贯为散文发展热情捧薪添火，“纵横正有凌云笔”的贤亮、忠实二君，已不幸驾鹤西行。“西忆故人不可见”，只能“江风吹梦到长安”了。

本人一生以职业编辑之身羁旅文学，在敬畏、精诚、庄严、隐忍中，为人作嫁衣裳，便有了与诸多作家和他们的文字相知对晤的机缘。哲人云“缀文者情动而辞发，观文者披文以入情”。徜徉于作家们“笼天地于形内，挫万物于笔端”的文字里，读出他们灵魂中的人文关怀、文化担当和审美个性。如芙蓉出水，似错彩镂金，辨而不华，质而不俚，风调高雅，格力遒劲，文里寄托着他们太多的人生思考，太浓的文化乡愁。

在中国现当代文学创作体裁格局中，散文承载着民族文化和民族心理的丰厚蕴涵，但综观当下散文创作，呈现一种浮躁焦虑状态，缺乏耐心解构，“过于正确与急切的叙事”

抒情，其面目无论多么喧嚣与璀璨，都不过是“现实的赝品”，致使一端根植在现实大地、一端舒展于精神天空的散文艺术，弥漫着文化废墟和精神荒原的气息。

编这套名家“忆往”散文丛书，所选皆是作家记住或想起保留在脑子里过往事物印象的文学书写。人生天地间，若白驹过隙，忽然而已。往事俯仰百变，人生如梦，“人生到处知何似，应似飞鸿踏雪泥”。那雪泥上留下的爪痕，便是人生行旅的印迹。作家在回忆人生往事时，举凡小事大道，说的都是自己对过往的所思所悟，其间自有人生的哲学睿智、思想境界和灵魂风骨。他们在山河人群和过往的历史中寻找自己，确证自己的命运过程，从中可看出行于江湖的慷慨悲凉、缠绵悱恻的种种气象。他们是带着哲学思辨意味的作家学者的气质，赋予个人印记以精神脉络的，忆往便构成共和国历史生活图画的一部分。

文者，言乎志者也，散文之道，理性与感性、世俗与审美、形而上与形而下之间的穿梭徘徊，胡适先生云:“有什么话，说什么话。”说真话，说新话，说惊世骇俗之话，说“人人心中有，个个笔下无”的禅机妙语。另又想起壬戌年岁尾，去津门拜望孙犁先生，寒暄之后，知先生刚为我就职的人民文学出版社要出版的《孙犁散文集》写完序，即向先生请教散文之道。先生笑而不语，遂将其序示我。其序简约，语言平实，只谈了三点“作文和做人的道理”。年代虽久远，先生关于好散文的标准，仍铭记于心，便是：要质胜于文，质就是内容和思想；要有真情，要写真相；文字要自然，若反之，则为虚伪矫饰。先生之于文，可谓闳其中而肆其外。灵丹一粒，合要隽永。如何写好散文，胡适、孙犁两位大师以三言两语警策之言，已说得明明白白。但让人不解的是，总是有些论者，把散文创作说得神乎其神，看似格韵高绝，然如雾里看花，终隔一层。诸如异想天开，鼓吹什么体裁层面上移形换位的跨界写作便可商榷。

编此丛书，无意匡正散文创作的现状，只想向读者推荐货真价实的好散文。于是从他们的作品中，揽片羽于吉光，拾童蒙之香草，挑出“天籁自鸣天趣足，好文不过近人情”的既有人间烟火气，又“有真情”“写真相”的“尽美矣，又尽善也”（《论语·八佾》）的美文，编辑整合，以飨读者。

诗书不多，才疏学浅，序中难免有谬误之论，方家哂之可也。对中国文史出版社和诸作家为构建书香社会捧薪添柴的精神，深表敬意。

戊戌年初秋于北京抱独斋

目录

第三辑　瞬　间

第四辑　记　住

第一辑　心境

轻轻地走在芭茅草丛中，
身边如同弥漫着父亲童年的炊烟，
清清淡淡，芬芬芳芳。

抱着父亲回故乡

抱着父亲。

我走在回故乡的路上。

一只模模糊糊的小身影，在小路上方自由地飘荡。

田野上自由延伸的小路，左边散落着一层薄薄的稻草。相同的稻草薄薄地遮盖着道路右边，都是为了纪念刚刚过去的收获季节。茂密的芭茅草，从高及屋檐的顶端开始，枯黄了所有的叶子，只在茎干上偶尔留一点苍翠，用来记忆狭长的叶片，如何从那个位置上生长出来。就像人们时常惶惑地盯着一棵大树，猜度自己的家族，如何在树下的老旧村落里繁衍生息。

我很清楚，自己抱过父亲的次数。哪怕自己是天下最弱智的儿子，哪怕自己存心想弄错，也不会有出现差错的可能。因为，这是我平生第一次抱起父亲，也是我最后一次抱起父亲。

父亲像一朵朝云，逍遥地飘荡在我的怀里。童年时代，父亲总在外面忙忙碌碌，一年当中见不上几次，刚刚迈进家门，转过身来就会消失在租住的农舍外面的梧桐树下。长大之后，遇到人生中的某个关隘苦苦难渡时，父亲一改总是用学名叫我的习惯，忽然一声声呼唤着乳名，让我的胸膛感觉到一种从未有过的温厚。那时的父亲，则像是穿堂而过的阵阵晚风。

父亲像一只圆润的家乡鱼丸，而且是在远离江畔湖乡的大山深处，在滚滚的沸水中，既不浮起，也不沉底，在水体中段舒缓徘徊的那一种。父亲曾抱怨我的刀功不力，满锅小丸子，能达到如此境界的少之又少。抱着父亲，我才明白，能在沸水中保持平静是何等的性情之美。父亲像是一只丰厚的家乡包面，并且绝对是不离乌林古道两旁的敦厚人家所制。父亲用最后一个夏天，来表达对包面的怀念。那种怀念不只是如痴如醉，更近乎偏执与狂想。好不容易弄了一碗，父亲又将所谓包面拨拉到一边，对着空荡荡的筷子生气。抱着父亲，我才想到，山里手法，山里原料，如何配制大江大湖的气韵？只有聚集各类面食之所长的家乡包面，才能抚慰父亲五十年离乡之愁。

怀抱中的父亲，更像一枚五分硬币。那是小时候我们的压岁钱。父亲亲手递上的，是坚硬，是柔软，是渴望，是满足，如此种种，百般亲情，尽在其中。

怀抱中的父亲，更像一颗坨坨糖。那是小时候我们从父亲的手提包里掏出来的，有甜蜜，有芬芳，更有过后长久留存的种种回甘。

父亲抱过我多少次？我当然不记得。

我出生时，父亲在大别山中一个叫黄栗树的地方，担任帮助工作的工作队长。得到消息，他借了一辆自行车，用一天时间，骑行三百里山路赶回家，抱起我时，随口为我取了一个名字。这是唯一一次由父亲亲口证实的往日怀抱。父亲甚至说，除此以外，他再也没有抱过我。我不相信这种说法。与天下的父亲一样，男人的本性使得父亲尽一切可能，不使自己柔软的另一面，显露在儿子面前。所谓有泪不轻弹，所谓有伤不常叹，所谓膝下有黄金，所谓不受嗟来之食，说的就是父亲一类的男人。所以，父亲不记得抱过我多少次，是因为父亲不想将女孩子才会看重的情感元素太当回事。

头顶上方的小身影还在飘荡。

我很想将她当作是一颗来自天籁的种子，如蒲公英和狗尾巴草，但她更像父亲在山路上骑着自行车的样子。

在父亲心里，有比怀抱更重要的东西值得记起。对于一个男人来说，一辈子都在承受父亲的责骂，能让其更有效地锤炼出一副更能够担当的肩膀。不必有太多别的想法，凭着正常的思维，就能回忆起，一名男婴，作为这个家庭的长子，谁会怀疑那些聚于一身的万千宠爱？

抱着父亲，我们一起走向回龙山下那个名叫郑仓的小地方。

抱着父亲，我还要送父亲走上那座没有名字的小山。

郑仓正南方向这座没有名字的小山，向来没有名字。

乡亲们说起来，对我是用“你爷爷睡的那山上”一语作为所指，意思是爷爷的归宿之所。对我堂弟，则是用“你父亲小时候睡通宵的那山上”，意思是说我那叔父尚小时夜里乘凉的地方。家乡之风情，无论是历史还是现世，无论是家事还是国事，无论是山水还是草木，无论是男女还是老幼，常常用一种固定的默契，取代那些似无必要的烦琐。譬如，父亲会问，你去那山上看过没有？莽莽山岳，叠叠峰峦，大大小小数不胜数，我们绝对不会弄错，父亲所说的山是哪一座！譬如父亲会问，你最近回去过没有？人生繁复，去来曲折，有情怀而日夜思念的小住之所，有愁绪而挥之不去的长留之地，只比牛毛略少一二，我们也断断不会让情感流落到别处。

小山太小，不仅不能称为峰，甚至连称其为山也觉得太过分。那山之微不足道，甚至只能叫作小小山。因为要带父亲去那里，因为离开太久而缺少对家乡的默契，那地方就不能没有名字。像父亲给我取名那样，我在心里给这座小山取名为小秦岭。我将这山想象成季节中的春与秋。父亲的人生将在这座山上分成两个部分，一部分称为春，一部分叫秋。称为春的这一部分有八十八年之久，叫着秋的这一部分，则是无边无际。就像故乡小路前头的田野，近处新苗茁壮，早前称作谷雨，稍后又有芒种，实实在在有利于打理田间。又如，数日之前的立冬，还有几天之后的小雪，明明白白地提醒要注意正在到来的隆冬。相较远方天地苍茫，再用纪年表述，已经毫无意义！

我不敢直接用春秋称呼这小山。

春秋意义太深远！

春秋场面太宏阔！

春秋用心太伟大！

春秋用于父亲，是一种奢华，是一种冒犯。

父亲太普通，也太平凡，在我抱起父亲前几天，父亲还在牵挂一件衣服；还在操心一点养老金；还在希望新婚的孙媳何时为这个家族添上男性血脉；甚至还在埋怨距离手边超过半尺的拐杖！父亲也不是没有丁点志向，在我抱起父亲的前几天，父亲还要一位老友过几天再来，一起聊一聊“十八大”；还要关心偶尔也会被某些人称为老人的长子，下一步还有什么目标。

于是我想，这小山，这小小山，一半是春，一半是秋，正好合为一个秦字，为什么不可能叫作小秦岭呢？父亲和先于父亲回到这山上的亲友与乡亲，人人都是半部春秋！

那小小身影还在盘旋，不离不弃地跟随着风，或者是我们。

小路弯弯，穿过芭茅草，又是芭茅草。

小路长长，这头是芭茅草，另一头还是芭茅草。

轻轻地走在芭茅草丛中，身边如同弥漫着父亲童年的炊烟，清清淡淡，芬芬芳芳。炊烟是饥饿的天敌，炊烟是温情的伙伴。而这些只会成为炊烟的芭茅草，同样既是父亲的天敌，又是父亲的伙伴。在父亲童年的一百种害怕中，毒蛇与马蜂排在很后的位置，传说中最令人毛骨悚然的鬼魂，亲身遇见过的莹莹鬼火都不是榜上所列的头名。被父亲视为恐怖之最的正是郑仓塆前塆后，山上山下疯长的芭茅草。这家乡田野上最常见的植物，超越乔木，超越灌木，成为人们在倾心种植的庄稼之外，最大宗物产。八十年前的这个季节，八岁的父亲正拿着镰刀，光手光脚地在小秦岭下功夫收割芭茅草。这些植物曾经割破少年鲁班的手。父亲的手与脚也被割破了无数次。少年鲁班因此发明了锯子。父亲没机会发明锯子了。父亲唯一的疑惑是，这些作为家中唯一柴禾的植物，为什么非要生长着锯齿一样的叶片？

芭茅草很长很逶迤，叶片上的锯齿锋利依然。怀抱中的父亲很安静，亦步亦趋地由着我，没有丁点犹豫和畏葸。暖风中的芭茅草，见到久违的故人，免不了也来几样曼妙身姿，瑟瑟如塞上秋词。此时此刻，我不晓得芭茅草与父亲再次相逢的感觉。我只清楚，芭茅草用罕有的温顺，轻轻地抚过我的头发，我的脸颊，我的手臂、胸脯、腰肢和双腿，还有正在让我行走的小路。分明是母亲八十大寿那天，父亲拉着我的手，感觉上有些苍茫，有些温厚，更多的是不舍与留恋。

冬日初临，太阳正暖。

这时候，父亲本该在远离家乡的那颗太阳下面，眯着双眼小声地响着呼噜，晒晒自己。身边任何事情看上去与之毫无关系，然而，只要有熟悉的声音出现，父亲就会清醒过来，用第一反应拉着家人，毫无障碍地聊起台湾、钓鱼岛和航空母舰。是我双膝跪拜，双手高举，从铺天盖地的阳光里抱起父亲，让父亲回到更加熟悉的太阳之下。我能感觉到家乡太阳对父亲格外温馨，已经苍凉的父亲，在我的怀抱里慢慢地温暖起来。

小路还在我和父亲的脚下。

小路正在穿过父亲一直在念叨的郑仓。

有与父亲一道割过芭茅草的人，在塆边叫着父亲的乳名。鞭炮声声中，我感到父亲在怀里轻轻颤动了一下。父亲一定是回答了。像那呼唤者一样，也在说，回来好，回到郑仓一切就好了！像小路旁的芭茅草记得故人，二十二户人家的郑仓，只认亲人，而不认其他。恰逢家国浩劫，时值中年的父亲逃回家乡，芭茅草掩蔽下的郑仓，像芭茅草一样掩蔽起父亲。没有人为难父亲，也没有人敢来为难父亲。那时的父亲，一定也听别人说，同时自己也说，回到郑仓，一切就好了。

随心所欲的小路，随心所欲地穿过那些新居与旧宅。

我还在抱着父亲。正如那小小身影，还在空中飞扬。

不用抬头，我也记得，前面是一片竹林。无论是多年前，还是多年之后，这竹林总是同一副模样。竹子不多也不少，不大也不小，不茂密也不稀疏。竹林是郑仓一带少有的没有生长芭茅草的地方，然而那些竹子却长得像芭茅草一样。

没有芭茅草的小路，再次落满因为收获而遗下的稻草。

父亲喜欢这样的小路。父亲还是一年四季都是赤脚的少年时，则更加喜欢，不是因为宛如铺上柔软的地毯，是因为这稻草的温软，或多或少地阻隔了地面上的冰雪寒霜。那时候的父亲，深得姑妈体恤，不管婆家有没有不满，年年冬季，都要给侄儿侄女各做一双布鞋。除此之外，父亲他们再无穿鞋的可能。一九九一年中秋节次日，父亲让我陪着走遍黄州城内的主要商店，寻找价格最贵的皮鞋。父亲亲手拎着因为价格最贵而被认作是最好的皮鞋，去了父亲的表兄家，亲手将皮鞋敬上，以感谢父亲姑妈，我的姑奶奶，当年之恩情。

接连几场秋雨，将小路洗出冬季风骨。太阳晒一晒，小路上又有了些许别的季节风情。如果是当年，这样的季节，这样的天气，再有这样的稻草铺着，赤脚的父亲一定会冲着这小路欢天喜地。这样的时候，我一定要走得轻一些，走得慢一些。这样的时候，我一定要走得更轻一些，更慢一些。然而，竹林是天下最普通的竹林，也是天下最漫不经心的竹林，生得随便，长得随便，小路穿过竹林也没法不随便。

北风微微一吹，竹林就散去，将一座小山散淡地放在小路前面。

用不着问小路，也用不着问父亲，这便是那小秦岭了。

有一阵，我看不见那小小身影了，还以为她不认识小秦岭，或者不肯去往小秦岭。不待我再多想些什么，那小小身影又出现了，那样子只可能是落在后面，与那些熟悉的竹梢小有缠绵。

父亲的小秦岭，乘过父亲童年的凉，晒过父亲童年的太阳，饿过父亲童年的饥饿，冷过父亲童年的寒冷，更盼过父亲童年对外出做工的爷爷的渴盼。小秦岭是父亲的小小高地。童年之男踮着脚或者拼命蹦跳，即便是爬上那棵少有人愿意爬着玩的松树，除了父亲的父亲，我的爷爷，父亲还能盼望什么呢？远处的回龙山，更远处的大崎山，这些都不在父亲期盼范围。

父亲更没有望见，在比大崎山更远的大别山深处那个名叫老鹳冲的村落。蜿蜒在老鹳冲村的小路我走过不多的几次。那时候的父亲身强体壮，父亲立下军令状，不让老鹳冲因全村人年年外出讨米要饭而继续著名。那里的小路更坚硬，也更复杂。父亲在远离郑仓，却与郑仓有几分相似的地方，同样留下一次著名的伫立。是那山洪暴发的时节，村边沙河再次溃口。就在所有人只顾慌张逃命时，有人发现父亲没有逃走。父亲不是英雄，没有跳入洪水中，用身体堵塞溃口。父亲不是榜样，没有振臂高呼，让谁谁跟着自己冲上去。父亲打着伞，纹丝不动地站在沙堤溃口，任凭沙堤在脚下一块块地崩塌。逃走人纷纷返回时，父亲还是那样站着，什么话也没说，直到溃口被堵住，父亲才说，今年不用讨米要饭了。果然，这一年，丰收的水稻，将习惯外出讨米要饭的人，尽数留了下来。

我的站在沙河边的父亲！

我的站在小秦岭上的父亲！

一个在怀抱细微的梦想！

一个在怀抱质朴的理想！

春与秋累积的小秦岭！短暂与永恒相加的小秦岭！离我们只剩下几步之遥了，怀抱中的父亲似乎贴紧了些。我不得不将步履迈得比慢还要慢。我很清楚，只要走完剩下几步，父亲就会离开我的怀抱。成为一种梦幻，重新独自伫立在小秦岭上。

小路尽头的稻草很香，是那种浓得令人内心颤抖的酽香。如果它们堆在一起燃烧成一股青烟，就不仅仅为父亲所喜欢，同样会被我所喜欢。那样的青烟绕绕，野火燎燎，正是头一次与父亲一同行走在这条小路上的情景。

同样的父亲，同样的我，那一次，父亲在这小路上，用那双大脚流星追月一样畅快地行走，快乐得可以与任何一棵小树握握手，可以与任何一只小兽打招呼，更别说突然出现在小路拐弯处久违的发小。那一次，我完完全全是个多余的人。家乡对我的反应，几乎全是一个啊字。还分不清在这唯一的啊字后面，是画上句号？还是惊叹号？或许是省略号？那一次，是我唯一见过极具少年风采的父亲。

小秦岭！郑仓！张家寨！标云岗！上巴河！

在那稍纵即逝的少年回眸里，目光触及所在，全属于父亲！父亲是那样贪婪！父亲是那样霸道！即使是整座田野上最难容下行人脚步的田埂，也要试着走上一走，并且总有父亲渴望发现的发现，渴望获得的获得。

如果家乡是慈母，我当然相信，那一次的父亲，正是一个成年男子为内心柔软所在寻找寄托。如果大地有怀抱，我更愿相信，那一次的父亲，正是对能使自身投入的怀抱的寻找。

小路，只有小路，才是用来寻找的。

小路，只有小路，才是用来深爱的。

小路，只有小路，才是用来回家的。

八十八年的行走，再坚硬的山坡也被踩成一条与后代同享的坦途。

一个坚强的男人，何时才会接受另一个坚强男人的拥抱?

一个父亲，何时才会没有任何主观意识地任凭另一个父亲将其抱在怀里?

无论如何，那一次，我都不可能有抱起父亲的念头。无论父亲做什么和不做什么，也无论父亲说什么和不说什么，更遑论父亲想什么和不想什么。现在，无论如何，我也同样不可能有放弃父亲的念头。无论父亲有多重和有多轻，也无论父亲有多冷和有多热，更别说父亲有多少恩和多少情。

在我的词汇里，曾经多么喜欢大路朝天这个词。

在我的话语中，也曾如此欣赏小路总有尽头的说法。

此时此刻，我才发现大路朝天也好，小路总有尽头也罢，都在自己的真情实感范围之外。

一条青蛇钻进夏天的草丛，一只狐狸藏身秋天的谷堆，一只枯叶卷进冬天的寒风，一片冰雪化入春天的泥土。无须提醒，父亲肯定明白，小路像青蛇、狐狸、枯叶和冰雪那样，在我的脚下消失了。父亲对小秦岭太熟悉，即便是在千山万壑之外做噩梦时，也不会混淆，金银花在两地芳菲的差异；也不会分不出，此地花喜鹊与彼处花喜鹊鸣叫的不同。

小路起于平淡无奇，又终于平淡无奇。

没有路的小秦岭，本来就不需要路。父亲一定是这样想的，春天里采过鲜花，夏天里数过星星，秋天里摘过野果，冬天里烧过野火，这样的去处，无论什么路，都是画蛇添足的多余败笔。

山坡上，一堆新土正散发着千万年深蕴而生发的大地芬芳。父亲没有挣扎，也没有不挣扎。不知何处迸发出来的力量，将父亲从我的怀抱里带走。或许根本与力学无关。无人推波助澜的水，也会在小溪中流淌；无人呼风唤雨的云，也会在天边散漫。父亲的离散是逻辑中的逻辑，也是自然中的自然。说道理没有用，不说道理也没有用。

龙回大海，凤凰还巢，叶落归根，宝剑入鞘。

父亲不是云，却像流云一样飘然而去。

父亲不是风，却像东风一样独赴天涯。

我的怀抱里空了，却很宽阔。因为这是父亲第一次躺过的怀抱。

我的怀抱里轻了，却很沉重。因为这是父亲最后一次躺过的怀抱。

趁着尚且能够寻觅的痕迹，我匍匐在那堆新土之上，一膝一膝，一肘一肘，从黄土丘一端跪行到另一端。一只倒插的镐把从地下慢慢地拔起来，三尺长的镐把下面，留着一道通达蓝天大地的洞径，有小股青烟缓缓升起。我拿一些吃食，轻轻地放入其中。我终于有机会亲手给父亲喂食了。我也终于有机会最后一次亲手给父亲喂食。是父亲最想念的包面？还是父亲最不肯马虎的鱼丸？我不想记住，也不愿记住。有黄土涌过来，将那嘴巴一样，眼睛一样，鼻孔一样，耳廓一样，肚脐一样，心窝一样的洞径填满了。填得与漫不经心地铺陈在周边的黄土们一模一样。如果这也是路，那她就是联系父亲与他的子孙们最后的一程。

这路程一断，父亲再也回不到我们身边。

这路程一断，小秦岭就化成了我们的父亲。

天地有无声响，我不在乎，因为父亲已不在乎。

人间有无伤悲，我不在乎，因为父亲已不在乎。

我只在乎，父亲轻轻离去的那一刻，自己有没有放肆，有没有轻浮，有没有无情，有没有乱了方寸。

这是我第一次描写父亲。

请多包涵。就像小时候，

我总是原谅小路中间的那堆牛粪。

这是我第一次描写家乡。

请多包涵。就像小时候，

我总是原谅小路中间的那堆牛粪。

此时此刻，我再次看见那小小身影了。她离我那么近，用眼角都能看得清清楚楚。她是从眼前那棵大松树上飘下来的，在与松果分离的那一瞬间里，她变成一粒小小的种子，凭着风飘洒而下，像我的情思那样，轻轻化入黄土之中。她要去寻找什么只有她自己清楚。我只晓得，当她再次出现，一定是苍苍翠翠的茂盛新生！

在记忆中生长的茶

人的内心并非总是难以捉摸，越是那种平常琐碎的场合，越是那些胡乱忙碌的行为，越是能将其藏匿得不见踪影的底蕴暴露无遗。譬如喝茶，像我这样的固执地喜欢，很容易就会被发现其中已不是习惯，而是某种指向十分明显的习性。

在我少年生活过的那片山区，向来就以种茶和在种茶中产生的采茶歌谣而闻名。上学的那些时光里，一到夏季，不管是做了某些正经事，还是百事没做，只是在野外淘气，譬如下河捉小鱼，上树掏鸟窝，只要看到路边摆着供种田人解渴消暑的大茶壶，便会不管三七二十一，捧起来就往嘴里倒，然后在大人们的吆喝声中扬长而去。往后多少年，只要这样的记忆在心里翻动，立刻就会满嘴生津。年年清明刚过，谷雨还没来，心里就想着新茶。那几个固定送我茶的朋友，如果因故来迟了，我便会打电话过去，半真半假地说一通难听的话。到底是朋友，新茶送来了不说，还故意多给一些，说是存放期间的利息。

因为只喝从小喝惯了的茶，又因为有这样一些朋友，使得我从来不用逛茶市。外地的茶，从书上读到一些，有亲身体会的，最早是在武夷山，之后在泉州，然后是杭州西湖和洞庭湖边的君山等地，那些鼎鼎大名的茶从来没有使我生出格外的兴趣，只要产茶的季节来了，唯一的怀念，仍旧是一直在记忆中生长的那些茶树所结出来的茶香。

九月底，《青年文学》编辑部拉上一帮人到滇西北的深山老林中采风。带着两裤腿的泥泞，好不容易回到昆明，当地的两位作家朋友闻讯赶来，接风洗尘等等客套话一个字也没说，开口就要带我们去喝普洱茶。汽车穿越大半昆明城，停在一处毫不起眼的大院里。时间已是晚十点，春城的这一部分，像是早早入了梦乡，看上去如同仓库的一扇扇大门闭得紧紧的。朋友显然是常来，深深的黑暗一点也挡不住，三弯两拐就带着我们爬上那唯一还亮着“六大茶山”霓虹灯光的二层楼上。

与别处不一样，坐下来好一阵了，还没有嗅到一丝茶香。女主人亲自把盏，边沏茶边说，她这里是不对外营业的，来喝茶的都是朋友，万一有人意外跑来，她也一样当朋友待。女主人将几样茶具颠来倒去，听得见细流声声，也看得见眼前所摆放的那些据称价值连城的茶砖，熟悉的茶香却迟迟不来。这一趟天天十个小时以上的车程，又都是那别处早就消失了的乡村公路，确实太累了，小到不够一口的茶杯，不知不觉中已被我们连饮了十数杯。女主人很少说话，倒是我们话多，都是一些与普洱茶无关的事。女主人不时地浅浅一笑，那也是因为当地朋友对她的介绍所致。不知什么时候，心里一愣，脱口就是一句：这普洱茶真好！话音未落，寻而不得的茶香就从心里冒了出来。

到这时女主人才露些真容，细声细气地说，不喝生茶，就不知道熟茶有多好。又说，刚才喝的是当年制成的生茶，而正在泡的是放了二十三年的熟茶。不紧不慢之间，一杯熟茶泡好了，端起来从唇舌间初一流过，真如惊艳，仿佛心中有股瑞气升腾。这感觉在思前想后中在反复萦绕，不知不觉地就有一种悲天悯人的温馨念头生出来，在当时我就认定，普洱茶就像成就它的乡土云南的女主人，是冷艳，是沉香，是冰蓝，是暖雪。女主人继续温软地说，天下之茶，只有普洱可以存放，时间越长越珍贵。昆明地处高原，水的沸点低，在低海拔地区，水烧得开一些，泡出来的普洱茶味道会更好。听说由于温差所致，普洱茶在酷热的南方存放一年，相当于在昆明存放五年。我便开玩笑，将她的茶买些回去，五年后，不按五五二十五年算，只当作十五年的普洱茶，由她回购。一阵大笑过后，普洱茶的滋味更加诱人。

满室依然只有高原清风滋味，那些在别处总是绕梁三日熏透窗棂的茶香，一丝不漏地尽入心脾。从舌尖开始，快意地弥漫到全身的清甜，竟在那一刻里升华出我的母亲。有很多年，母亲一直在乡村供销社里当售货员。一到夏天，她就会频繁地操着一杆大秤，将许许多多的老茶叶片子收购了，装进巨大的竹篓里，还为它们编上“黄大茶一级”或者“黄大茶二级”等名称。每当竹篓层层叠叠地码上供销社的屋顶时，就有卡车前来拖走它们。那些巨型竹篓上的调运牌，所标志老茶叶片子的最终目的地，就曾包括过云南。只是那时的我们实在难以相信，这种连牛都不愿啃一口的东西，也会被人泡茶喝。一杯普洱，让我明白只要怀着深情善待，那些被烈日活活晒干的老茶叶片子也能登峰造极。

为茶的一旦叫了普洱，便重现其出自乡村的那份深奥。对比茶中贡芽，称普洱为老迈都没资格；对比茶中龙井，称普洱太粗鲁都是夸耀；对比茶中白毫，普洱看上去比离离荒原还要沧桑；对比茶中玉绿，普洱分明是那岁岁枯荣中的泥泞残雪。所有的所有，一切的一切，种种宛如真理的大错铸成，都是没有经历那醍醐灌顶般深深一饮。乡村无意，普洱无心，怪不得它们将性情放置在云遮雾掩之后！世代更替，江山位移，以普洱为名之茶，正如以乡村为名之人间，是那情感化石，道德化石，人文化石。还可以是仍在世上行走之人的灵魂见证：为人一生，终极价值不是拥有多少美玉，而应该是是否发现过像普洱茶一样的璞玉。

看看夜深了，有人撑不住先撤了。留下来的几位，号称是茶中半仙，都说一定要喝到女主人所说，普洱茶要泡到五十泡才是最好的境界。作为过客的我们，终于没坚持到底，在四十几泡时，大家一致地表示了告辞，将那也许是梦幻一般的最高境界留给了真的梦幻。

因为有送我茶的朋友，这辈子我极少花钱买茶。那天晚上一边把着茶盏，一边就想买些普洱茶，只是有些额外担心，怕人家误以为是在暗示什么，才没有开口。离开昆明之前，我终于忍不住在机场商店里选了一堆普洱茶。虽然最终是同行的李师东抢着付了款，仍然可以看作是我这辈子头一次买了自己所喜爱的茶叶。

请我们去喝茶的朋友们再三说，在云南当干部，如果不懂普洱茶，大家就会觉得其没有文化。即便是省里最高级别的领导人在一起开会，最先的程序也是拿出各自珍藏的普洱茶，十几个人，十几样茶，都尝一尝，当场评论出谁高谁低。不比升职或贬谪，评得低了的，下一次重新再来就是。普洱茶好就好在普天之下从没有两块滋味相同的。一如人一生中经历过的情爱，看上去都是男女倾心，个中滋味的千差万别，大如沧海桑田，小似一棵树上的两片叶子。

用不着追忆太久，稍早几年普洱茶还是平常人家的平常饮品。也用不着抽丝剥茧寻找乡土之根，那些远在天边近在眼前的所在本来就是普洱茶的命定。更用不着去梦想命定中的乡土，能像它所哺育的这一种，忽如一夜春风，便能洗尽了其间尘埃。那天晚上，我和李师东相约都不刷牙，好让普洱茶的津香穿越梦乡，一缕缕地到达第二天的黎明。我因故早就不喝酒了，却偏偏要将普洱茶饮成一场久违的乡村宿醉。

白如胜利

一直以为大别山腹地那座属于罗田县的胜利小镇只会是心中的一个忧郁而多思的结。

经常地，因为艺术的缘故，一个人面对浮华的城市发呆时，胜利镇的小模小样就不知不觉地从心底升腾起来。要说这么多年来，自己在大别山区里待过的山区小镇少说也有十来座。不管是已作了自己故乡的英山，还是因为一段文学奇遇，而让我念念难忘山那边安徽省的霍山，我的经历一直与各色小镇连在一起。之所以胜利会在这些小镇中脱颖而出，全在于它给了我一些特别的记忆。前不久，一群城里的朋友说是要去我的老家看看，而我竟毫不犹豫地带领他们去了这样一个在心里做了结的地方。

多年前的一个秋天，我只身一人背着一包空白稿纸，乘上破烂不堪的长途客车，沿着羊肠一样蜿蜒的公路第一次走向这座小镇，飞扬的尘土决不是好旅伴，可它硬是挤在一大车陌生的当地人当中，与我做了足足半天的伴。好不容易到达目的地，还没放下行李，天就黑下来。在久等也没有电来的黑暗中，住处的一位刚从县城高中毕业出来的男孩，用一双闪闪发亮的眼睛盯着我问，这一来要住多久。我将牛仔包中的稿纸全拿出来，在桌子的左边堆成半尺高，告诉他：等到这些稿纸被我一个个方格地写满字，一页页地全挪到桌子的右边，我才会离开胜利。男孩用手抚摸着那叠得高高的稿纸，嘴里发出一串啧啧声。

那一次，我在胜利一口气待了四十天。小镇给我最深的印象是它那无与伦比的洁白。

这样的洁白，绝不是因为最初那如墨如炭的黑夜，在心情中的反衬。也不是手边那些任由自己挥洒的纸张，对其写意。它是天生的或者说是天赐的。在紧挨着小镇身后的那条百米宽大河上，静静地铺陈着不可能有杂物的细沙。在山里，这样的细沙滩已经是很宽广了。它能让人的心情像面对大海那样雄壮起来。年年的山水细心地将细沙们一粒粒地洗过，均匀地躺在那座青翠的大山脚下。那色泽，宛若城里来的，在镇上待过一两个月后的少女肤色。又像镇上的少妇，歇了一个冬天，重又嫩起来的身影。一到黄昏，细沙就会闪烁起天然的灵性，极温和地照着依山傍水的古旧房舍，俨然像极光一样，将小镇映成了白夜。四十个日子的黄昏，我在这细沙滩上小心翼翼地走过了四十趟。每一次当需要用自己的双脚踏上那片细沙滩，心里就会有种不忍的感觉。就像没有进城前所经历的一些冬季早上，开门出来，面对出其不意地铺在家门口的大雪一样。胜利镇外河滩上的细沙有七分像雪，当它只为我一个人留下脚印时，它的动人之处就不只是抒情了。在后来时常会的沉思中，那行细沙为我的行为所铸成的行走之痕，总是那样明白，不仅不可磨灭，甚至还在时光流逝中，显得日渐突出。有这样的沙滩在，哪怕是有电的夜晚，胜利的灯火也无法明亮。

直到现在我还在想着自己关于胜利的最大愿望：找一个属于夏天的日子，再去那里，在那细沙滩中安然睡上一夜，将自己的身心完全交付最近的清水，狠狠地享受这无欲的纯洁。

胜利镇有一条自清朝就存在起来的古巷。作为往日的兵家必争之地，最新的幽静，完全替代了再也见不着的由过往仕女乡绅用欢笑编织成的繁华。古巷的一头就是细沙滩。在胜利的时候，我总是在下游的某个地方，顺着细沙滩一路走来，然后踏着河岸上古老的青石板一头钻进古巷。一个人在沙滩上走的时间长了，内心免不了会苍茫惆怅。特别是在黄昏之际，古巷里初上的灯火，仿佛就是那久违的人间温暖。无人的古巷里，脚印落在青石上啪啪作响。听上去，分明就是年轻的父母，用自己的空心巴掌，疼爱地抚摸一样击打着自家婴儿光洁的屁股。这时候，古巷两旁那些镂刻着百年光阴的杉木铺门，已经一块挨一块地合在屋檐下，只留着一道五寸的缝隙。每天里，我的脚步声总要惊动一两道这样的门缝。随着那一阵不太响却也显得急促的吱呀声，扩大的门缝后面，就会出现一张充满盼望的少妇的脸。还没到歇冬的时候，少妇们的肌肤里浸透了阳光里所有阴冷的成分。看着陌生的我，她们免不了要在失望之后很快就补上一个微笑。很早就听说，罗田女子善感多情。弥漫在胜利镇古巷中的这些微笑让我不得不相信。一个孤单的男人，永远也无法拒绝这样的微笑。我转过身去，听着近处的木门轻轻地关严了。再回头时，除了心中一片洁白，别的已经全部消散。

再去胜利镇时，汽车一溜烟就到了。小镇的模样大改，曾经住过的小楼，不再是银行，已改做了邮政局。住在小楼里的那个从前的高中毕业生也不知去了哪儿。镇委书记老董带着我们绕着小镇转了半圈。古巷还在，先前的少妇也还在。大家一样地在自己的面孔上多了几个岁月。几个新做的少妇，不时忙碌地出现在我们前头。偶尔她们也会无缘无故地冲着一群从未谋面的外来人笑上一笑，还没等到黄昏日落心思归宿，那笑里就含着几分温柔几分缱绻。在离细沙滩最近的地方，一个刚嫁来的女子冲着老董说，你也来看河呀！老董说，这河又不是专给城里人看的，为什么我就不能看。女子说，我是怕你看花了心。一旁的人插嘴说，老董真要花心，也只会花在胜利。因为是正午，看上去河滩白得如同冬季里铺天盖地的大雪。我又起了从前的念头，如此无瑕的沙滩，正好能使人的身心轻松地与天地一次交融。

上一次离开胜利镇时，我带走了自己的长篇处女作《威风凛凛》。

这一次离开时，我能带走的什么哩？洁的胜利！白的胜利！

灿烂天堂

罗田是很小的地方，在那里，听到最多的话，却是与天堂有关。

特别是刚到的客人，很快就会有人上前来客气地问：去天堂吗?

当你还在犹豫时，又会有人插进来，认真地说，若不去一趟天堂，就是白来了。

换了外地人，谁不会在心里嘀咕：天堂虽好，哪能这样来去自由，随随便便。

不管别人怎么想，罗田人反正是说惯了。他们不在乎别人会想，天堂再好，也不如人间实在。他们还要问，是不是刚从天堂回，天堂好不好玩，天堂好看不好看？其实，罗田的天堂不在天上，罗田的天堂只在山上。他们说出来的是天堂般的概念，实际所指的不过是一座山。朋友在胜利镇外看到一幅横挂在公路上空的标语：胜利通向天堂，后来与我谈起时，心里还打着寒噤，他的意思是，这种话不能细想。天堂虽是一种传说，慢慢地就真的成了一种境界。按照传说里的规律，要去那九霄云外的天堂，只有一条路可走，可这条路是正常人和健康人绝对不愿见到的。罗田人所说的天堂，并不需要人用九死来换这特别的一生，也不需要人用心去造七级浮屠。罗田人自己常去，并且极力蛊惑别人去的天堂，其实就是大别山主峰天堂寨。它是两省三县的分界处，也是长江与淮河的分水岭。

围绕这座山生活的人有很多很多。出于风俗，别处人都严格地不将天堂寨叫作天堂。只有罗田这里的人敢这么叫。比较一山之隔的两省三县，罗田的发展最快，日子也过得最好。也许就是因为这一点，所有他们对天堂一类美好事物，比别人感受得快一些，深一些。一字之差，透露出来的是两样心境。

天堂应该是好地方。天堂也的确是好地方。

到了天堂才晓得，世上的天堂各不相同。那是因为每个人心里，都有专属的天堂。

通向天堂的路，喜欢沿着大大小小的沙河漂流而行，听任山水流泉洗尽心头尘垢。一群在我的童年中叫作花翅的小鱼，还像我童年见过的那样，在清亮得不忍用手去掬的水汪里，彩云一样飘来飘去。河里的水与天堂那山上的水一脉相连，河里的风与天堂那山上的风一气呵成。还没到天堂，就能闻到天堂气息。小鱼花翅简直就是天堂那山脉上绽开的季节之花，无须去看盘旋在群山之上的苍鹰，也不用去计较奔突在车前车后的小兽，适时的春光早就铺满了盘山而上的二十里草径。大别山里，让人印象最深的是那种只有斯时斯地才会叫它燕子红的花儿。燕子红不开则罢，一开起来整座山就像火一样燃烧起来。在天堂那山上，燕子红燃烧的样子太火了，就连满处沧桑的虬曲古藤，也跟着一片片兴奋地摇曳不止。

清水赏心，花红悦目。安卧在千山万壑中的天堂自然无法脱俗。它将一座名叫薄刀峰的山铺在自己脚下，不肯让人轻而易举地达到心中目的。四周的悬崖绝壁像是在共谋，同着远处的天堂一道，合力将一条小路随手扔在绵延数里的山峰上。曾经见过卖艺者的双脚游戏在街头的刀刃上，明知那刀不会太锋利，也还要为其发几声惊叹。薄刀峰是一把横亘在天堂面前真的利刃，没有经历过它，任何关于它的传闻，都是苍白的。如此高山大岭，是谁将它锻造为天地之间的利器？小心翼翼地将双脚搁上去后，就不敢相信，自己的肌肤是否完整。步步走来，唯有清空在左右相扶。一滴汗由额头跌落，在白垩纪的青石上摔成两半，无论滚向哪边山坡，感觉上都能一泻千里。

度人去往天堂的薄刀峰，无心设下十八道关。每每在刃口上走一段，面前就会横生妙趣，凸显哲思。

山水自古有情，能读懂它则是一个人的造化与缘分。

我们相信这就是天堂，我们也认为自己来到了天堂。

天堂本来就是心中熟悉的美丽与灿烂，加上必不可少的传奇。

高山仰止

人不能在都市里居住太久。太久了就会被满街满巷里窜动的浮华气焰，迷糊灵性，堵塞胸怀，错把一些人按另一些人的意愿堆砌的塔楼大厦，当作了伟大与崇高。

还有一个简单的理由：走出都市，人的心情会好起来的。

当我沿着久违了的西河，走向那座高山时，夏日的清风就开始浸润着那干涡的灵魂。风是从那座高山上落下来的，沿着林隙与沟壑，穿过瀑布与流泉，然后顺着河谷一点点地将砂岩吹成卵石，又将卵石抚成细砂，接着便在那个叫石头嘴的小镇旁边轻轻地呼唤着我们。我们要去的那座山，在这里已非常清晰了。它是大别山的主峰，叫天堂寨，如今又叫吴家山森林公园。望见它的那一瞬间，我们突然沉默下来，连随行的几个孩子也停止了嬉闹，所有的脸庞迎着奔来胸怀的西河，齐齐地将目光转向左侧。落暮时分，那片山太大太高了，高高大大的雄姿这时给予人的是更多的神秘。对这样的神情我很熟悉，五岁时我曾在镇外的河滩上对不远处的大山作过许多次仰望，那种光屁股满地跑着不知羞的时候，我能想什么，无非是那里有老虎、豹子、灵猫、香獐和娃娃鱼等。我相信那时自己一定有过要爬上那托地擎天的大山的念头，就像我现在想的一样。

我们沉默得越来越深，大山的神秘也就越来越深。车灯亮着两只热情的眼睛，一进森林公园大门，就替我们发现一只站在路中央的乖得像小孩一样的果子狸。接下来当然是大人小孩的一片欢呼，那声音从山谷里返回后，便多了几分雄浑。如果没有夜色，这就同第二天在路边一条条山溪里发现许多的小娃娃鱼的情形一样。高山的灵魂是不会改变的，无论何时何地。就像给我们带路的那个年轻的林工，在上山和下山的途中，大方地推开一扇扇虚掩着的家门，从容地找出茶水给我们喝了，又依样将那些门掩好，还说用不着道谢。山里的一切都是一样，谢与不谢都不影响它的品格。

还不到半夜，住处就被绵绵不尽的林涛淹没了。涛声忽远忽近、忽强忽弱，禁不住心潮起伏，隐隐约约地真有些漂泊浮荡的感觉。黑漆漆的山野有时也会出现短暂的空寂，就像停了电的城市。没有电的城市夜晚，率先消失的是许许多多的奢侈，紧接着就会是那些本来就不靠谱的矫情。站在住处的阳台上，不管有无林涛掠过，分明什么也看不见的视野里，一切都实实在在地浮现在眼前，是林涛让高山在暗淡无光的夜晚凝聚成亘古不变的形象。遥不可及的山的轮廓线上，一处瞭望塔微缩成钻石般的亮点，在这样的心情下，它几乎是整座大山，整座森林公园的全部所在。

沉默还在弥漫着，原以为天亮了，阳光普照下森林和山会有它的别样沸腾。哪怕是七月流火、八月流金，依然搅不动化不开稠墨泼就有意无言的山水画卷。或许山也在印证心静自然凉的古训，沉默之中，习习凉风不时送来些许躲在远处的秋意。

仰望高山我才明白，沉默也是一笔无与伦比的财富。

一步一步地，大家都在向上走，向山上走。锦被铺成的天堂云雾，天池一般的九座井泉，以及神奇神妙的石鼓，这些都是跋涉者的得意之处。那挂天瀑、登天梯、啸天狮、观日台，还有龙门峡、鹰嘴岩等等，却是峻险难越。有人问，待爬上山顶会是什么样的心情。这话一直无人回答。不是无话可说，而是大家心里都明白，即使是站上眼前的大别山峰巅，也还会觉得近处或远处尚有更高的山峰。这是我们在别处攀登主峰的体验，天堂寨也不例外，踏上那海拔一千七百二十九米的高度，明知是制高点，可对面的那道山峰似乎比脚下的更高。

失落的小镇

1

差不多半年时间，我几乎不能写一个字。那笔对我来说，拿在手里如同拿着一把刀或一支枪，让我去除掉一个谁，当面对纸上许多方方正正的小眼睛时，我却惶惶不知可以在何处落下。那一阵，就连在工资册上签划自己的名字，也觉得疙疙瘩瘩的，笔和纸仿佛存在着一种仇恨，推推搡搡，让我怎么也把握不了。

《凤凰琴》的电影改编者对原著的肆意妄为及相关版权纠纷，单位里人事的角逐，还有内心深处那种巨大的难以对人言的苦闷与痛楚，如山一样压在自己的身上。

当然，也不是没有欢乐的日子，但那时光之短暂，让人更感到痛苦的漫长。这实在又一次印证了那句名言，欢乐是虚无的，痛苦才是实在的。

黄州是个极小的城市，任何一种俗套都企图淹没她的风雅。

身居其中，实实地有万般的无奈。譬如，在黄昏的晚风中，想独自寻一片净土，让灵魂出一回窍，捎一些清凉和宁静给心灵，让星星和月亮抚一抚那许多永远也不会出血的伤口，让无边无际的夜空融合掉那一声声无声的呻吟。可我尚未动步，那几双职业伫望的眼睛，就降落在脊背上，那彻骨的凉意，一瞬间就能冻僵散步的情绪。

在以往，一位学工科才华出众的朋友，常常脱口冒出一句：高处不胜寒。我那时没有站在高处的体会，不知此寒为何物。现在，当我一步一步向着山峰攀去时，回想朋友说此话时的情景，不免慨然、怅然还有惘然。

感谢王耀斌、丁永淮等师长的帮助，我终于请上了三个月的创作假，那个神秘的山里小镇，当然不是世外桃源，但它能帮我回到文学的伊甸园。潇洒逃一回，这当然难说是最佳选择，起码它不是那种挑战人生的男性的强悍，但这怪不得我，要怪只能怪生活。拿上行李，就要出门，儿子生病上医院打针去了，过几天他就要满十岁。在他十五岁时，他会责怪我此刻不在他身旁，可我相信等到他三十岁时，他会理解父亲的。所以，我将要把自己的第一部长篇小说，献给年满三十的儿子。

咬紧牙关，逃一回吧！管它潇不潇洒。

2

送我进山的中巴车，在胜利镇街口上扔一样将我丢在一派萧条之中。一扇大门旁，不知谁用红油漆写着四个字：胜利车站。我环顾四周，除略显破败的街景与大多数车站一样之外，实在没有什么东西可以让人感觉到这就是车站。

在以后的日子里，我慢慢地对此表示出了理解，作为亦迎亦送的车站，它从来不是旅行者的归宿，而永远只是整个旅途的一部分，劳倦与无奈才是它的本色。北京火车站、深圳火车站，在它落成之际是够豪华的了，当匆匆来去的人流一旦涌入之后，那些僵硬的奢侈无论如何也掩不去灰色的苍茫。无处不在的是迷惘，是惆怅，是遗憾的失落的感觉。

不知是哪种原因，在随之而来的那四十多个孤独的日子里，于写作之余，下楼走一走，散散步，放松一下情绪，那脚步便情不自禁地迈向车站。尽管那儿雨天很泥泞，晴天又尘土飞扬，嘈杂与脏乱则是不受气候的制约，每日里都一如既往，可我总是管不了自己的脚步，非要绕着车站走一圈，然后才或是沿着河堤，或是沿着沙滩，或是沿着公路与小街慢慢地走去。

有时候，一边走一边免不了想，如果父亲一直待在这座名叫胜利的小镇，那如今的我会是什么模样呢？那个黑得很深的夜，其实还不到八点钟，老长老长的公路上，只有我一个人在行走着，后来我也停下来不走了，望着大河淌水，听着旷野流风，我无法不想到爱与爱情。就在这种时刻我突然异想天开地意识到，人对历史的关注，更甚于对未来的仰望。在我每天对小站的不自主的回望中，包含着一切普通人的一种共性。那就是对无法拒绝的过去的百感交集。

我在写完第六章中的一个较精彩的细节后，曾问过自己，你怎么想起要来胜利镇写自己的第一部长篇呢，是一种纪念，还是一种向往？我不愿对自己多作解释，因为这已成为“过去”了，关于过去，是谁也无可奈何的。然而，过去可摸、可看、可怀想、可思考，还可以悔、可以恨、可以欢喜、可以忧愁。就像眼前的这小站，无论它如何破败，仍是无数旅途所不可以缺少的一环一节。人生也有许多破败之处，包括选择上的失误，过程中的不当，一段痛苦的婚姻，一宗不如意的工作，或者还有受人欺侮，上人贼船。虽然它是那样的不堪回首，可它把你塑造成一个有血有肉、有苦有乐的生命实体，没有它，人生就无法延续下来。就像一件穿了多年的破内衣，由于习惯，自己甚至不能察觉它的坏损。

在后来对小站的回首中，我努力想把它升华到具有文化地位和历史意识的高度，想从中找到一些哲学感来。越是如此越是发觉事情的奇妙，我不但不能抽象出形而上来，反倒变得更加形而下。随着时间的延长，我对小站的回望也越来越多，我很清楚自己的真实想法，多日无人与之长谈，许久不知山外消息，我太渴望能见到一个熟人了。每当那驻足不前的大小客车开门吐出一堆堆的人时，我总是希望从中见到一个让我大吃一惊的身影来。在一次次地失望以后，我甚至觉得此刻哪怕遇上那种曾让自己恨之入骨的人也行。幸亏我并没有这种机遇，真的那样，我肯定还是无话可说，而只有那种又与自己的历史打了一回照面的感觉。

面对过去，许多人可能都会无话可说。这不是一种无奈，每个人在“过去”面前永远都是一个幼稚的小学生。尽管每个人的过去是每个人造就的，过去仍旧固执地教化每个人。我从小站来，我记得小站以前的一切的路，但小站以后的路呢？小站只是又一个起点，它不能告诉我什么，可它是我前程的唯一依靠，或者说是离前程的最近之处。人恋旧大概也是这个缘故，旧事再难过，它也是踏实的，而未来总在虚幻之中，缺少一种安全感。我老是回头看小站，一定也是感觉到前面的路太长了。

3

胜利镇过去叫滕家堡，更早的时候还叫屯兵堡。

父亲以前曾在这里工作过一阵。我一直不明白，是胜利选择了我，还是我选择了胜利，十月十三日的黄昏时分，当我初次踏进这个小镇时，竟一点也不觉陌生，一切都似曾相识，仿佛是我那梦中无数次编织过的小小家园。实际上，我并没有真正拥有过一座家园，当父亲雇人将他的子女以及全家放在一担箩筐里，挑进大别山腹地后，我的人生就注定开始了那永远漂泊而达不到一处彼岸的浪迹。多少次，我或在清晨，或在正午，或在黄昏，骤然踏进一座村庄或一处集镇，于是就在灵魂深处深深地问自己，这是你的家园吗，这鸡鸣，这炊烟，这牛栏里浓酽的故土气味，这在村边小路上背着小山一样的柴火缓缓挪着脚步的女人，不正是自己渴望中的家园情景吗？

在刚刚消失的这个夏天，我们在与胜利镇隔着一座大山的青苔关办一个笔会。也是一个黄昏，一行人走了十余里山路爬上关口，尔后又踏黑去寻访那边山下最近的一座小村。他们在头里走了，而我在已接近那小村时忽然停了下来，然后开始慢慢往回走，我反复地对自己说，你不能那样冒失，你有什么可以张扬而让小村的人猛觉惊疑与惶惑呢，那也许是你的家园，你不应该随意打扰它！平静是他们唯一的财富，我们无权去抢掠他们！

面对着胜利镇我真不知该说什么，该想什么！我想每一个人在自己的家园面前，除了惆怅的回忆，还能有什么更好的作为呢！

我暂住的那座小楼，窗口正对着一片河滩。白茫茫地一片横躺在前面的一泓浅水与后面的半弧枯岸之间，夕阳余晖洒在上面，不明不白地泛起一些别样的光泽。我想起自己四岁时偷偷跑到一条比这河要大要宽要深的另一条河里去洗冷水澡，被寻来的母亲按在沙滩上用篾条打屁股的情景。猛然想起这事时是在第二天的中午，此时我已吃过午饭，独自躺在那片沙滩上，任太阳慵懒地晒着，天地间到处都是暖洋洋的，秋水在顺流而下，秋风在逆流而上，沙滩像云像船一样载着我，我仿佛感到了一阵阵舒徐的晃荡。

好久了，我都没有如此轻松，如此惬意，如此无忧无虑地享受人生片刻。这一两年来，一部部小说的发表与获奖，从未使我获得过短暂的快乐，相反，却使我感觉到无限的累与沉重。只是此时此刻，我才发现我是属于自己的，我可以有快乐，可以有幸福，也可以有胡思乱想，甚至可以高声将谁臭骂一顿，诅咒一番。当然，我不会这样做，因为我心情好极了，我已原谅了一切的不如意。

我在沙滩上躺了好久好久，那种舒坦让人不想起身，后来，我对自己说，你再在河边贪玩，小心母亲又要来用篾条打你的屁股了。我一骨碌地爬起来，回了屋子。

这天，我写了一万二千字。

从此，我每天都要到那沙滩上躺一躺，走一走。

那天，天一直阴着。傍晚时，我走出屋子才发觉外面正下着小雨。我懒得上楼去拿伞，一缩脖子便钻进雨中。

在我正要踏上沙滩时，忽然见到路上横着两只狗，两条尾巴搅在一起，而脑袋却是一东一西。它们一点也不理会我的到来，站在那里一副极投入的样子，当我恍然明白它们是在做着延续生命的大事时，便有些不好意思地绕着走开了。

小雨下得细细密密，四野里全都默不作声。我顺着沙滩缓缓地走着，一步步地将沙滩踩成一片漆黑，远山上的几盏小灯在随风闪烁。如果将来某天我对别人说，在这一刻里我听到了大自然的召唤声，我感觉到了生命存在的意义，我意识到了某种艺术的真谛，而使自己有了参透万物的大彻大悟，那肯定是在说谎吹牛或是神经错乱。在这冷雨中，沙滩上，我独自走了一个多小时。可我什么也没想，只是任凭冷雨将自己洗个透彻，洗成心空如禅，心清如月。只是反复祈祷，谁也别来打搅我，让我一个人好好待一阵，让我轻轻松松地活一回，活得像一个人。

在我离开沙滩，开始返回时，那两只狗已经不见了。只是在这时，我才想起生命的意义。说实在话，在那一刻里，我觉得人不如狗，因为狗从来就不用瞻前顾后，就本能地懂得生命的意义。

从童年到少年再到青年，都是在小镇上度过的，凡是有山有水的小镇，哪怕从未去过，只要见上一面，就会觉得分外熟悉，因为我把小镇当作了家园，所以我才敢这么说这么想。当我想到这一点时，不禁抬头看了几眼胜利镇。我不知道这小镇能不能如此认可，他们也许会说人不如狗的话题，那肯定是另一种范畴里的感慨。不管怎样，我的感情是诚实的，那沙滩上湿漉漉的足迹是明明白白的印证。

4

丝毫没有必要隐瞒，我从未像现在这样感到小说是如此的难写。哪怕是在八十年代初的那种闭门造车或者说是勤学苦练的日子，也不曾有过脑子里空空荡荡，没有一丝灵感，没有一个词语的时刻。

枯坐灯前，那种阴影还笼罩着我。特别令我不安的是，耳朵里从早到晚一直嗡嗡作响，以至不得不用一个小纸团来塞住它，求得暂时的解脱和虚假的平静，我知道，我不能寄希望于随身带着的二百五十颗中药丸。其实，每一个艺术家都比医生更了解自身疾痛。我知道，只要自己能够获得一片宁静，几缕温馨，沉重的生命就会变得轻灵起来。我恨那黑驴粪一样的药丸，可我不得不一日三次地用温水服它。

五点钟的山区，天黑得很，这两年我走过各种各样的路，可我还是第一次如此充满信心，认为生命对于自己还是那么有意义。我想起许许多多关于生命的哲理名言，为了爱我的人和我爱的人，我将好好活下去，认真写下去。

在我来到胜利镇约一个月的一天中午，我刚上床准备稍事休息，窗外遥遥地传来了一阵鞭炮声，随后又传来了一阵阵的号乐声。开始，我还以为是谁家的新郎娶新娘，待推开窗户看后，才知是一队送葬的人群。

正在看时，队伍中不知是谁吆喝一声，那八个抬着黑漆棺材的男人，齐刷刷地跑将起来，道路起伏不平，那黑棺材竟像一艘舰艇一样在海涛中豪迈挺进，脚下踏起的尘土亦如那蒙蒙的水烟。

在那一刻里，我的灵魂受到了强烈的震撼。直到他们跑过小镇，消失在镇子外面的原野上，我仍于窗边作久久地伫立。

在那一刻里，我实在不明白这究竟是不是一个生命的葬礼，在我看来它俨然是一种展示生命的庆典。旧的生命在新的生命的肩上不正是继续在作一种强大的延长吗？

然而，毕竟有一个生命无可挽回地失去了，对于某个个体来说，这是一万种悲剧中最悲的一种。

因为，世界上唯有生命不可替代，不可作伪，不可被人摆布。

那天黄昏，我一个人爬上镇子后面的小山，山上有一纪念碑，那是为悼念在二十世纪上半叶那场改变了中华民族命运的血与肉的洗礼中，死在胜利镇的那些人而树立的。在我绕着纪念碑穿行在没膝深的荒草中时，我不能不又一次想到死亡。

不管我们想还是不想，死亡每时每刻都在身边窥视着那种有机可乘的破绽，随时都有可能突袭我们。令人想不通的是，如今的人特别是那些养尊处优的年轻人，竟如此地不将生命当回事，且不说动不动用刀砍杀别人，就连对自己也那般的刻薄，甚至仅因大腿不好看不能穿超短裙就可以去寻短见，仿佛真的如此便能再活第二回。

我至今只目睹过爷爷的死亡。那是一个深秋，爷爷已有半个月不能进食了。那晚，一家人都聚在爷爷的床前，此时的爷爷，除眼皮能眨，其余一切都已先行死去了。父亲替爷爷穿上寿衣、寿鞋，然后坐在床边，做父子俩最后的相望。就在这时，爷爷嘴唇忽然动了一下，像是要说什么，猜测了一阵，父亲拿起寿帽问爷爷是不是要将它戴上，爷爷的眼皮眨了一下，下巴也像点了一下。父亲给爷爷戴上寿帽后，爷爷便永远地将眼皮闭上，可脸上分明是一派无奈的神情。只是心知死亡的不可挽回，才只好随它去了。

我想起爷爷的死，那时我已过了而立之年，可那一刻里，我才发觉自己并没有完全成熟起来。我像小孩一样，害怕去碰一下爷爷那正在发僵的躯体，甚至害怕去停放爷爷的屋子，害怕送爷爷去火化！我不明白，生命你为何这么脆弱，为何只有这仅有的一次呢？

在荒坡上徘徊时，四周安静极了，只有山风偶尔来做一回短短的光顾。我伫望着那条刚有送葬队伍跑过的小街，心里突然明白，为何那些送葬的人群要如此张扬。它实在是要告诉众人，一个生命消失了，哪怕它活得再长，也还是要死的，那么趁着还活着，我们要万般珍惜。所以，送葬只是一种形式，它的真正意义是在警示我们：

对于每一个人来说，只要没有死亡，活着是没有问题的。问题只是怎么个活法。有的人用智慧和思想，有的人用灵魂和血肉。这一点于作家也不例外，而我由于智慧的匮乏、思想的浅薄，便只能选择用灵魂和血肉来面对文学了！

与生活辩论

文学创作不是无的放矢，在社会中，文学是对在时光中破碎记忆的不断修补与完善。对个人来说，则是对有限生命的无限想象。

一九九二年第五期《青年文学》发表我的中篇小说《凤凰琴》后，曾有大量读者来信，许多人提出希望能读到《凤凰琴》的续篇。时任中央党校常务副校长的高扬同志，曾在《光明日报》上著文，也提及这样的希望。我没有赶那个热潮，一方面是个人性格，不喜欢随大流，就像这些年流行浅俗易读的小长篇，而我偏偏要写被人疑问“百万字的长篇谁看”的有大的内容的厚重之作。另一方面，也有某些善意误读的原因，如果普遍地染上“集体无意识”，不去细心发现文本的真实意义，那样的写作不仅是无效的，甚至是负效果的。

在写作中，伪细节会毁掉读者与写作者的契约。

而伪感情，则会毁掉写作者与文学既有的默契。

当年没有续写，并不等于说，我永远都不想写了。事实上，这么多年，我一直在用只言片语的形式，静静地丰富着相关灵感。前两年，一位来自西北地区的同行告诉我，在他的家乡，乡村教师们人手一册《凤凰琴》，那些困难得不知道什么叫困难的老师们，将《凤凰琴》当作经书来读。就在那一天，“天行者”三个字，终于从我心里涌了出来。之后的某一天，我读到一篇文章，汶川县一位叫樊晓霞的老师，结婚十四年，一直在高山教学点教书，每年只有寒暑假才能回到县城与在中学教书的丈夫团聚。两口子经常读《凤凰琴》，一边伤心落泪，一边又用小说的主人公来安慰自己。十四年后，樊老师刚从高山上的教学点调到县城里的映秀小学，刚与家人团聚，就被大地震永远地夺走了生命。

因为这两件事，我才觉得让《天行者》成书的时候到了。

一九九二年我写中篇小说《凤凰琴》，是因为心存感动。事隔十几年，当我写完长篇小说《天行者》时，我发现自己的内心里充满感恩。因为，我看得见，如果没有那些可以被后人认为是水平不高的乡村教师哺育，二十世纪后半叶的乡村心灵，只能是一片荒漠。

对长篇小说的把握，实质上是对命运的参悟。

而中篇小说，能将生命的某一时刻表现生动，便是一种成功。

十几年前，我还年轻，很自然地选择了表现一颗躁动不安的心，如何与天荒地老的乡村发生契合。十几年的时光让我的心苍老许多，命运也开始展现其无可抗拒的力度。就像映秀小学的那位樊老师，在那么美丽的女性身上，其命运的荒诞，让我一下子看到了乡村知识分子的命运本质。

从《凤凰琴》到《天行者》，虽然我清楚地记得当初教育我的那些乡村教师，也清楚地记得我的那些当了乡村教师的小学同学与中学同学，虽然我遇到过许多自认为是这些小说中“主人公”的可敬的乡村教师，也遇到某个硬将毫不相干的人，强说成是我的写作原型的轻浮的研究者，可我还是要说，如果真有原型，那也只能是普天之下的每一位乡村知识分子。

或许今后我还有机会写一写十年后的今天，乡村知识分子的生命状态。但在这部小说中我所表述的，只是“二十世纪后半叶在中国大地上默默苦行的民间英雄”。小说以民办教师们所经历的三次转正，而分成三个部分，因为一次比一次荒诞，因而一部比一部疼痛。半辈子都在盼转正的民办教师，当机会来临时，那些犹如第二十二条军规的政策，反而让他们彻底失去转正的可能。一个成熟的作家要善于控制自己的写作情绪，激愤是小说的天敌。我不清楚自己是不是做到了这一点。就这部小说来说，即便是在这一点上做得不好，我也不会遗憾。

我喜欢乡村中所有的人。在这部小说中，我最喜欢的是叶碧秋的那位苕妈。在丰厚而神秘的乡村，一棵从不言语的大树都会是旷世的智者。也许生活中，像夏雪这样既时尚又纯美的女孩，是唯一的。我希望她是一种美的标本。我更希望她是一种美的真实。我敬重一切为乡村守护的人，不管他们是以何种理由，也不管他们心怀何种想念，哪怕他只在某所学校里待上一个星期，只要他教会孩子们认识一个字。正如日日夜夜守护乡村的几百万名民办教师，如果没有这中国最底层的知识分子们勉力践行，中国社会除了多出亿万文盲外，不会再有别的可能。

在好的小说中，所描写的某种行业，只是背景与载体，目的是让思想之舟驶向远方。与民办教师之卑微相同的职业还有许多，好的小说不应当被理解写了这个行业，就是为了解决某个行业的问题。更重要的，是从中发现生命在最卑微时所展现出来的伟大意义。

好小说，应当是公正的写作，应当是温暖的写作。

这个时代太容易遗忘了。好像不丢掉历史，就没有未来。其实正好相反，没有历史就没有未来。面对急剧变化的二十世纪最后三十年，除了金钱与财富，一些人似乎已不记得还有什么值得长存于记忆之中。即便是将日子过得较为舒缓的乡村，急于忘记过去的也大有人在。而我，是一个十分恋旧的人。一想到往事，一方面会感动，一方面又会恐惧。文明的坚守传播，不是自生自灭的野火，而必须是代代相传的薪火，一天也不能熄灭。作为乡村知识分子的民办教师，一切的乡村奇迹的酝酿与发生，本应当首先归功于他们。然而，荒诞让历史与现实一次次地无视其伟大得不能再伟大的贡献，以至于沦落为作为名词都不被理解的地步。

文学就是与流行生活辩论。

我们这个时代的作家不能主动放弃关注重大事态的能力。

文学是抵抗死亡，拒绝遗忘的最后防线。

能够抵抗文学被死亡和被遗忘的恰恰不应当是流俗，而是文学精神的清洁与高尚。

一只口琴的当代史

有个问题：在逻辑与经验面前，我们会做如何选择？

二十世纪九十年代初，我的那部中篇小说《凤凰琴》被改编为同名电影。也是从这开始，我便有了没完没了的口舌之烦。特别是与陌生人相见，听他们热情复述，说《凤凰琴》小说写得如何如何，其中民办教师在升国旗时，用口琴吹奏国歌的场景尤为感人等等。每次听完，我不得不说对方，不是看的小说，而是看的电影，因为小说中，升国旗时，民办教师们是用笛子吹奏国歌，到了电影里，才被改为口琴。对一般人，这种判断是对的。换了那些真正读过小说的，也这样说，而且还再三强调，电影大不如小说原著，我就不太明白了——为何从头到尾都没有在小说中出现的口琴，会出现在将小说读得很深刻的这些人的记忆里？

通常情况下，人们看上去总在强调逻辑，实际上是在下意识地依赖经验。

《凤凰琴》首映式在北京举行的那年，我坦率地告诉该电影的一位主创人员：他并不了解民办教师，从本质上讲，他是在用城市生活经验来阐述乡村，因而不晓得在城市生活中随便得不能再随便的口琴，在乡村里却是极度奢华，不仅仅是物质的，更是一种精神上的。唯有从田野上生长出来的竹笛，用它的声音来呼应乡村，才是再自然不过的事情。我对改编电影的遗憾，还有一些其他原因。

所以，我一直将电影《凤凰琴》当成小说《凤凰琴》的都市版。

多年之后，在写作《音乐小屋》时，我丝毫不曾记起，曾经有过这段与口琴的无缘之缘。直到此时此刻，因为要写创作谈，才想起来，于是在心里直呼吊诡：或许这也是骨子里久久存在的城市与乡村的某个宿命。

我不得不承认，对一个人，总有一些东西是与生俱来的。

这宿命的与生俱来，应当是我们全部理想的原始起点，不管是主动的写作，还是被动的阅读，不管是向着青春激荡，还是面对苍老沉浮。

也只有这样，才能解释，为何一向偏爱竹笛，却在《音乐小屋》的开篇里，大张旗鼓地抒写一个刚刚进城当清洁工的青年男子，手握口琴，在那藏身楼梯底角的蜗居里伫立并张望。这不是某个人的角色转换，而是整个乡村角色正在发生极大变化。

口琴这东西，一直以来是有属性的。

正如我年轻时，能够拥有口琴的，是另外一些年轻人，这群年轻人被我们统称为“武汉知青”。那时候，如果有当地的年轻人试图操弄口琴，马上就会引来无边无际的疑问：你也想当“武汉知青”？

对于某个事实，常常顾不上去追究它是如何发生的，甚于无须牢记它的发生过程，只要有了结果，这事实，哪怕只是有理由称为时间之外的那一点点，就变得胜于雄辩。

如果不是由我来进行矛与盾的自行探讨，很难有人再去思考一只口琴在历史与当下的处境。当年轻的清洁工在城市最不堪的角落里陶醉于口琴时，所获得的是这座城市所能赋予他的全部幸福感。反过来，所获得的则是城市在试图压碎他时，如同在麻醉失效时，强行抽取骨髓那般骨感的疼痛。

在都市版电影《凤凰琴》那里，那种将口琴硬塞进乡村的好意，虽然不忍心说成是伪善，那的的确确是一种伪善。这就如同，有大人物要深入民间，会有人临时将一些家用电器搬进去作为摆设。相比伪善的最为可怕，在《音乐小屋》中，会吹口琴的清洁工万方，在瞬间的城市之爱后，陷入从未体察过的骨感之痛，这些反而近似巨大股灾后的最终探底与筑底。

任何进步都要付出代价。这代价要比没完没了的横盘整理，甚至是杀人不见血的阴跌要来得畅快。

屋小音乐不小。

人小命运不小。

冬茶是什么东西

中篇小说《挑担茶叶上北京》获得第一届鲁迅文学奖的消息，是这篇小说的责任编辑李师东最早打电话告诉我的，时值一九九七年秋天，我正在自己生活的江北汉口，向江南武昌行进。李师东特别提到，当初由我推荐给《上海文学》发表的邓一光的《父亲是个兵》也获奖了，而且是全票。实际上，就我个人来说，也是获得全票。终评时，有评委对《分享艰难》更有兴趣，认为《分享艰难》比《挑担茶叶上北京》更应该获奖。投票结果，十五个评委，有三位将票投给《分享艰难》，另十二位投票给了《挑担茶叶上北京》，这就相当于有人说我的鼻子更好看，有人认为我的眼睛更好看，加起来就是全票了。

这消息让我开心一阵后，接下来便是一种恐惧。觉得自己在干一件特别的坏事，因为我在为一种本不为多数人所知的卑劣行为做广告。记得前些年，给新闻记者送红包、刊登有偿新闻，也不是一般人能知道的。后来新闻界的人在媒体上反复发表对此拒绝和划清界限的声明，弄得举国上下人人皆知，使其愈发流行开来。连最偏远的村落也不能幸免。

这篇小说写了一个关于采冬茶的故事和一群与采冬茶有关的

人。我确实喝过冬茶，虽然只有二两，而且还将其中一两送给了一位老朋友。凡是尝过的，都对其色香味赞叹有加。小说的来由就这么一点点。我却要郑重而负责任地声明：小说中所有那些看上去真真切切的采摘冬茶的办法，都是一九九六年秋天，我在武汉西郊的纺织疗养院小住的那段日子里虚构出来的，千万不可有心去试一把。我没见过，甚至也没听说过冬茶的采法。至于那种茶可以治癌，小说中已说清楚了，那是骗人的，切不可效法，以免错过治病救人的最佳时机。

就我来说，自己对这部作品最喜欢的地方是关于采摘冬茶的描写：那被白雪覆盖得严严实实的齐腰高的茶树上，女人冻得通红的手像蝴蝶般地上下翻飞。在我的心里，那是一种悲壮之美、沧桑之美和痛切之美。这让我从另一层面去设想，人是如何坠入庸俗和猥琐空间的？这问题让我不能不进一步思想，在平常生活中，人们将什么作为理想？将什么作为目的？换言之，我从未见过，像今天这样太多卑劣横行，连一根纱也不肯用来遮羞的现象，使得人有时不免为自己的那点绝顶聪明行为觉得可耻。在当代百姓中，那些从神话时代一直流传下来的，地方官选美女进宫的怨愤故事，在当代人的文化承传中断了线。人们并没有忘记这样的精神痛楚，可现实的压力让大家每每选择本不应该的选择，物质社会是一个让人生畏、又让人向往的社会，去时挑担茶叶上北京，从北京获得的也许光靠肩挑是不够的，得用车载才能回来，这的确让许多人心存幻想。

我不知道如此采冬茶的主意是谁第一个想出来，采摘冬茶是近几年才有的事。但我想这个人是绝不敢像别的有特殊贡献的人那样，站出来申请专利，甚至连被载入经典这样有诱惑力的好事，他也会退避三舍。也不可能像第一个吃螃蟹的人那样获得某种赞美与歌颂。而我却为这事这人立了传。假如冬茶真的流行在那些礼品盒里，我会非常不安。

听　笛

我一直坚持认为，文学和音乐，是从心性与灵魂的交融处产生的。

年年秋天又至时，于冷风瑟瑟的黄昏中，总让我的乡村回想一个一个地显现不停。当我想抓住它时，它们却腾身闪过，让思维里留下种种扑空的感觉。以至我不得不每每慨叹都市已让人没了感觉。那天，霓虹又上时，我走在汉口六渡桥的过街天桥上，忽然有人伸出手臂挡住我的去路。留心一看，地上有一摊竹笛。在我以后的伫望中，卖笛人的手臂一直在护卫那些竹笛。可惜别人没有他的那份爱笛之心，在很长的时间里，竟无一人在其面前驻足询问。后来，笛声响了起来。但是那旋律被都市的喧嚣淹没得几近彻底，剩下的那点隐约的声音，干涩得像是枯河中兽蹄印内的黄锈水和洪灾之后挂在树杈上的浮渣。卖笛人那副忘我的样子让人心生痛惜。这种痛惜，终于使我在大厦的阴影压迫下捕捉到自己的一个回想。

一九七三年国庆过后到一九七五年元旦之前，我被县水利局派到处在湖北和安徽省界线上的岩河岭水库工地当施工员。那地方是大山顶上的一小块盆地，隔着一道小山脊就是安徽省岳西县。工地号称有两万民工，实际在一万两千左右。这么多的人散住在工地附近的山塆里。

那时，我十八岁，黄昏后的行走，是当年的唯一浪漫。

最初的时候，我特别喜欢听那位在小学校里当老师的下乡知青悠扬的笛声。有笛声相伴的行走，总让自己心生一种趾高气扬的感觉。然而，有一天傍晚，从民工们居住的破屋里传出一种笛声深深地震撼了我。我一直认定那种断断续续、五音不全的旋律是从那种两角钱一支的竹笛中钻出来的。当时，天正下着不大不小的雪。我扛着测量水渠线路的水准仪，沿着山边的小路往指挥部走。不远处的工地上，那些为着早些完成任务回家去的民工，还在冒雪挑灯夜战。茫茫然的雪花遮蔽了民工们的吆喝，平素不太引人关注，作为唯一穿透雪夜的笛声，一下子突现出来。那种苍凉、冷峻的命运感和竭力挣扎的渴望，给人以颠覆性的感悟。那时，我并没有意识到，这种粗糙的、没有训练、没有装饰、不见优雅和华丽的笛声，会在几年后才开始的文学生涯中，产生那么大的影响，甚至直接影响个人的文学审美、文学趣味和文学趋向。在当时，我只是知道一个人站在那片苍茫里久久地聆听。就像一名学生站在自己所崇拜的导师面前那样。

一九九二年元月，中篇小说《凤凰琴》以一队队的文字出现在笔下时，我才发现，多少年来，自己心里一直怀有对普通乡村中人的崇敬之情。小说中，那几位吹着竹笛升起国旗的老师，也即是那于风雪之夜，在破旧屋子里吹着竹笛，飘散出五音不全旋律的民工们。

我一直不敢在自己的写作中，对父老乡亲有半点伤害。在他们面前，我没有半点文化上的优越感。每当面对那些被风霜水土、杂草粪肥过度侵蚀的容颜时，内心深处总感觉自己占了他们的便宜。所以在写作时，能与笔下的那些人物平等相处，是我想象中的归宿与解脱。我一直不太相信在从事写作的这一群人中，有谁比乡村里的老农民更懂得生活和命运。他们是天生的社会学家、天造的历史学家、天才的哲学家和美学家。在乡村里，家家户户的老水牛都是大英雄，屋前屋后的老母猪全是大美人。这话没有丝毫调侃，我是百分之百地认同这些话。老水牛那毕生不改其志的劲头，比时下许多时髦学问家强。老水牛那只管耕耘不计收获的"牛格"，比那些只想收获不事耕耘的花花公子们的人格要强。比起那些人，得到好处越多，越爱在办公楼里骂阵。在现实生活中越是狂捞好处，越在互联网上扮成正义化身的骂街。那老母猪心甘情愿地用一己之力，换得一户农家过上一段安逸日子，当然够得上美人级别。

保持一种平等心理，平常心态，用以在写作时面对笔下的中国乡村，这成了一九九〇年代，我对乡村小说奉献的一种"新状态"。城里人听不懂也不愿听那竹笛，竹笛从本质上讲也不属于城市。

《凤凰琴》改编成电影以后，尽管故事情节语言几乎原封未动，可是，怎么看怎么不像原小说了。根由就在于进行电影再创作时，那种平等的状态失去了。为乡村贫困窘迫所萌发的同情、怜悯，为乡村的落后愚昧而激发的愤慨、忧虑，在一些揣着高学历，住在高楼的人那里，这些表情的潜意识里包含着居高临下、指点江山的优等感觉。同情与怜悯带着施舍的背景，愤慨与忧虑则是恨铁不成钢的教师爷前提。这些东西妨碍着公正的、公平的写出乡土小说里的哲学意识与历史感来。对乡村的文化歧视，使得社会在政治经济上付出更大代价。乡下人抽鸦片和赌博总是被认为愚昧，城市人吸毒、玩老虎机则是一种文明病。乡下人按自己的意念在私宅前雕龙塑凤，却招来城市人认作是对中国文化的糟践的谩骂。没有多少人能够真正地理解中国乡村。乡村中人们自己发明了联产承包责任制，自己搞成了乡镇企业，让那些办公楼与研究所里的专家，跌坏了大大的眼镜。这一点既是乡村的骄傲，也是乡村的悲哀。

对于新乡村小说家来说，这将是一场挑战。

面前的对手很有可以就是自我。

这个自我，正是对乡村满怀善意的文化歧视者。

我无意让竹笛响彻城市，然而我的确想让城市听懂竹笛。

第二辑

行走

能在母亲心里流浪，
最轻微的歌唱，
也会是最深情的感动。

在母亲心里流浪

去丽江，不管是何种年龄，一定要去听一位歌手的歌。即便是与音乐最无缘，也能因为他的那个令人奇怪的姓氏，而多一些对这个世界的好奇。

在丽江小住，因为过年，现代情感与传统情绪纠结得格外深，以至于意外得出一种与历史社会无关，纯属个人的结论：这座在文化上只配与茶马古道共存亡的小城，能够在航天时代大张旗鼓地复活，应是无限得益于那些从来不缺少才华，也从来不缺少浪迹天涯情结的知性男女。

那天下午，从客栈里出来，随心所欲地沿着小溪将自己散漫到某条小街。清汪汪的流响若有若无相伴着。水声之外，其余动静亦如此，不到近处，不用心体察，皆不会自动飘来。就这样我走进一所“音乐小屋”。十几年前我写过一篇也叫《音乐小屋》的小说。眼前的小屋似乎有某种默契，我在小板凳上坐了下来，听着弥漫在四周的歌唱，有一句没一句地与那位开店的彝族姑娘搭着话。最终，我从她手里买走了一大沓歌碟。虽然歌碟有些来历不明，那些歌唱却是真情感人。据此，我晓得了，在这些本地制作的歌碟背后，漂泊着许多比音乐还自由的自由歌手。

小街的青石，光滑得像是从沧桑中溜出来的一页志书。

小街的板房，粗犷得像是垂垂兮长者在守候中打着盹。

小街的空旷，幽幽地像是明眸之于女子越情深越虚无。

这时候，还没想到，再过几小时，就会遇上一位真正的自由歌手。

在这段时间里，首先，天黑了，肚子饿了。接下来，在爬到一所餐馆小院的二楼上看古城灯火时，因为限电，身边一带突然了无光明。不得不离开时，我们还是不想选择灯火通明的四方街等，偏要沿着背街深巷，在青石板成了唯一光源的暗夜中缓缓潜行。当光明重新出现时，正好看到一处可以推门进去的酒吧。坐下后，那位男歌手为着我们这种年纪的人唱了几首老歌。突然间，酒吧里也停电了。

点蜡烛时，聊起来，了解到他叫丑钢。我忍不住问，这是你的艺名吧。丑钢却说是本名，而姓丑的都是满族人，还说自己曾经是银行职员，做歌手已经十几年了。过年的丽江，一限电就是两小时，这一次我们不想刚坐下就走。而丑钢也拿起一只吉他，唱起他自己写的歌——《老爸》。只听他唱了一段，接下来我们就能跟着唱:“爸爸，我的老爸爸，那天你突然病倒了。我说爸爸，我的爸爸，你不要离开我和妈妈!”这样的歌唱让人心动，其理由自不待言。

接下来他唱起:“老了，真的感觉老了。一切都变化太大，再不说那些狂话。老了，纯真的心灵老了，不过仅仅二十几岁吗，却真的感觉老了。我真的老了，我已付出太多代价。天真离我越来越远，我却根本留不住它。我真的老了吗，看到打架我好害怕。生存，说白了更像一种挣扎。执着，其实只是没有办法。理想，我已差点忘记了。对不起，我不能再唱。我感到饿了，妈妈……”

听这一曲，恍若在小街拐弯处，与命运撞了一个满怀。

不是能否躲得开，而是这一头撞得有多重。是翻出几个跟斗，或者几个踉跄，再不就是满脑门金星灿烂？老了是一种命运，从年轻到老了是一种命运，刚刚年轻就觉得老了也是一种命运，只有年轻却没有机会老了更是一种命运。谁想反其道而行之，从老了再到年轻，无论如何，都是痴人说梦，而不可能是命运。

曾经听过别人说，丽江必须靠自己去无人的小街上寻找，才能发现。客栈老板亦说过，有美丽女子三年当中十几次投宿门下，所要做的便是满街寻找。不晓得她找到“老了”否？想来能够让人一生中寻找到老的，除了命运，不可能有其他。

与我共有过的小街上的“音乐小屋”，何尝不是某种命运！在找到她之前，丽江小街是别处的一种言说。一旦命运撞将过来，这些便顺理成章地有了事实发生。不仅仅——不仅仅是某种新艳际遇，那些太微不足道了，就像一张小面额纸币，就能在小街上买到，扮酷的帽子与秀美披肩。重要的是在哲学辨察、史学明鉴和文学感怀之上，用双手实实在在地抚摸到一生中无所不在的命运，顺便掂一掂其重量。

在丑钢的自由歌唱下，从忧郁到安宁只有一步之遥。

作为一名从长春到北京，再到深圳，最后来丽江并爱上丽江，不肯再走的歌手，他比自己姓氏更奇怪地从不用流浪一词来形容自己。

到了需要我们离开酒吧时，被限制的电一直没来。

于是非常情不自禁地想：面对黑夜，无法流浪。除非流浪的人和灵魂，揣着的一粒烛光。然而，有着烛光一样的理想，就不是传统的流浪了。

离开丽江，回到武汉，收到丑钢的短信。回复时，我形容他是在母亲心里流浪。实际上还想说，能在母亲心里流浪，最轻微的歌唱，也会是最深情的感动。一如普天之下，每个人都曾想到并说过的：我饿了，妈妈……

大巧若石

时下，只要踏上旅途，便不难看到道路两旁，哪怕是胡乱堆放，也还是有意安排的地方出产。英德当地出产一种名为英石的观赏石，在男男女女所说的活灵活现外，还有着古老的佐证。苏东坡当年两过此地，只为会一会那块名为九华的美石，头一回因为在贬谪途中，虽然见得了，有心无力带不走。后一回倒是拨云见日，曾经沐浴过的浩荡皇恩终于重现了，却更遗憾心仪的美石九华遍寻不得，纵然有雄文华章相伴，也免不了丢魂落魄，竟然于旅途中撒手仙去。再有当年的米芾，而宁肯得罪朝廷宠臣，也决不放弃一块现存于美国大都会博物馆的英石。说起这些当然是一种扬眉吐气。可英德人还是很委屈，在他们的民间历史中，由于一部《水浒》而变得赫赫有名的“生辰纲”中，英石占了相当部分。因为山高水远险阻重重，一有变故，偌大的石头在民夫亡命逃避时，肯定会成为抛弃物品的首选。如今苏州、无锡等地的奇石，真的就是这传说中的由英德逐水北去，最后散落在太湖边上的“生辰纲”吗？英德人在乎的不是自己的石头被人拿去了，无论是皇亲国戚达官贵人，还是浪荡学子布衣平民，石头不分大小，人众不辨贵贱，只要是拿走石头的，都会受到他们的欢迎。

让他们觉得抱屈的是，好好的英石，大大的英石，只是因为身在苏杭，便被活生生地改了名分，成了本与太湖一点也不相干的所谓太湖石。好似往日的良家女子，只因流落在秦淮河上，便改头换面，用那些芳芳香香翠翠柳柳的意思作为艺名。

好山好水的英德，正是将人世间的稀奇应在天造地设的石头上。所以他们才为从来都是身外之物的称谓，毫不含糊地较真！踏上英德地界，眼皮一眨，就能见一块雄奇俊异的巨石，立在街头，是为国色；立在庭院，则成家景，立在旷野，便变成了风光。那些立在路旁的石头，如果是形单影只的，还可以一眼望去，喜欢了就多看几下，审美疲劳了，也不必往心里去，熟视无睹就行。就像沙漠戈壁上的沙暴，那小小的，亦可以当成大漠孤烟直。让人惊心动魄的是沙暴骤然疯狂起来，赶上无处躲藏，只能待在如蜗牛般前行的汽车里时，唯有任它们呼啸在车窗外。那天在英德，就是这样。汽车三弯两绕后，猛然间发现公路两旁雄立着望不到边的森林一样的奇石铺天盖地而来，心中诧异也就可想而知了。

那重重叠叠前的美轮美奂，那鬼斧神工下的酣畅精妙，那无以复加后的旷世奇葩，形象的尽可以在其中形象，要抽象的尽可以于其中抽象。现实主义也好，现代主义也罢，艺术的林林总总，全都可以在自然天成的此地寻觅到。坦率地说，就算是那些名声显赫的著名雕塑作品，如果搬来此地，对照之下，也会相形见绌。这许许多多的奇石，仿佛是昨日撒下种子，趁着淅淅沥沥的春雨破土而出，一夜之间就能长大成形的。前人曾经有过定义，好的英石应该具备瘦皱漏透，四大特征缺一不可。如今的审美者不再受此局限，山野滴露，顽石穿心，细流涓涓，熔岩洗石。英石的漏与透想改也改不了，唯一的瘦，有二的皱，如今的选择就可以不同了。新发现的种种柔软舒曼，新崛起的种种婀娜风姿，新流行的种种绚丽妩媚，正如英德不再因三江总汇而继续以舟楫代步，新建的京珠高速公路和也快成为传统的京广铁路，天天都在沿线播撒新气象，古老的英石哪能不因之心动！

但凡山好水好的地方，一定要出一些稀奇事情。光有山不行，光有水也不行，非得两样上天宠物聚齐了，位于岭南的英德就是如此。英石之奇旷古以来都是为了给人看和玩。在英德的那天，我忽发奇想，以英石的四大特征来评判，当年苏东坡可以泛舟穿行的碧落洞，不就是一块巨大到不能再大的奇石么！如此，对英石的观赏就会多一个角度。那种只从外部相看的用不着说了，当我们舍身投入到各式各样如碧落洞一样的岩体之中，一边仰人鼻息，一边仰天长啸，体会那些被浊流放大的大岭之漏与峭壁之透，何尝不是一种从内部获得的洞察。至于那两座庞大的现代水泥工厂，仍然是事关英德之石的一种展望，那是用梦想来观赏，它所看到的只能是三江之上每一条细流的未来，以及细流之畔一方水土的未来。

和解生香

我是带着一种很不好的心情到达英德的。这种不好源于途经广州的那个短暂时刻，本与此地无关。世事正像那个关于蚊子的谜语：为你打我，为我打你，打破你的身子，出我的血。在广州积下的一腔郁闷，又如何能在抵达英德的两小时不到之车程中烟消云散哩！从餐前的黄昏，到餐后的夜晚，当地新认识的几位，动不动就将话题转到“英红九号”上，说是大约是清王朝紧闭的边关被洋人的坚船利炮撞开之前，英德红茶就被运到欧洲大陆，成为上流社会不可或缺的奢侈品。明明前面已经说得很清楚了，后开口说话的人，还是要继续重复，当年英国首相撒切尔夫人初访中国时，通过外交照会，明确指定“英德九号”为唯一茶饮。对故土风情的痴迷，肯定是每个人终身化解不了的心结。只是，它们来得似乎不是时候，让我产生一种与发生在广州某酒店中连环套骗局类似的感觉。那样的时刻，我甚至担心自身的固执将会辜负朋友们的一番好意，将分明与英德无关的不愉快，强加在此。

迷茫地过了一夜，早上起来，不知不觉中下过的小雨，让天气异常凉爽，其舒适竟然胜过往北千里的长江之滨。昨日的不快正在成为这辈子的刻骨铭心，当新来的几位相关科局主官，再次轮番上阵累数他们的“英红九号”，在心里，我却充满和解之意地轻轻地笑了，并脱口嘟哝一句：老九不能走。

出了酒店，一路上俨如专门访茶。特别是那位来自广州的女记者，每到一地，都要站在一种名为荔枝红的茶叶面前，急切地想买一些，又怕途中拖累，犹犹豫豫的样子，被那真如荔枝一样红透的茶叶所反衬，仿佛有了一些其实并不存在的羞羞答答，就像那说得很多却一直没见着，只晓得为欧洲贵族所追捧的茶中名品。

车行半日，粤北山区的景致已经有所见识。因早晨的凉爽而换上的长衣，被我们纷纷换成了短衫。说到底，岭南还是以热闻名，随身带着的矿泉水虽然也能解渴，与茶比起来就逊色多了。所以，当听说下一站去一个地方喝茶时，那个让耳朵都听出老茧来的“英红九号”，立即使人凭空生出一丝清凉来。

“英红九号”说来就来。在次序上，它是那样的直截了当，女孩子右手拎着一只大茶壶，左手拿着一只茶杯，当着面将那茶壶一倾，红艳艳的一线茶水，就将茶杯注满了。既不见“凤凰三点头”，也没有“关公巡城”“韩信点兵”，女孩子就抽身去到别处，将荔枝一样鲜艳的茶水落落大方地给了每个想要的客人。这种尽量省去那些带不来效益的细节的特征，倒也神似广东人普遍的性格。

小小一杯，只消两口就干净了。再要一杯，再喝干净了，我才问：这就是“英红九号”？屋子里客人太多，主人太少，我没有得到回答。忙着待客的女孩更是顾不上搭理，将手上的茶杯换成大号的，剩了一种别样的东西，掇过来，问我要不要捶茶粥。不容我反问，一位当地人就在旁边连连叫好，还说他奶奶都九十多岁了，这一生就没有断过一天捶茶粥，偶尔进了城，因为吃不上这东西，便匆匆忙忙往家里赶。从会做捶茶粥时起，他奶奶就一直延续那一成不变的方法，将制好的茶叶放进石磨中，加些清水细细地磨成汁，又将炒过的花生或者芝麻捣碎了，连同白米一起放入砂锅中，煮一煮就成了。同道边说我边吃，碗里空了后，还不好意思地又要了一碗，这才腾出嘴来说了一串好！做主人的这时才又提及“英红九号”，说是吃了捶茶粥，再喝茶，那才是真神仙滋味。如其所言，一口茶饮过，我忍不住脱口说道，难怪，你们喝茶前非要吃点捶茶粥，原来这东西是中药里面的药引子，没有药引子，这茶的味道就调不出来。本是随口说的一句话，多一些想象后，此地茶品就很明白了：不像别处，必须先清净唇舌，才可以入口细品细尝。英德茶天生是一种和解之物，空空地则见识不到其滋味，必须是苦辣酸甜腻滑滞纳之后，以和解之心进入，才可以获得那种天赐美感。

如果要挖掘关于这茶留在体内的到底是什么，我敢肯定它不香，也敢肯定它没有甘甜，在排除掉其他茶叶都会有的特征之后，剩下来与众不同的特殊，就在于它能给人以长久不退的滋润与和解。英德当地山不高，却因三江总汇而多水，所以不缺产好茶所必不可少的云雾。那些坐落于喀斯特地貌中央的大小盆地，天生黏性土壤，同样是茶树能结好茶所必需的。一年当中，有霜的日子，平均起来，也就区区几天，在好茶人眼里，这已经是仙境了。也是后来，我还想到，因为此地太多陌生植物的缘故，那些不断出现的茶树和茶园，犹如纸上印刷的方块汉字，哪怕走到海角天涯也会使人如遇他乡故知。因为春茶已采过，夏茶采摘还没开始，寂静的茶林，就像一组无人咏叹情怀化解愁思舒缓郁积的诗歌。无论是一棵茶，还是一杯茶，无论有没有人称赞和传诵，那种境界都是存在的。

那一天，冒着大雨回到千里之外的家中，与深圳一位朋友在互联网上聊到自己刚从英德回来，她马上就在另一端敲出一行字问我，有没有喝到英德茶。她没有很专业地提及英德茶的名字，我也相信，当年的英国首相也未必晓得，英德红茶还会分成一二三四五六七八九号等等的不同。那种人所共知的相同点，一定就是英德红茶那独具特色的和解品性。

唐诗的花与果

一个人怎么会在心灵中如此迷恋一件乡村之物？

这种感觉的来源并非是人在乡村时，相反，心生天问的那一刻，恰恰是在身披时尚外装，趴在现代轮子上的广州城际。那天，独自在天河机场候机时，有极短的一刻，被我用来等待面前那杯滚烫的咖啡稍变凉一些，几天来的劳碌趁机化为倦意，当我从仿佛失去知觉的时间片段中惊醒，隔着热气腾腾的咖啡，所看到的仍旧是挂在对面小商店最显眼处那串鲜艳的荔枝。正是这一刻里，我想到了那个人，并且以近乎无事生非的心态，用各种角度，从深邃中思索，往广阔处寻觅。

那个人叫石达开。这一次到南方来，从增城当地人那里得知，习惯上将这位太平天国的著名将领说成是广西贵县人，其实是在当地土生土长，只是后来家庭变故，才于十二岁时过继给别人。十二岁的男孩，已经是半个男人了，走得再远，也还记得自己的历史之根。传说中的石达开，在掌控南部中国的那一阵，悄然派一位心腹携了大量金银财宝藏于故乡。兵匪之乱了结后，石姓家族没有被斩草除根，只是改了姓氏，当地官府甚至还容许他们修建了至今仍然显得宏大奇特的祖祠武威堂，大约是这些钱财在暗中发挥作用。身为叱咤风云的清代名将，对于故乡，石达开想到和做到的，恰恰是乡村中平常所见的人生境界。

岁月不留人，英雄豪杰也难例外。增城后来再次有了声名，则是别的缘故。因为有了高速交通工具，这座叫增城的小城，借着每年不过出产一两百颗名为挂绿的名贵荔枝之美誉忽然声名远播。那天，在小城的中心，穿过高高的栅栏，深深的壕沟，站到宠物一样圈养起来的几株树下，灵性中的惆怅如同近在咫尺的绿荫，一阵阵浓烈起来。

不管我们自身能否意识到，乡村都是人人不可缺少的故乡与故土。在如此范畴之中，乡村的任何一种出产，无不包含人对自己身世的追忆与感怀。正如每个人心里，总有一些这辈子不可能找到的替代品，而自认为是世上最珍贵的小小物什。乡村的日子过得太平常了，只要有一点点特异，就会被情感所轻易放大。乡村物产千差万别，本是为了因应人性的善变，有人喜欢醇甘，也有人专宠微酸，一树荔枝的贵贱便是这样得来的。因为成了贡品，只能是往日帝王、斯时大户所专享，非要用黄金白银包裹的指尖摆着姿态来剥食。那些在风雨飘摇中成熟起来的粗粝模样就成了只能藏于心尖的珍爱之物，当地人甚至连看一眼都不容易，长此以往当然会导致心境失衡。

从残存下来的历史碎片中猜测，十二岁之前的石达开，断然不会有机会亲口尝到那树挂绿的甜头，如能一试滋味，后来的事情也许会截然不同。乡村少年总会是纯粹的，吃到辣的会噘着嘴发出嗞嗞声，吃到甜的会抿着嘴弄出啧啧响，率性的乡村，没有爆发什么动静时，连大人都会不时地来点小猫小狗一样的淘气样，何况他们的孩子。石达开甚至根本就不喜欢荔枝，在这荔枝盛产之地，如果他尝过所谓挂绿，只要有机会，便极有可能用其调换一只来自遥远北方的红苹果。事情的关键正是他缺少亲身体验。绝色绝美的荔枝，或许根就是地方官吏与前朝帝王合谋之下的一种极度夸张。小小的石达开想不到这一层，而以为那棵只能在梦想中摇曳的荔枝树，那些只能在天堂里飘香的挂绿果，真的就是益寿延年长年不老之品。

是种子总会在乡村在发芽。难道就因为位尊权重，便可以堂而皇之地掠走乡村的心中上品？后来的石达开，一定因为这样想得多了，才拼死相搏，以求得到那些梦幻事物。后来的石达开，得势之时还记得这片乡村，难道没有对少年时望尘莫及的荔枝挂绿的回想？

在现在据说是用石达开捎回来的财宝修建的宗祠的屋檐上，至今还能见到“当官容易读书难”的诗名。当年不清楚的事情，留待如今更只有猜度了。正是由于如此之难，更可以让人认为石达开当然吟诵过杜甫的名句。那些开在唐诗里的乡村之花，一旦与历史狂放地结合，所得到的果实，就不是只为妃子一笑的一骑红尘，而是一心想着取当朝而代之的金戈铁马万千大军。

没有记忆，过去就死了，不得再生。没有记忆，历史就是一派胡言，毫厘不值。没有石达开了，没有挂绿，荔枝总不至于不是荔枝了吧？将唐诗当作花来盛开，最终还得还以唐诗滋味。这样的荔枝才是最好的。

铁的白

不管走到哪里，我都不愿改变在离开故土之前就已经刻骨铭心的那些称谓。每年的五月，纸质的、电子的、视图的、文字的传媒都在那里说，杜鹃花开了，而在口口相传的交谈中，大家还会说映山红开了。而我，不管走到哪里，不管有没有此类一路从南方开到北方的花，一旦必须表达这些意思时，我都会坚决地使用一个在多数人听来极为陌生的名词：燕子红。

我的燕子红盛极而衰时，涪江边的杜鹃花也开过了。

平原的川北，丘陵的川北，高山大壑的川北，地理上的变化万千，映衬着一种奇诡的沉寂与安逸。插秧女子的指尖搅浑了所有的江河，数不清的茶楼茶馆茶社茶摊，天造地设一般沿着左岸席卷而去，又顺着右岸铺陈回来，将沉沦于大水中的清澈清纯清洁清香，丝丝缕缕点点滴滴地品上心头。相比牵在手中的黄牛与水牛，驾犁的男人更愿意默不作声，毫不在意衔泥的燕子一口接一口地抢走耕耘中的沃土，这种季节性失语，其关键元素并非全由时令所决定。多少年前，那个来自北方的大将军邓艾，以三千残兵马偷袭江油城，守将要降，守将之妻却主战，留传至今，已不只是一方沧桑碑文。后来的蜀国只活在诸葛亮的传说中，而不属于那个扶不起来的刘阿斗。后来的江油同样不属于那个献城降敌的守将，让人铭记在心的是那嫁了一个渺小男人的高尚女子。男人犁过的田，长出许多杂草的样子，并不鲜见。女子插秧，将生着白色叶茎的稗草，一根根挑出来远远地扔上田埂，是良是莠分得一清二楚。

在川北，我总觉得温情脉脉的女子在性别区分中更为精明强干。

一个男人说：花好月圆。

一个女人答：李白桃红。

男人又说：水冷酒一点两点三点。

女人又答：丁香花百头千头万头。

转回来轮到女人说：三层塔。

不假思索的男人说：七步梯。

这个女人却说：别急，我还没有说完——三层塔数数一层二层三层！

恃才傲物的男人目瞪口呆半天才说：七步梯走走两步一步半步！

惹得旁观的人一齐哄笑起来。

男人叫李白，后来曾让唐朝皇帝的宠臣高力士亲手为其脱靴。

女人是他的妹妹李月圆，后来无声无息，只留下一抔山中荒冢，一片白如细雪的粉竹。

流传在江油一带的故事说，为了安抚时年尚幼的李白，父亲出了一副对联：“盘江涪江长江江流平野阔。”兄妹俩分别对上：“匡山圌山岷山山数戴天高。”“初月半月满月月是故乡明。”后人都知道，李白将自己的毕生交付了诗，又将诗中精髓交付了月亮。此时此刻，作为民间最喜欢用来彰显智慧与才华的对联，男人李白又一次输给了女人李月圆。

到达成都的那天上午，赫赫有名的四川盆地被五月份少有的大雾笼罩着。出了火车站，等候多时的一辆桑塔纳载着我迅速驶上通往绵阳的高速公路，那一年，也曾走过这条路，去探望在川北崇山峻岭中的某个军事单位里当兵的弟弟。行走在那时候的艰辛完全见不到了，于疲劳中打了个盹，一个梦还没有开头，便在属于江油市的青莲镇上结了尾。“李白就出生在这里!”将一辆桑塔纳开得像波音七三七一样快的师傅伸出右手指了指出现在眼前的小镇青莲。那一瞬间，犹豫的我几乎问了一个愚不可及的问题:“哪个李白?”我在心里三番五次地打听。司机与李白的妻子同籍，都是湖北安陆人，所说的每一个字都在乡土与乡情的热潮中浸泡了许久。几天后，一位大学毕业后回江油做了导游的女孩，用一种比历史学家还要坚定的口吻说:“李白出生在我们这儿,《大百科全书》上就是这样记载的，郭沫若的判断是错误的。”差不多从第一次读唐诗时开始，凡是比我有学问的人全都众口一词地说，李白出生在西域小城碎叶。如果用国际上通行的籍贯认定法，李白应该是哈萨克斯坦人，而不是中国人。曾经被称为在此方面最具权威的郭沫若先生并不是唯一者，现今备受学界尊崇的陈寅恪先生，也是此种论断的始祖级人物。江油人非常相信哪怕是学富五车的郭陈二位，面对浩瀚的史学典籍，也会有力所不逮之处。他们所列举的古人名篇中，的确不乏自号青莲居士的李白其出生地亦是小镇青莲的白纸黑字。作为后来者，自然法则让我们与生俱来地拥有可以站在前人肩上的巨大优势。所以，面对前人的局限，任何贬损都是不公正的，我们所看到的前人错谬，应该是前人伟业的一部分。没有前几次的探索，江油人也不会有现在的理直气壮，说起那个跟着丈夫来江油避难的西域女子，在江油河边洗衣服，一条鲤鱼无缘无故地跳进她的菜篮，夜里又梦见太白星坠入腹中，随后便生下李白的故事，仿佛是那刚刚发生的邻里家常：还记得鲤鱼是红色的，嘴上有两条须，沾了水后阳光白闪闪的，一如后来李白诗中不同长者的白须白发！又记得拖着长尾巴的太白星，初入母亲怀抱时是凉飕飕的，一会儿就转暖了。这种来自天堂的温情，致使李白的生命从受孕的那一刻开始，就注定了自觉自洁的自由之身。

五月是一种季节！五月是一种灿烂！那一块块依山而建，有清风明月碧树新花相随的青石，因为李白的诗篇而熠熠生辉。阳光下碑刻的影子很小很小，诗魂的覆盖很大很大，弥漫着越过高高的太白楼，锵锵地归落到握在石匠手中的铁钎上。几乎在同一时刻，同行的众人一齐记起，多少年前，那位蹲在溪流之上，立志要将手中铁棒磨成绣花针的老太婆。天边飘来一朵无雨的白云，山上开着无名的白花，水里翻涌清洁的白浪，假如传说无瑕，贪玩逃学的少年李白则是何其幸运，再不发奋，岂不是天理难容！在铁棒一定可以磨成针的真理之下，并非必须将铁棒磨成针。铁越磨越白，铁棒越磨越细，醉翁之意不在酒，一头白发苍苍的老太婆不经意间就将与铁毫不相干的李白，磨成能绣万千锦绣文章的空灵之针。磨成针的李白自江油起一发不可收，去国数千里，忽南忽北，走东往西，足之所至，诗情画意千秋万载仍在人间涌动。哪位老太婆哩？有谁还记得她的模样、她的姓名、她的伟大与不朽？一如隐藏在茫茫川北的小镇青莲——她造就了诗词的盛唐，却被盛唐的诗词所埋没，她造就了唯一的李白，却被李白的唯一所争议。有一种伟大叫平凡，有一种不朽叫短暂，一个人的笔墨总会是万千乡情的浓缩，一个人的永恒一定是无数关爱的集成。白发三千的老太婆想必是一位熟识人性的老母亲，对她来说，母爱是最容易被记起，也最容易被忘记的，此中道理与阅历一定被她早早经历过了。

又是一个女子！从童年到少年再到青年，一样样的女子每每在生活中所起的作用，当是决定李白一生一世以轻灵飘逸为诗风诗骨的某种关键！

“江油南面三十里处的中坝是川北商业汇集的地方，有小成都之称，从青杠坝出发向江油前进的七十里路程中，尽是平坦地带，种满了一望无际的罂粟，五颜六色的花朵，争芳斗艳，确是美观。这是入川后所看见的最大幅的罂粟地，良田美地上，竟为毒物所占用，不免感慨系之。”这是张国焘在回忆一九三五年率部进攻江油时所写的一段文字。当地人也说，当年川北的富庶完全在于有鸦片的种植与收获。在罂粟妖冶的迷惑面前，我很奇怪自己竟然游离了文学惯有的描写，不再习惯于用罂粟来形容某些女子，显现在思绪里的全是那些坐在茶馆里吸食鸦片，或者宁可扔掉刀枪也不肯放下鸦片枪的旧时川地男人。虽然罂粟与鸦片是外来的，李白那时还没有这类美艳的毒物，却丝毫没有妨碍川北男女在李白诗词之外的人生中分野出高下。阅读李白，满篇不见川北女子，满篇尽是川北女子：眼睛一眨，便会遭遇李月圆的温良，心灵一动，磨针老太婆的恭俭就能扑面而来。

铁因磨白而使成材，路因踏白而被行走。

没有磨白的铁是废铁，没有踏白的路是荒径。

那些没有载入李白诗篇中的川北女子却无损毁，一如既往地生活在以小镇青莲为诗意起点的整个川北大地上。就像李白以画屏相称的窦圌山，我所看重的不在于其诡其异，而是那朗朗如白雪的云。又像行走在当年李白求学匡山的太白古道，亦不在于那峥嵘崎岖，只想重蹈此中特有的于泥泞中自净的洁白山光。

宛如燕子红与杜鹃花、映山红，这样的山，我的乡土中也有，这样的路，我的乡土中也有。这样的山和路，人人都应拥有。

因为杨

五月的大平原。

五月的苏北大平原。

五月的京杭运河边的苏北大平原。

没有见过六月、七月、八月、九月、十月、十一月和十二月的苏北大平原，也没见过一月、二月、三月和四月的苏北大平原，只见过五月的苏北大平原，因为这是迄今为止我与这座梦一般的大平原唯一的相逢。

停泊在古码头上的现代游艇，正如长到南北的京杭运河之于横到东西的水闸。漂移在京杭运河中的重载船队，更像坚硬的堤岸之于柔软清波。教科书里说，这片有过太多沉重史实的平原，那些苦难艰涩，连带从地里渗出来的每一滴水都很苦咸。铭记于文字的那些绝望坎坷，即便逃难至千里之外，能品尝的依然只有辛辣。真的来到泗阳，梦一般的苏北大平原，猛然化作童话撞入我的胸怀，用那种对历史的浪漫深深感化于我，又将那些浪漫不再的历史铮铮地牵动每一根心弦。

苏北大平原的五月，本该牡丹红透原野，茉莉香浸天际，那红的牡丹不见消失却似消失，那香的茉莉依旧弥弥却难沁心底，只是由于一种杨的出现，珠圆玉润的圆润顿成运河畔百代玛瑙，流光溢彩的光彩迸出苏北大平原近世琉璃。

做了群山的树便做了雄伟，做了平原的树便做了壮阔。

站在杨树博物馆旁那棵三人合抱粗的苍茫大杨树下，我想起一个关于杨的贬义词。那被爱情视为天敌，被婚姻当作杀手，能使浮生红尘一塌糊涂的“水性杨花”原来也可以是世间美德。听说过戈壁人行走千里百里，只要停下脚步，就在地上插上一枝青春之杨，为自己种下来年的一片绿。抚摸过那种活着一千年不死，死了一千年不倒，倒了一千年不朽的沧桑之杨，就像抚摸时时刻刻在一起，却一生一世见不得面的命运。然而，真正年年岁岁日日夜夜相厮守的是从泗阳到苏北再到大江南北五岳东西，从平原到山地再到房前屋后田边地头，平常得如同家人的惬意之杨。这样的杨比如父母，高也高得低也低得。这样的杨比如兄弟，干也干得淹也淹得。这样的杨比如爷爷奶奶，盐也盐得，碱也碱得。这样的杨比如子子孙孙，肥也肥得瘦也瘦得。这才有了行走在黄河故道，找不见旧日铺天盖地的风沙。徘徊在盐池碱窝，闻不到先前茫茫死寂的气息。一个媚眼或许成就一段情爱，一个灵感或许创造一部诗篇，一句闲话或许改变某种人生，在一切还是皆有可能面前，一种名叫杨的树已经在改变泗阳、改变苏北、改变大平原以远的山水世界。真的有些不可思议，在苏北大平原核心地带的泗阳，二十世纪七十年代初还是不毛之地。就因为二十株杨的意外出现，经过四十年的栽种与繁殖，那一株株挺拔的躯干，那一片片飘扬的绿叶，竟然覆盖了这片土地的百分之五十五。奇迹是信念的果实，信念是奇迹的种子。生长是普通的！我们是孩子时如此，我们的孩子也是如此。有雨露阳光就好，春风吹几吹，该长的长，该粗的粗。长成却是非凡的！非凡到成与不成只在一念之差。那漂洋过海来到中国的其他四十株杨，就这样被其他地方的一念差成了枯枝。

因为杨，相关林海的赞美不再专属于莽莽群山。

因为杨，相关林海的注释需要添上湿地与荒滩。

因为杨，一眼望穿的辽阔里有了舒曼爱恋的林荫小道。

因为杨，一马平川的迷糊中有了寻觅奇妙的呼啸林涛。

天山戈壁胡杨千载，乌苏里江白桦无限，洞庭鄱阳天水相共芦苇，塞外漠北苍茫只见红柳。平原平原大平原，苏北苏北老苏北，因为有了杨，一切的可能都成美妙，就像童年与林鸟一同飞上林梢。

剃小平头的城市

天空深邃，平原宽阔，一座城市摊在那里，无论从哪个角度进入视界，都不会觉得突兀与惊艳。这样说来并不是千篇一律，北方大平原上有很多城市，大的小的，超大的和特小的，各种各样的城市群里，唯有被称为石家庄的，像一个任何时候见面，都能保持着质朴本色的亲朋好友，哪怕是突然从拐角后面冒出，或者是大老远款款地迎面走来，既不会使人心惊胆战，也不会让人熟视无睹。这样的风格很容易被定性为朴素，而朴素是一种可以让绝对多数人口欣然接受的赞誉。然而历史是会反对的：历史怎么可以朴素呢？历史一旦朴素了，是不是就等于可以忽略和漠视呢？

城市周边是那座像祖宗一样不好意思用朴素来形容的太行山。六十年前，一支用深山野岭的艰险锤炼多年的军队，突然行动起来，山洪般扑向在城市中生活得沾沾自喜的另一支军队。与秋风落叶相比时间不算短，与春水东流相比时间不算长，城防就被击破了，败军所维护的旧政府也垮台了。垮台的没想到，上台的也没想到，说大就大，当小亦小的一座城市就这样在几天之间彻底易手了。身为对手的旧的地方政府，更没想到的是，自己竟然就是压倒一头骆驼的最后的那一根稻草。历史总是要在随后的时光里才能看清楚，一年之后开始的那种排山倒海摧枯拉朽般的大逆转大反攻，毫无疑问地始于在当时还看不出对时局有何决定意义的石家庄解放之役。

一只雨滴打着芭蕉，一丝轻风拂倒炊烟，能不能料到暴风雨紧随其后？鼎鼎大名毛泽东，斯时斯刻不得不化名李德胜，在陕北的黄土高坡深处，小心翼翼地躲避着铁了心非要捕获他的几十万大军。也许是为了鼓舞士气，也许是真有先见之明，反正唯有他说过，石家庄的收复，是他所统率的红色队伍战略大反攻的开始。此后的历史果然依照着他的理想所书写，也果然让石家庄一战成名，在与其他赫赫有名的城市相比时，写下别具辉煌的一页史记。

历史是一个好大喜功的家伙。对于历史，所有的阅读者又都无一例外地默许了这类若在日常生活中绝对招人厌恶的习惯。历史又是一个粗枝大叶的家伙，只满足于将每一页中的大小角落用流水账填得满满的。譬如六十年前的石家庄，历史说得没错，对她的收复是从塞外到岭南普遍解放的先兆。然而，比历史所言更为重要的是，这件事本应该被表达为世世代代所渴望的和平生活的到来。

比六十年前还要早一些，加拿大国的白求恩大夫来到城市身后的大山里，他说了，自己远渡重洋而来，最大的愿望帮助中国人战胜法西斯，过上和平的日子。怀着同样理想的人还有印度医生柯棣华，如今的城市街头高耸着他们的塑像，还有一座归属共和国军队系列中的“白求恩和平医院”。因为感怀白求恩之死而抒写过名篇的毛泽东，几年之后终于也来到此地。那时候的石家庄已遍插红旗，发现他的到来后，北京城内的对手，秘密派出十万大军，剑指石家庄附近的红色中央司令部。明知身边能打仗的只有万余人马，毛泽东闻讯后却仍然胸有成竹地说，要给对手一点厉害看看。他拿起笔，写了一篇文章，让新华社电台播了出去，号召他所统率的军民，三天内做好歼灭敌人的准备云云。一曲“空城计”，逼退十万雄兵。这种宛如茶余饭后顺手操办的小事，在随后的日子演绎得更加淋漓尽致。从南京或者北京来的和谈代表，往返了一次又一次。虽然没能最终达成全国和平协议，也还是完成了让千年古都北京平安易主。

历史本应恰如其分地将石家庄表达成为一座和平之城，而非战神之域。毕竟关于和平的种种关键过程大都发生在此地，至于结果，有的成就了，有的无法成就。成就了的就会结一只外地果实，成就不了的结不成果实，却还是留下了与和平诞生相关的灵魂与精神。由此想来，这座城市的朴素，其深蕴的却是精神与灵魂上的和平。正如这座城市里普遍留着小平头的男人，不爱夸张，不事喧嚣，背后里却扎扎实实地做着许多事情。就像他们的老祖宗所修的赵州桥，明明是工匠李春的杰作，在被传说成鲁班的神话后，也改不了他们淡淡地从桥上走来走去的无欲。又由此想回去，一方水土养一方人，一样性情成一样事，也正是这种仿佛切下太行山一角堆砌而成的祥和之城，她不朴素谁朴素，她不和平谁和平！

蒿草青未央

一棵荒草用细细的根须抵达千年史实，一行黄叶用小小的叶面采集千年的荣光，一瓣野花用嫩嫩的心蕊扰动千年的芬芳。

这就是长安城，荣华末路唯有荒草。

这就是未央宫，历史日后尽是浮尘!

千百年前，这里曾是龙首山。

千百年后，这里又是龙首山。

岁月之间，肯定有过那座方方正正，四面筑围墙的未央宫；也肯定有过东西长二千一百五十米，南北宽二千二百五十米，面积约五平方公里内有四十多座建筑的未央宫。同样宫城之内，肯定有过居全宫正中，台基南北长三百五十米，东西宽二百米，最高处达十五米前殿。这一刻，脚下的所有和全部，又都回复成平常人也能察觉风水极好的龙首山模样。并且，当地人还不肯将其称作山，只管与黄土叠叠的汉中大地一样，笼统地叫作塬。

站在这样的山上或者说是塬上，秋天刚刚来到，花儿们连忙开谢了，叶子们却不着急染上红黄。满眼之中的绿自然不那么理直气壮了，一阵风吹来，甚至是一片阳光刮来，就会显出深处里已经在弥漫的枯瘦。

这情景，正如南方楚地民谣所唱：风吹麻叶一片白。下一句唱词是：葫芦开花假的多。从南方楚地一种攻城略地，率先攻陷长安城的刘邦，果然依着“怀王之约”抢得“秦王”位置而号令诸侯，中华天下岂不是将要跟着称为说“秦语”的“秦人”与“秦族”？好在西楚霸王倚天怒吼，顷刻间山河倒置沧海横流。面对英雄愤怒，刘邦只得领了“汉王”衔，一时憋屈的无奈，竟然成就了千年万代的“汉人”“汉语”与“汉族”。诎寸信尺，小枉大直，莫非善忍，哪得长安？一棵葫芦藤蔓铺天盖地开花，到头来只结得几只瓜果，那些结不了果的花儿，鲜也鲜过，艳也艳过，也招过蜂，也惹过蝶，最终还是逃不脱作假的命。历史高高在上，在现实的眼光里，如同上面青黛、下面粉白的麻叶，有风吹与无风吹，景致大不相同。

分得清的是前世，分不清的是重生。荒草再猛怎么生长千百代？一丛丛狗尾草偏偏要光鲜地摇滚，宛如未央宫内六大殿中的大汉重臣。芳菲再浓如何弥漫万万岁？一片片瘦芭茅在炫耀地飘扬，好比未央宫外十八阁里的汉室小吏。

左手捡起一只瓦砾，掌心里有了一座殿的沉重。右手拾得半个瓦当，指缝中夹带着一处阁的优雅。抬起左脚，无论是不是小心翼翼，都会将东阙踢得空空回响。落下右脚，无论有没有故意，注定要将柏梁台踩得踏踏实实。向西一声喷嚏，足以让西司马门风雨飘摇。向东一下咳嗽，定招致东司马门草木惊心。

帝宫未央，周回多少兴衰。

焦土一抔，拂一拂就得见天禄。老尘一捧，闻一闻就想起石渠。泥巴一坨，捏一捏就造就金华。沙砾一掇，数一数就数出玉堂。浮灰一团，吹一吹就飘来白虎。流沙一把，漏一漏就变成麒麟。离宫别殿，崇台闳馆，总记得星宿般列列环绕。

王者长乐，更知岁月无敌。

飞灰一阵，如裙袂飘落掖庭。汀泞一掬，如胭脂抹到椒房。土骨一堆，像英姿锦绣合欢。石子一粒，像玛瑙闪耀昭阳。残垣一列，似淑女窈窕鸳鸾。枯沟一带，似珊瑚出浴披香。荒径一路，为红玉流连蕙草。兽迹一行，为白玉圆润兰林。断墙一面，当长袖画眉飞翔。青石一方，当翡翠夜映凤凰。后妃闺室，粉阁香楼，忘不了虹彩般灿灿流霞。

雁过留声，那些早已开过花的舞蹈得汪洋肆意而累得歇季的虞美人，除非来了赵家飞燕，还有什么可以再叹三十六宫秋夜长！风过留痕，那些早已飘香过的芬芳得醉生梦死的野蔷薇，若是迎不来陈家女儿，也就没有人留恋金屋修成贮阿娇！天涯望断，正在不远处悄然伫立的雪花与梅花，等待的是那位步出长安，千载琵琶作胡语，永远出塞的美妙昭君！

不知从何处刮来的秋风醉了，仿佛刚刚穿越汉武大帝流连过的三千余种名果异卉，棠枣、樗枣、西王母枣；紫梨、青梨、芳梨；霜桃、含桃、绮叶桃；紫李、绿李、金枝李；赤棠、白棠、青棠、沙棠、朱梅、燕梅、猴梅、紫叶梅、同心梅；白银树，黄银树，千年生长树、万年生长树、扶老树、金明树、摇风树、鸣风树、琉璃树。百里长安，铺陈绿蕙、江篱、芜蘼和留夷。十里未央，尽是揭车、衡兰、结缕和戾莎。芘姜蘘荷，葴持若荪，鲜支黄砾，蒋苎青薠，天下奇花妙草，世上国色天香，可以遮蔽江湖大泽，可以蔓延帝国原野，只是抵不过一夜风尘。树还是树，草还是草，花还是花，却一一还原成树中杨柳、草中青蒿和花中酢浆。

荒郊旧址，古来绝唱。

野遗之上，满目无常。

那天，在未央宫遗址旁，同行的一位朋友忽然说起，曾有甘肃朋友送他一只汉代陶罐，摆在家中的日子，一家人天天做噩梦。有一回惊醒时还记得梦中之人对自己说的话：若无鬼魂，何来惊扰？一旁的另一位朋友接着说，她曾留一位女友独自住在自家的另一处房子。女友住了一晚，临别时与她说，夜里曾被某种软体东西抚摸。女友也是见过世面的，她镇定地将那软体东西推开，还说不要这样，三番五次之后才没动静。这处房子只有八十平方米，放了许多古物。女友走后，她马上去那里“开会”，对着屋里的古物说话，要它们守纪律守规矩，否则就请出门外。朋友此处房子是否再有软体东西出没不得而知，得到汉罐的朋友将其放到地下室后，家中一切便重回安宁。

来自楚地的刘邦，大概更在乎中国南方的魔幻之于自身及汉王朝的现实。于楚地中心湖北随州孔家坡出土的汉简中有几只简记载用鸡血祭祀土地神，其中有简文“央邪”，表明其时“央”与“殃”相通，“殃邪”当然是指殃祟与灾祸。如此例证还有云梦睡虎地的秦简、长沙马王堆的帛书，既然秦汉时期普遍将“殃”写成“央”，堂堂汉高祖，肯定对身后之事有所预见，“未央宫”就应当是没有灾难，没有殃祸的王宫了。

经历吕氏之乱、七国之变、巫蛊之祸，待到商人杜吴于宫中酒池杀了王莽，校尉公宾斩其首级，未央的意义，无论解释为没有尽头，还是理解成没有祸患，都不过是传说了。

正如朋友们所遭遇的，百代千年的未央宫存于当下、活在当下的意义，重要的是在长乐长安之上，不使那些历史中的邪恶再犯人间。史遗所在，宁肯葳蕤酢浆作了国色，唯愿棽离青蒿是为栋梁，也不让前朝奸佞重享半缕阳光。一棵草的未央，于过往是莫大遗恨，对历史则要摛笔穷鞫。人文烝会，瑰异日新。如此芳草积积，嘉木满庭，才有天下兴盛、无极长安的深远寓意。焦土累累，雁碛遥遥，那些生长在历史中的狗尾草，飘荡在时光里的蒲公英，都将具备现实的强大力量。

楚汉思想散

这些年，走过的地方越来越多。也不知道是何原因，只要所经过的道路出现惊险，就会想起那些被称为浙江佬的人，在高山绝壁上放炮修路的情景。去西藏，去新疆，去云南，去太平洋彼岸的科罗拉多峡谷，去欧洲腹地的阿尔卑斯山脉，只要车辆长时间用低速行驶，只要同行的女性不再将柔曼的目光投向车外，小时候的见闻便如期而至。因为修战备公路，浙江佬才作为名词出现在乡土生活的日常词汇中。大约是当年修鹰厦铁路练就的本领，浙江佬一来到楚汉东部的大别山区，那些一向以为无法逾越的座座雄关大岭，便乖乖地任其摆布。这条路现在被称为三一八国道。更年轻的人，根本就不在乎那些咽喉要道是谁修出来的，如果有浙江佬一词从他们嘴里冒出来，百分之百是与在沿海一带打工的经历相关。那时候，在乡土生活中，浙江佬是一种传说和传奇。许多远离公路而居的人，男的挑上一担劈柴，女的拿着几只鸡蛋，说是卖给浙江佬换点油盐钱。那些爱看热闹却又没有多余力气的老人，哪怕搜肠刮肚也要想出一门挨着战备公路的熟人家走一走亲戚。所有人的心思都是一样的，就想看看不怕死的浙江佬如何用绳子捆着自己的腰，吊在云雾里，挥着锤柄近一丈长的腰锤，在悬崖绝壁上打眼放炮。在这种传说与传奇的背后，还有一种公论：浙江佬太苕了！苕字是汉语言楚汉语系独有的。它有北方语系所说的傻的意味，又不全是。从语感上分析，湖北人每每用到苕字，相比北方人用傻字时，多了一种悲悯的质感。一条战备公路，不仅引来了浙江佬，还有广西佬。广西佬来是为了修桥。广西佬爱吃蛇，乡土中人也说他们苕。此时此刻所说的苕，已经是嘲笑了。

这种总不肯一去不返的记忆，想要兆示的意义，一直让我很难面对。

浸泡在乡情里的人谁个不会敝帚自珍！

在同一块地域上来往的时间太久，不知不觉中就会忽略个体和群体的秉性。直到某月某日某时，因为某人某事的触动，突然觉悟到某些个人生活的某些过程时，已经恍若隔世。二〇〇三年正月初九晚上，楚汉东部县份的一群人，在武昌某处聚会。大家一致约定，不许说离家多年，早已学得十分圆熟的国语或流行于楚汉之都的武汉方言，只能用在乡土中世代流芳的方言俚语。大家轮番开口说过，不用介绍，每个人在乡土中的细小位置便能大致判断出来。县里有两条河，沿西河住的人，称母亲为姨的阴平音、并且保持音量略作拖长，父亲称作大；沿东河住的人，将母亲称作丫、父亲称作父。在楚汉地域，关于父母的称谓，不同县份叫法时常不同。出了大别山区，紧靠长江的广济和我久别的老家黄冈两县又有区别。广济人将父亲叫作爷，叫母亲时用的是地地道道的姨。此外他们更有一种奇妙的称谓，未婚的年轻女子被他们叫作妈儿，妈字的阳平音加儿化音。这样的称谓，每每让周围那些县里的年轻女子害羞不已，同样的语词，同样的发音，所指的却是女性乳房。黄冈人更奇，母亲被叫作咩，父亲则被称为伯。民间代代相传，之所以这样叫，是因为担心生下来的儿子不好养，万一有前生前世结下的冤家，变做鬼魂前来寻仇，好使其分不清人与人之间的嫡亲关系而无从下手。一句称谓，透露出内心深处类似黔驴技穷般的无奈。但在那些置身度外的人的眼里，却成了不光彩的伎俩。楚汉地域方言实在太多，每个县有每个县的特殊说话，甚实在同一个县里，上乡的人听不懂下乡的人说什么。一个地域的方言变化太多，会让外来者觉得无所适从，这显然是清王朝派到楚汉地域的大员张之洞，慨叹“天上九头鸟，地下湖北佬”的前因后果之一。

相聚的时候总有许多失落的往事回忆不尽。那条当年的战备公路，多数路段是由乡土中人修筑，只有那些使人望而生畏的地方，浙江佬才能大显身手。据此断言乡土中人不勤奋不勇敢，显然与事实不符。况且在随之而至的修水库、改河道、挖水渠等等被政治高压所驱使，企图改天换地的生产活动中，乡土中人甚至凿开了更高更险的山山岭岭。当然，说到底他们做这些事情时，是被动和不情愿的。

那位叫张之洞的大员不经意间说的一句话，被一代代的人当了真，弄得天下人都以为楚汉地域上的芸芸众生个个都是人精。乡土生活有句俗话：灵醒人从不说别人苕，苕的人从不说别人灵醒。诸如此类，当他们说浙江佬苕时，难道不是正在暴露自己本性中的苕吗？说到人精，有句在省内长盛不衰的话：奸黄陂，狡孝感，又奸又狡是汉川，三个汉川佬抵不上一个沔阳苕。黄陂、孝感、汉川、沔阳（如今叫仙桃）等县份，正好围绕着位于武汉北边的汉口、汉阳两大城区。汉口六渡桥或汉正街的居民，被公认为最正宗的武汉人。他们的前两代或三代，大多来自这几个县。那些没有在城内定居下来的人，也逐渐养成了靠城吃城的习惯，做起生意来，一点也不亚于城里的人。按照无商不奸的古训，既然入了生意门，就不应该将此生意人和彼生意人区别对待，在日常的历史中不管是礼遇还是非礼遇，彼此都应该平起平坐。事实上却不能，这些亦农亦商的人，天生比只会坐店堂的城里人更能吃苦耐劳，不管生意大小、路途远近，只要有赚的就一定肯做，特别是黄陂人，走到哪儿聚在哪儿，硬是在汉语语汇里创出一个相关的歇后语：无陂不成镇，无陂不成市。溯江而上，离武汉不到二百里，就是被民间话语推崇的现在改称仙桃市的沔阳。从性情上看，沔阳人更像吉卜赛人。前两年曾经在一本杂志上读到，在俄罗斯的后贝尔加地区，居住着一群至今仍将沔阳话讲得十分地道的沔阳人。这些早已入俄罗斯籍的沔阳人，记得他们的祖先如何敲着三棒鼓，以沿途给人挑牙虫为生计，一步步地走完这千万里路程。也是奇怪，不管是在楚汉本地，还是在外部世界，做小生意时的取巧会招来说不尽的骂名，挑牙虫则不会，哪怕后来明白是中了骗局，人们也是一笑了之。再也没有谁去大肆传播，要其他人接受教训，不要相信那些唱渔鼓的人说自己嘴里有什么牙虫。沔阳人也不明白自己如何一走就走到天远地远的俄罗斯腹地，好像精于算计的心眼一点作用也没有，往哪里走全凭一双脚拿主意。不随波逐流，不趋花向柳，所有与历史世事的契合，都是因为偶然中一时兴起。看上去几乎就是机会主义盛行，随风而去，随遇而安，实际上是受随心所欲驱使，那些既成事实往往包含着许多同自己过不去的成分。有谁还在这种后现代思潮风行的时代，仍在惦记着要纠正当年自己得到的“造反派”结论之名？那一年，在楚汉之都，一个拥有百万之众的组织，愤而将“中央文革小组”的几个要员抓了起来，惹下被称作“七二〇事件”的燎天大祸。事情的发端只不过是该组织梦寐以求地希望能够获得所谓左派即“造反派”的名分。三十几年过去了，这些人还没想明白，回过头来又要求有关方面为其平反，声明他们当年不是“造反派”，而是“保皇派”。当年被这个组织抓获的那几个人，就是将这个组织当作“保皇派”，而险些被万众踩成肉泥。有这样一个笑话：一位女子在公共汽车上突然打了身边男人一耳光，过了一会儿，女子又打了男人一耳光。女子中途单独下车后，旁人问起来才知道，男人发现女子短裙背后的拉链开了，便好心好意地替她拉上。男人因此挨了第一个耳光后，一边生气，一边自省，既然帮女子拉上拉链是不对的，那就应该让其恢复原状，没想到又挨了一耳光。想一想，这一实一虚两件事，何尝不是异曲同工？有时候，楚汉之人就是这样为人处世。

记得年幼时夜间乘凉，听大人们反复讲述四个不同地方的人在一起比赛吹牛，谁赢了谁吃肉喝酒：河南人先说，河南有座少林寺，离天只有一丈一；随后的陕西人说，陕西有座大雁塔，离天只有八尺八；排在第三的四川人说，四川有座峨眉山，离天只有三尺三；湖北人最后说，湖北有个黄鹤楼，一半伸在天里头。湖北人一说完，独自将别人输的酒肉全吃了。楚汉地域上的人向来乐意别人说自己精明，并且普遍地瞧不起地理上的北方近邻。

其实，不用放进更大的环境里比较，只在中南几省，出武胜关往黄河边上走，沿途遇到的那些声声叫着吃大米肚子疼的人才是真人精。想要楚汉之人承认这一点却很难，哪怕在现实中碰得头破血流，心里明白得像是点着了灯，嘴里还是说不出来。楚汉地域上，要水有水，要山有山。水是名水，譬如洪湖、汉水和清江。山是名山，譬如武当山、神农架和大别山。那一年，从西安来的一位朋友站在东湖边大声惊叹，这哪里是湖，分明是大海！没有海，却有许多海一样的浩大湖泊。大智若愚，大巧若拙，这样的功夫才是真了得。北方近邻用多年泛滥的黄河雕塑出一种仿佛与生俱来的悲怆，再用水汪汪的眼睛闪烁着干旱至极的无助。楚汉之人，假如同样擅长承接天地日月精华，武当山之仙风道骨，神农架之古朴沧桑，大别山之春华秋实，汉水之温文尔雅，清江之纯粹无邪，洪湖之富庶怡然，如此等等，随手选来，哪一种形象都能远远胜过那只强加在头上的"九头鸟"。说不上是不愿意用，还是不会用，到头来，单就外表来看，楚汉地域上，男性普遍缺少特质，女性的遗憾更甚，除少数生长在与外省接壤的山区里的女性，多数女性，或者更直率地说，绝大多数女性都是天生丽质一说的陪衬者。

与外表憨厚的北方近邻相比，生活在楚汉地域的人偏爱将仅有的那点精明，当成一种得意、一种炫耀，率性地表达在脸上。不知情的人，至今仍在将那条汉正街当成楚汉地域的脸面。想当年汉正街首开小商品自由贸易自主经营之先河，从南到北，从东到西，有多少地方比照着这里的模样，或者照本宣科，或者发扬光大。春常在，人空瘦。到如今，整条街上生意依然红火，坐在后堂盘算的店老板大多换成了那些曾经在大别山区开山辟路的浙江佬中最著名的温州佬。并不是本地人亏了血本难以为继，就算是个苕，在汉正街做生意也不会不赚钱。只是赚到一定程度时，他们就觉得够了，在别处买套房子，腾出那些黄金地段上的房屋，租给永远也折腾不够的浙江佬中最著名的温州佬。靠着他们所付的房租，每天里邀上三五知己在一起打上四个风的麻将，散局后再去街边小店喝两个回合的靠杯酒，说不上是看破红尘，也没到游戏人生的境界，真正的理由很简单，他们喜欢这样生活。这样的情形在楚汉地域上已到盛行之势。在那些星罗棋布地绕着武汉的大城小镇里，说起来，大家都在慨叹日子过得清苦，可是，大大小小的麻将馆里莫不是人满为患。能行乐时当行乐，得逍遥时且逍遥，这样的人精自然是此中极品。楚汉地域上的人如果也像生活在青藏高原上的人那样，早早悟透人生，自然能活得不同凡响。偏偏他们只是率性而为，做事论事，大多凭一时好恶，性情所致，慎思不及。张之洞所言及的以及后人对其理解的，恰恰与此相悖，差之毫厘，谬以千里，没有看到楚汉之人本质上贪欲有限。即使是做成了事，大多是为了做而做，至于为什么要做，做了又须达到何种境界，他们是不会去深思熟虑审慎为之的。

所以说，性情中的楚汉之人天性喜好先天下之乐而乐。

说楚汉地域上多是性情中人，还有语言可作佐证。楚汉方言，语调多为高开高走，即所谓的高腔高调。听上去只有喉音，等不及像北方人那样让心里的话经过腹腔，回绕一下再说出来，因而总显得尖锐有余，忠厚不足。这一点又以江汉平原和四周丘陵地带的人为最甚。深究其中，也没有别的理由，无非是不愿压抑自己的性情，久而久之自然成了习惯。在真实生活里，楚汉之人极难做到比赛吹牛所形容的，耐着性子，将一剑封喉的绝招留到最后。只要有了要说的话，哪怕别人正在说，也要插进去，先将自己的意思表达出来。这其中，最著名的楚汉人物，古有西部秭归县的屈原大夫，今有北部郧县的杨献珍、东部浠水、蕲春的闻一多、胡风二位教授。别人正在津津乐道，老先生们硬要多嘴多舌，横插一杠子，结果能好得了？性情中人，好则好矣，不好起来一个比一个下场悲惨。

所以又可能说，性情中的楚汉之人天生善于先天下之忧而忧。

楚汉地域的东西两端，有两道名菜。一道菜叫懒豆腐。这是宜昌一带的叫法，在恩施一带则称其为合渣。顾名思义，这是懒人用懒办法做成的豆腐。它省掉了过滤、点卤、煮沸、冷凝后挤压成形等工序，将泡好的黄豆磨成粗浆，直接放进火锅，加入一些当地出产的时令山菜和腌制小菜，煮好即可。看上去其貌不扬，吃到嘴里味道鲜极了。另一道菜严格说起来并不叫菜，却在楚汉东部山区广为流行。无论天热还是天冷，一边做饭做菜，一边将灶里烧剩下的劈柴或者松枝用火钳夹出来，放进一只炉子里。偶尔家里有人生病，也会用这炉子来煎药。通常情况下，这样的炉子是用作烧吊锅的。炉子随后会被掇到桌面上，再将一只黑乎乎的吊锅架上去。吊锅里别无他物，只有滚沸的半锅清水和几只翻腾起伏有红有黄的腌辣椒。等到该坐下来的人全部围坐下来，说声吃饭吧，并不是先动筷子夹菜，而是将放在吊锅四周某一碗炒得好好的菜，倒进吊锅里。无论什么菜，最终都一样地倒进吊锅里。各种各样的菜，烩在一起，味道好到无论菜有多少，都会吃个精光。楚汉之人内心崇尚的正是此类的简单生活，需要像下棋时长考一样的思想并非其长项。得益于地理上的优越，在楚汉之人的行为里，诸多事情，只要像懒豆腐和吊锅那样，依一时性情随手处置就行。曾经有人建议楚汉之都武汉，有无市花无所谓，市香是万万少不得的。建议的市香是热干面的芬芳。每天早上，这座城市的街头巷尾，公共汽车和出租车内，各种写字楼，甚至星级宾馆里，只要有人就一定有热干面的印记。在汉语言所流传的地方，从来没有哪个地域会像楚汉之都武汉这样，假如没有热干面，男女老少宁可将空气和白开水当早点。深究起来，热干面这东西，也是随手之作。同饮一条长江水，往上有四川的担担面，往下有上海的阳春面，当中的热干面，正好取了二者味道的平均值。难怪楚汉之人爱说，性情中人自有天地垂青。

天生楚汉，天生湖北佬，每逢历史大起大落，总有一些蹊跷事降临头上。

说句天大地大不着边际的话，如果真有谁能主管人间命运，分管楚汉的那家伙一定是个爱犯糊涂的家伙。因为，相同的赏赐，只要给别处，莫不做出惊天动地的篇章，轮到楚汉却不尽然。

譬如说黄梅戏，乡音乡情浓得用水都化不开，却没有办法在本乡本土活下去，顺风顺水流浪不过几百里，踏上安庆码头后，忽然间江南江北莫不为之倾倒。同样是戏曲，当年演习汉剧的罗田弟子余三胜出武胜关北上，一不小心就让深植于北方大地上的京剧变了样。如今的京剧，随处都能听出汉剧的韵味，被抑扬婉转的汉调皮黄等丰富过的京剧，唱念中理所当然地带上了许多楚汉方言。作为京剧母本的汉剧，说气数已尽当然不符合事实，理解她并接受她的人越来越少却是不争的事实。在诸多省份里，楚汉之人是乡土观念最淡薄的。别处的人，在本土之外见到本乡人，总会有各种各样的表达亲密的方式。在乡亲与非乡亲中不作区别的，恐怕除了楚汉之人再也找不到第二例。黄梅戏走了也就走了，京剧得了汉剧的精华也就得了。当地人似乎也习惯于这样。当时不说回报，尔后更想不起来。

楚汉之人最可爱的秉性是敢为天下先。受命于危难之际的张之洞，正是有此基础，才有在楚汉地域上将国家大事做出个新气象来的决心。近代史上著名的汉阳造步枪，近代史上著名的汉阳铁厂，近代史上著名的大冶铜矿，像明珠一样让中华文明的近代史熠熠生辉。著名归著名，此后的一百多年里，最早为中华民族前程大计发起工业文明启蒙的楚汉地域，反而离工业文明越来越远。一百多年后，一个叫格里希的德国人，破天荒地当上了楚汉地域一家国有企业的厂长，由此引发的震荡，再次演化为近代中华工业文明史上最大规模的体制变革。在这种牵一发而动全身的彻底性面前，弄过潮的楚汉之人，出乎意料地再次退居幕后。心不甘，情却愿。格里希走了，转瞬间，楚汉之人就从后工业文明的雏形里退出来，回到自给自足、自娱自乐、将曾经的启蒙置之度外的混沌状态。

在外人看来，这样的事还不足以令其扼腕长叹。那些将学问做得越来越浪漫的人，最不能容忍的事情是，整体实力在公元前足以称为超级大国的楚国，居然被各方面相对落后的秦国灭了。留下一个天大的疑问：假如当年不是由秦国，而是由楚国来统一中国，中华民族的历史会不会更加光彩？在此之前，中华民族都是通过尧、舜、禹等新生的先进的力量，对旧王朝的更迭，来实现国家整体的进步。相比于其他王侯领地更具浪漫气质、更注重张扬人性、在其时的现代性上更能代表社会进步方向的楚国，为中华民族史上开了恶劣的先河。虽然史有名言：楚虽三户，亡秦必楚。后来楚人刘项联手，真的灭了秦王朝，只是恶性循环一旦开始，就难以停顿。随之而来的千年经历，多少王朝竟然一次次地仿效这种恶劣，以一国之泱泱，三番五次落败于生产力相对落后的地方势力。衰落再衰落，最终几乎成了列强们的殖民地。

楚汉之人实在不是那么容易说得清楚的。楚国人本应该在由奴隶社会向封建社会的转型中成为主宰，最终的历史烟云只让它扮演一名优秀的配角。说性格主宰命运，显然无法涵盖其中太多的内容。否则，在楚文化风风光光地沉沦的背景下，历史就会因此而生偏见。事实上，历史对楚汉地域的垂爱十分显而易见。经朝历代，最早从楚国废墟上建立起来封建社会的大厦，面临同样的土崩瓦解。又是楚汉之人，仅仅发起一场仓促得不能再仓促的武装起义，就超越了北方南方那些经过周密策划的暴动，并宣告了封建社会最后王朝的覆灭。区区数百人，没有真正的领袖，没有真正的纲领，事成之后，这些起义者竟然还得用枪逼着那位事发之际仍在效忠清王朝的黄陂人黎元洪来统领自己。历史就是如此不可思议！黄兴和孙中山，是何等的魄力，何等的才干，人中伟杰的他们几经生死也没做成的事，由一群毛头小子一夜间实现了。在这里，天降大任于斯人已经不能说明具体事件，而应该说成是，天降大任之际，成也性情，败也性情！

每个地域的人格，自有每个地域的生存考验，历经千代万代才形成。楚汉地域上人格的传承，必然受到山水地理的潜移默化。长江浊，汉水清，南风吹来酷暑，北风吹来严冬，四通八达的陆路和水路，长年往来着五花八门的人众。当年的毛泽东，自离开湖南老家，楚汉之都武汉是其在京杭之外住得最多的地方，光是东湖边的一处居所，就光顾了二十六次之多。楚汉地域上究竟是什么风物让毛泽东情有独钟？天下山水难说楚汉最好，天下物产难说楚汉最丰，天下人性难说楚汉最佳。也许吧，天马行空独往独来的毛泽东，于孤独中另有一种对内心少有禁忌的性情中人的喜欢。地理上的楚汉处在五湖四海中央，三教九流涡心。天设地造时，就已经命中注定要为东边的太阳，西边的月亮，去北的鸿鹄，往南的鸥雁们充当中间站。这是最吃力不讨好的差事。人家累了，心里想象的是能得到五星级的服务。天下只有一个楚汉，那么多人事川流不息地到来，得到好处的没事，感觉没有善待的当然会在继续上路后，将自己的抱怨川流不息地播撒出去。如今的巧克力越来越不可口，是因为越来越多的非巧克力被注入巧克力里。楚汉地域上的许多败笔本是外来者留下的，很难想象，旅行者会将沿途产生的物质与精神垃圾，一粒不拉地背负到终点，将其抛在楚汉这块最大的人事聚散地上，就成了理所当然的选择。楚汉之人是由长在赤道南北二十度纬度以内的可可树上的结果实所制作出来的纯巧克力，楚汉之人的性情是可可豆中所含的化学物质苯乙胺，只要喜欢，它就会刺激人体释放出使人倍觉愉悦的另一种化学物质多巴胺。思想庞杂意图超越古今指点江山未来的毛泽东，回到日常当中，愿意同思想清澈的性情中人相处，则是自然而然的事。

楚汉之人的无意为之，恰好契合了西方人所说的，巧克力应当醇厚，思想应当清澈。

楚汉之人一次次地浪费了历史给予的机遇，历史又一次次地重新赐给新的机遇，其中预示什么，它的神秘性在哪里，恐怕还得让未来作证。

走向胡杨

去新疆，第一个想起的便是胡杨。飞机在天上飞，我竭力看着地面，想从一派苍茫中找寻那种能让沙漠变为风景的植物。西边的太阳总在斜斜地照着地面上尖尖沙山，那种阴影只是艺术世界的色彩对比度，根本与长在心里的绿荫无关。山脉枯燥、河流枯竭、大地枯萎，西出阳关，心里一下子涌上许多悲壮。

夏天的傍晚，终于踏上乌鲁木齐机场的跑道。九点多钟了，天还亮亮的，通往市区的道路两旁长着一排排白杨，空气中弥漫着浓浓的瓜果清香，满地都是碧玉和黄金做成的果实，偌大的城市仿佛是由它们堆积而成。来接站的女孩正巧是鄂东同乡，她一口软软的语言，更让人觉得身在江南。事实上，当年许多人正是被那首将新疆唱为江南的歌曲诱惑，只身来到边关的。女孩已是他们的第二代，他们将对故土日夜的思念，化作女儿头上的青丝，化作女儿指尖上的纤细，还有面对口内来的客人天生的热情。或许天山雪峰抱着的那汪天池，也是他们照映江南丝竹、洞庭渔火和泰山日出的镜子。客人来了，第一站总是去天池，就像是进了家门歇在客房。照一照镜子，叠映出两种伤情。

天苍苍，野茫茫，风吹草低见牛羊！这些古丝绸路上诗的遥想，有足够的理由提醒那些只到过天池的人，最好别说自己到过新疆。

只体会到白杨俊秀挺立蓝天，也别说自己到过新疆。

小时候，曾经有一本书让我着迷。那上面将塔里木河描写得神奇而美丽。现在我知道的事实是，当年苏联专家曾经否定这儿可以耕种。沿着天山山脉脚下的公路往喀什走，过了达坂城不久，便遇上大片不知名的戈壁，活着的东西除了一股股旋风，剩下的就只有像蜗牛一样趴在四只橡胶轮子上的汽车了。戈壁的好处是能够让筑路工的才华，像修机场那样淋漓尽致地发挥。往南走，左边总是白花花的盐碱地，右边永远是天山雪水冲积成的漫坡和一重重没有草木的山脉。汽车跑了两千多公里，随行的兵团人总在耳边说，只要有水，这儿什么都能种出来！几十万平方公里的塔克拉玛干大沙漠里，水就是生命。兵团的人说，胡杨也分雌雄，母的长籽生絮时像松花江上的雾凇。胡杨花絮随风飘散，只要有水它就能生根发芽，哪怕那水是苦的涩的。一九四九年毛泽东要自己的爱将王震将部下带到北京，作为新中国首都的卫戍部队。将军却抗令请缨进军新疆屯垦戍边并获准。爱垦荒的王胡子将他的部队撒到新疆各地，随着一百二十个农垦团的成立，荒漠上立即出现一百二十个新地名。在墨玉县有个叫四十七团的地方，那是一个完全被沙漠包围的兵团农场，由于各种因素，农场的生存条件已到了不能再恶劣的程度。农四十七团的前身是八路军三五九旅七一九团，进疆时是西北野战军第二军第五师的主力十五团，当年曾用十八天时间，徒步穿越塔克拉玛干大沙漠，奔袭上千公里解放和田。此后这一千多名官兵便留下来，为着每一株绿苗、每一滴淡水，也为着每一线生存希望而同历史抗争。从进沙漠起，五十年过去了，许多人已长眠不醒，在地下用自己的身体肥沃沙漠。活着的人里仍有几十位老八路至今也没再出过沙漠。另有一些老战士，前两年被专门接到乌鲁木齐住了几天。老人们看着五光十色的城市景象，激动地问这就是共产主义吗？对比四十七团农场，这些老人反而惭愧起来，责怪自己这么多年做得太少。他们从没有后悔自己的部队没有留在北京，也不去比较自己与京城老八路的天大的不同。他们说，有人做牡丹花，就得有人做胡杨，有人喝甘露，就得有人喝盐碱水。

兵团人有句名言，活在自己脚下的土地上，就是对国家的最大贡献。新疆的面积占国土面积的六分之一，境外一些异族异教和境内少数有异心的人总在寻隙闹事。在那些除了兵团人再无他人的不毛之地，兵团人不仅是活着的界碑，更活出国家的尊严与神圣。老百姓可以走，他们有去茂盛草场、肥沃土地，过幸福生活的自由天性。军人也可以走，沙场点兵，未来英雄与烈士都会有归期。唯有兵团人，既是老百姓又不是老百姓，既是军人又不是军人。他们不仅不能走，还要承受将令帅令，还要安家立业。家园就是要塞，边关就是庭院。兵团人放牧着每一群牛羊，都无异于共和国的千军万马。兵团人耕耘着每一块沙地，都等同于共和国的千山万水。一行人围着塔克拉玛干转了六千多公里，不时就能遇见沧桑二字已不够形容的兵团人，还能知晓一些连队集体家徒四壁的情形。很惭愧，我只在兵团农垦博物馆里见到他们创业时住过的地窝子。在昆仑山、在帕米尔高原、在二十一世纪前夜里，仍有这样的地窝子作为兵团人的日常家居人生归宿。兵团人笑着说，地窝子冬暖夏凉。兵团人笑着说，别人一不小心就将汽车开到地窝子顶上了。兵团人笑着说，维吾尔族人不会说公鸡，便将公鸡说成是鸡蛋妈妈的爱人。兵团人的笑让人听来，如闻霜夜雁歌、月黑鸣钟，既大气磅礴，又感天动地。兵团人长年生活在海拔两千九百多米以上的高山草场，没有蔬菜，极端缺水，毛驴从山沟里驮上来的水只能煮茶。就是兵团领导来，也没水给他们洗脸。吃的食物，除了茶水，无一例外地终年啃的是馕。

车过阿克苏，往南不远的路旁终于出现一片胡杨，它隐藏在丛生的红柳后面，只露出半截树梢，一副犹抱琵琶半遮面的样子。一行人刚开始兴奋，就听见兵团人平静地说，你们回来时，沙漠公路旁边的胡杨那才叫胡杨哩，这些是后来栽的，那是原始的。兵团人刚表示过又马上纠正自己说，栽的胡杨也是胡杨。最早说这话的人曾在南泥湾开荒时当过生产科长，并同王震来团里视察，他让团部的人排着队，同王震挨个握手。王震握到文书的手时，突然板着脸，不高兴地举起文书的手，说这样的手怎么写得好兵团的文章，先到连队去，将手上磨出老茧再说。这位团长当即让文书出列回去收拾行李。王震走后才三天，团长就让文书继续回团部上班，团长还在会上吼：王震算老几，这儿老子说了算，我就喜欢手嫩的，手嫩才写得出好文章，栽的胡杨也是胡杨！团长还说，你们将我的话告诉王震去。不知王震是不是听到了这些话，几年后，诗人艾青蒙难，王震亲自出面请他来到兵团。得益于王震在中国当代政治中的特殊地位，艾青生命中的劫难得到暂时的缓解。兵团城市石河子由于诗人的到来，一夜之间变成了举世闻名的诗歌之城。石河子只有五十八万人，大专以上文化程度的人所占人口比例百分之二十，为全国第一，人均购书量曾为全国第一，更使人感慨的是他们的人均绿化面积全国第一。

在新疆，曾多次遇见过上海籍的兵团人。据说，五十年代初，第一批上海支边青年来新疆时，还没度过玉门关，便朝着戈壁掩面而泣。如今的他们，已判若两人。每一次见面我都很难相信，这些或坐或站的男子汉，当年也曾在灯红酒绿的上海滩斯文儒雅过。他们大碗喝酒、大块吃肉、大声吼叫、大步走路，不管高矮，到哪儿都是铁塔一座。库尔勒是乌鲁木齐通往南疆的第一站，这座在盐碱滩上建设起来的城市如今有一种让人惊艳的美丽。如此花团锦簇的明珠城市在内地也很难见到。它紧挨着核试验基地马兰，并盛产香梨。我在这儿遇到湖南电视台的一个剧组。他们将未来剧名《八千湘女上天山》印在T恤衫上，如血殷红的字迹，纪念碑一样雕刻在每个人的灵魂里。在历史的同一时期，十万山东姑娘也将青春奉献给共和国西部边陲。她们无一例外地嫁给了几十万屯垦戍边的兵团将士，风雨数十年，戈壁大漠多了许多绿洲，多了许多村庄和城市，多了许多夫妻儿女兄弟姐妹。一位社会学家私下里说过，在中国的屯垦史上新中国的这一次是最成功的。从某种意义上说，是这些女人的付出为这史无前例的成功奠定了基础。还有另一类女人，譬如几百名苏州姑娘，她们将现代缫丝技术带到古丝绸之路上的和田，同时，也将自己的命运编织在无尽的惆怅上。

就在和田，我认识当地兵团农垦管理局的孙副政委，他爱人是湖北麻城人，我外婆家也在麻城。那天晚上，我举杯向他敬酒，并要他照顾我妈妈的同乡。这本是一句玩笑话，想让离别的气氛轻松些，谁知竟惹得旁边的男人眼圈红起来。那一刻，我也心动了！我并不后悔自己说过这句话，但在往后的日子，但凡提及亲情时，我不得不十分小心，不让自己的不慎惹动连疆人的心弦。

在新疆的最后一天，周涛赶来送别。我们没有谈到诗。新疆这儿遍地都是诗：沙漠、盐碱、戈壁、草原、雪莲、白杨、红柳、葡萄等等，还有壮美的兵团城市石河子。我们谈酒。我说自己这辈子只喝过三斤酒，大前年上山东喝了一斤，去年去西藏喝了一斤，今次在新疆又喝了一斤。我们谈兵团人为他们的酒所做的广告：伊力特曲，英雄本色。

被谈到的当然还有胡杨。

和田是绕行塔克拉玛干大沙漠的折返点。沙漠的边缘出现时，黄昏正在来临，神秘的沙丘上，一个少年怀抱一只乌鸦，赶着一线拉开的数百头黑牛白牛，将大漠西边的地平线和东边的地平线，紧紧地系在一起。我想起了，西北野战军第二军第五师第十五团，改为新疆生产建设兵团第四十七团之前，穿越眼前这座大沙漠时，那些人链连接着的，正是共和国腹地与边陲数十年的安宁与和平。沙漠铺天盖地来了，比死亡的苍白略深的颜色更让人震惊。死亡只是一种深刻，绝望才是最可怕的。在维吾尔语里“塔克拉玛干”是进得去出不来的意思。独自站在沙丘后面，来时的足迹，像时钟上的最后一秒，又像身临绝壁时最后的绳索。仿佛在与末日面对面，人很难再前行一步。兵团人在车上悄然睡去，他们曾经从沙漠这边进去那边出来，塔克拉玛干神话在他们的脚下改写得很彻底，成了日常的起居生活。车行十几个小时后，重又出现的戈壁边缘突然冒出几棵树杆粗过树冠的大树。兵团人说这就是活着一千年不死，死了一千年不倒，倒了一千年不烂的次生胡杨林。活的、死的、倒地的胡杨零星散布在戈壁上，没有其他草木做伴，一只鹰和两只乌鸦在高处和低处盘旋。地表上没有任何水的迹象。胡杨们相互间隔都在十几米以上。作为树，它们是孤独的；作为林，它们似乎更孤独。希望里有雨露，希望里有肥沃，处在半干枯状态下的胡杨，用粗壮的主干举着纤细的枝条和碎密的叶片，像一张张网去抓住没有云的空气中每一缕潮湿与养分。白云晨雾这种亘古的印象，成了盐碱烙在胡杨树上的灰白色的苍茫与沧桑。

一种树为了天地，长在它本不该生长的地方。

一种人为了历史，活在本不该他生活的地方。

一种人和树的沙漠戈壁有尽头。

一种人和树的沙漠戈壁没有尽头。

兵团人与胡杨实属殊途同归。在紧挨着原始胡杨林的地方，兵团人又挖掘出一道道深深的壕沟，他们又在向自然的极限挑战，又要向沙漠索要耕田。有胡杨在，就有兵团人在，因为他们的质地完全一样：一半是天山，一半是昆仑。

布拉迪斯拉发歌剧

从北京飞到布拉迪斯拉发，不算换乘飞机的时间，一共用了十三个小时，由于有七个小时时差，尽管我们是十一月二十九日下午三点十五分起飞，到达斯洛伐克首都时，仍是当日晚上十点十五分。从机场到我们下榻的布拉迪斯拉发作家之家，沿途竟没见到几个人。欧洲这儿下午四点多钟天就黑了，我当时还以为是夜深的缘故。睡了一觉起来，约上一个同伴，出门往街上瞎逛，终于见到三个人在一处窗口宽大的售货亭前排成一支小小的队伍。随后，碰见金发碧眼的当地人的机会一点点地多起来。在惊讶这儿少了些什么的念头起了片刻之后，我忽然明白，自己是意识到眼前为何没有响声连天的自行车铃铛与汽车的轰鸣，以及推搡挤撞的喧哗和男女老少的吵吵嚷嚷。

隔了一天，我们到位于城郊的基耶温古堡参观。古堡位于多瑙河边，不宽的流水那边，奥地利渔夫抛落鱼钩入水的声音仿佛随风入耳。作为古罗马帝国的北边界，基耶温古堡耸立在不太高的山丘上，清冷孤单地望着唯一的我们。我们却望不见它有诉说烦闷的欲念，近千年的寂寞过后，它竟一点也不忧郁，除了当年拿破仑对它的破坏，甚至连遗憾也没有显现于形色。一辆警方的边境巡逻车从古堡和我们中间走过，一群放学的孩子从远处飘然掠过我的身际，而我听到的竟是一辆满载着历史的拿破仑战车与古罗马军队铁甲金戈鼓角的悠长的行进声。

毕竟这是一国之都。

沿着多瑙河的流淌，古罗马与拿破仑以及奥地利渔夫突然将我们领入一座小镇。以我行将四十的生命起誓，我是生平第一次见到如此安宁的小镇。那一刻我的确是用安宁来称呼它。这种称呼我早就蕴藏在心中，总想在某一刻某一地将其托付出去。许久以来，我就开始寻找，寻找的目的是为了托付自己的灵魂与命运，尘嚣让它变得蓬头垢面虚火扰神。寂静与我相逢过，可它们总让人觉得包裹着一些靠不住的东西，甚至还透出一种阴森之气。然而，多瑙河边古堡旁的这座小镇，置身其中，仿佛它是我生命中的一部分，一种祥和仁慈宽爱的感觉顿时弥漫在全部的心血与精神之中。没有习惯了的恶狗来惊扰，也不见丑陋的物什来龌龊，需要提防的倒是我们对小镇的不雅。

回到布拉迪斯拉发，我将安静的称呼也给了它。虽然迟了，但只能怪我是刚刚意识到的，并不是犹豫嫉妒与吝啬这种东方怪物的使然。而当我要说斯洛伐克是一个安宁之国，也绝不是因为讨好与煽情。当一辆辆疾驰的汽车无声无息地停在你的身前，友好地请你先过马路时，你能说什么呢！让偌大的超市和餐厅里所有人都约束自己，只许一缕音乐自由盘旋时，你能说什么呢！无论在何处，所有的人其实都在不停地说话嬉笑，可是给人的感觉是人人都如临街的墙上雕塑或镂刻的英雄与诗人，圣母与耶稣，略有不同的是他们的表情与嘴唇形状是在不断变化，雕塑与镂刻是万古不变的。

这种感觉在三十一日晚上有了一回改变。那是在斯洛伐克国家歌剧院，台上演着的是古罗马时候的事，本是凝固了的历史，却被音乐与聚光灯幻化得栩栩如生。而台下与包厢里满堂堂的二十世纪人，文明得如同被翻阅的无言的历史。我一直想听出这种历史是否真的无声，结果唯一能听见的只有掌声。

掌声一起，台上的意大利咏叹立即定格成一座历史的雕像。

掌声一落，台上的意大利咏叹立即动人地将整个剧场演化为精美绝伦的群塑。

歌剧用意大利语演唱，字幕打的是斯洛伐克语，台下坐着不少驱车从匈牙利、奥地利赶来的人。一日一幕，一夜一戏，长年满座，天天如此。这无形的导演是什么！这需要何其大的手笔！几个陌生的中国作家，身居几近文盲的环境，居然看懂了剧情，完全得益于渗入灵魂的这些异国精神的催化。

都说多瑙河是音乐之河，我在河边的徜徉的确有一种不同寻常的感觉。听完歌剧后，我才意识到自己是踩到了五线谱。脚下绊动的都是一些美妙的音符，往高处飘飞成古堡，向低处垂落为宫殿，那袅袅的余音便弥漫成安宁的城镇，安宁的乡村。倚着多瑙河，偎着多瑙河，吻不着，亲不够，而它都融入我的梦中。六天时间不算多，能与一生的渴望相逢，这已经足够了，我不奢望有太多的赐予。太贪了，安宁就会从心灵中逃逸而去。

用句中国当红的言语来讲：布拉迪斯拉发的安宁像是假的。当然，眼前的一切的安宁都是真的。然而，我还是要臆想和联想，多瑙河旁的这个国度，是不是整个儿都是一座歌剧院，硝烟只在远处，纷争只是戏妆。无论如何，在一个安宁的去处，用一种安宁的心态，面对一些安宁的东西，对于任何人都是幸运。多瑙河流成的五线谱上，安宁永远是首席导演，如此布拉迪斯拉发才会是一座人间歌剧院，历史的雕塑与凝固才会在掌声中完成演进。

特尔纳瓦教堂随想

“圣母玛利亚，我只好感谢你！”这是在访问斯洛伐克期间，久久震荡在心头的一句话。在某种意义上讲，我似乎从这句话里窥见了不同于我们流淌在血液中，弥漫在灵魂里的那种文化的又一种文化。

多瑙河是一条温柔之河、爱情之河，二十世纪它除了偶尔一次使性子泛滥之外，几十年中带给两岸人的尽是美丽的遐想。乘车行驶在准高速公路上，一眼望去层层叠叠的色彩，迷得人心神都起了幻雾。黝黑的耕地旁，参天的大树在秋季里染上各种各样的色彩，一直爬着铺着，将原野与山岗涂抹成一幅油画。同多瑙河一样温情脉脉的是那种既像白桦又像白杨的树木，躯干如雪，飘叶似金，有风无风那垂柳般的枝条，都在洋溢着万种风情。看惯了脏兮兮的枯枝杂草，可这儿满地的落叶铺成毯，却一点不想嫌弃，每每还有一种不忍践踏的痛惜的浪漫。

斯洛伐克的深秋，天也老下着雨，一天几遭。雨不大，不打伞也不会让人变成落汤鸡，一点点湿很快就被雨后的太阳晒干了。东方连绵的阴霾在这儿是没有的。雨一停，太阳就出来了。阳光一灿烂，便又有了那种秋高气爽之感，地上的水渍仿佛只是一场农业的浇灌，或者是古教堂前块石街面上刚刚驶过一辆洒水车。这样的雨总是及时的，这样的阳光也是及时的，生长在这样国度里的人和庄稼，该是怎样的福分。大自然赐给我们以黄河、长江，可我们哪一年不为这母亲河提心吊胆呢！那么多瑙河真是上帝给予他们的恩赐吗？

公平的是，斯洛伐克也有一个清明节，当然是与所有天主教国家共有的。十一月一日，我们驱车前往特尔纳瓦和达尼特拉两个城市时，阳光和雨水交替着陪伴。沿途的墓地里摆满了鲜花，当我们进入城市时，发现处处门户都是关闭着的，街上几乎没有行人。大家都放了假，成群结队地去墓地祭扫。鲜花的色彩使墓地一下子生机勃勃起来，连教堂的钟声也不那么肃穆了。

在过去，钟声只是一种信号。当我站在特尔纳瓦市空旷的大街上时，耳边回荡的钟声里分明有一种召唤。在我暂时分离的祖国，所有的庙宇都是山门大开，进去都要买票。而眼下所有的教堂眼见着大门紧闭，我们却可以自由出入。特尔纳瓦大教堂里，稀疏地坐着些正在祷告的人，包括闪光灯在内的所有动静对他们来说仿佛不曾发生，那种深深的沉浸无疑是将自己的灵魂作了一种托付，留给生命的只是时间和体力。没有任何人提醒，我们都放轻了脚步，唯恐惊飞了虔诚之林中沉思的小鸟。甚至担心身后的剪剪风会扰动正在善美祥云中洗礼的灵魂。教堂很古老。当然，真正古老的是在达尼特拉市，那是九世纪时由两个希腊传教士落脚的地方。红得发黑的各样木质，给人以强烈的摄夺感。说实话，无论是正面的，还是两侧的，包括滴血的受难耶稣像，都没能多给一点什么感官之外的东西，它们太戏剧化了。倒是那一排排暂时无人的长椅上，黑黝黝的油光，沉甸甸的置放，静空空的气氛，渗透出多少哲思玄理。多少生命滚滚其间，多少人生默默其间，多少情爱与仇恨的植入，多少欢乐与愁苦的涂抹，它们才有如此一副旷世老人的模样，久久不与人语，却将一切都告诉了我们！朴实的长椅才是与用心倾诉的祈祷者真正地融为一体，他们的相依才构成一种生命的奇观。

一位神职人员走过，拉着我的双手说了一阵什么，我以为他要传播上帝的声音，但陪同斯洛伐克青年中文名字叫马文博的先生翻译说，他只是要我们随便看，什么地方都行。后来，我便在圣母玛利亚像旁看到那墙上镶嵌着一块块铜的或大理石的碑刻。马文博说，这是有人祈祷如愿之后，用来答谢的。其中一块上面的文字翻译过来就是：圣母玛利亚，我只好感谢你！那一刻里，我久久地说不出话来！在我看惯了的庙宇中，挂满了“佛光普光”“我佛慈悲”之类的匾布，那意思中有种感恩涕零、诚惶诚恐的味道。看惯了这些人的确是无事不登三宝殿，临时抱佛脚时才进香，有点效果后就以阿谀作为回报。我不知道，端坐于教堂长椅上的人是谢罪还是修心，然而，长年不懈的祈祷，有事无事都沉浸，换来的便是与上帝的平等。一句只好感谢，道明了信徒与神明之间互相仰赖的关系。

其实，人间何处不是互相回应。去看离布拉迪斯拉发三十五公里的过去的巴洛菲庄园，现在的作家之家。其气派豪华足见百年前巴洛菲家族在奥匈帝国中的地位，当年赫鲁晓夫曾下榻在此，斯洛伐克政体发生变化后，巴洛菲家族的后人曾从国外回来察看，但他们没有提出收回的要求，除了无法付出维护费用之外，国家将其作为作家之家，维护本国文化大约也是一个重要因素。如果占住它的是某个新贵，恐怕事情会是另一个样子吧。

许多事并不需要说明白。大自然美丽的赐予，肯定与斯洛伐克民族文明的修养有关，没有立交桥的十字街头，行人车辆如此井井有条，多瑙河上浮动的是白天鹅而不是白色塑料盒。一切都表明他们的举止配得上优美的环境。只有一个做出了很多的人，才有资格、有胆量并且有文化地对他人说一声：只好感谢。哪怕面对圣母玛利亚也底气十足。

赫瓦尔酒吧的和声

亚得里亚海水怎么会是黑色的，倚着庞大的海轮船舷，我禁不住问。海轮行驶在去赫瓦尔岛的途中，钢铁犁起的浪花像一层雪一样洒在黑如墨汁的海面。代表团中有人说是污染，我不大相信，被污染的海浪不会这么白，海风也不会这么清新。关于污染的传说，很快就被码头港湾里清澈见底的水色轰然粉碎。而这时海水的颜色已不是我们的主要议题了。

大约是上岸后的偶尔一回头间，先是有人惊呼了一声，随后四个人都驻足不前了。眼前的小岛、小城、小湾，以及大海、落日、教堂，以一种前所未见的姿态，霍然闯进我的心灵。与海的相逢在我并无多次，但同行的几位却是海的常客，他们的反应之强烈，使我相信自己的惊诧是对的。日后，当我得知亚得里亚海最美的一段在克罗地亚境内时，我更相信赫瓦尔岛是最美中的最美了。

夕阳西下，海平线上镶着一条绚丽彩带。很奇怪，竟没有一点云，所有的绚丽都是海水的一种辉映或者是升腾。也没有波浪，近处海水可以清晰地数清几丈深的去处里，灰白的石灰岩上的圆圆窟窿和团团石嘴。宁静的黄昏中，棕榈树伫立成一排盼归的人，教堂的尖塔则是一种凝固的向往，宗教的钟声则更像是一种抚摸，一种呼唤。后来，我听到一个故事，说是沿亚得里亚海，所有的酒吧里都有一个不成文的规定，只要是哪个酒吧里点上了一支蜡烛，那就表示有一个水手在海上永远不会归来了。这个故事是在行将夜半时听到的。这之前我们踏黑遍访了岛上的西班牙古堡和拿破仑古堡，穿一条漂亮牛仔裤的赫瓦尔市市长米兰·拉科什拎着两枚真实的大钥匙，拧开了那古老的铁门。在石灰石街道的两端，爽朗的主教和腼腆的嬷嬷，使神秘的天主一下子变得亲切起来，特别是当嬷嬷拉着市长诉说着什么清苦时，竟让我会心地笑着许多联想来。

棕榈树的期盼是有道理的。这也是我后来的感慨。赫瓦尔岛，赫瓦尔市，赫瓦尔酒吧，这简直像是一种凝练的过程。酒吧门帘半垂，那意思是不再接待别的客人了。在我们全心品尝岛上特有的烤鱼时，一直在旁边桌上豪饮的一群岛上的居民，在市长亲自带领下，突然唱起歌来。只是寥寥几句，我就断定，今天夜晚又将是一个此生难忘了。

民间的他们唱的是当地的民歌，那水手比国内的专业歌手还棒。当然，谁叫和声是由他们流传给中国的呢！那群男人是一架活的管风琴，一张口就是多声部，就连斯布利特市作协主席的诗他们也能当场美妙地唱下来，直唱得他大声叫道：没有姑娘追那还叫什么男人！诗没懂我们，我们也没懂诗，这句话我们相互都懂了，笑声也是不需要翻译的，它对任何人都是母语而无译文。大家都笑，笑得酒都荡漾起来。我们知道这不是烤鱼在酒里游动，尽管酒吧老板说这种鱼先在水里游一阵，又在橄榄油里游一阵，再在酒里游一阵。我们用中国话说，好酒再来一碗。随手举起的却是洋酒杯。老板问要什么酒，我们问有什么酒，老板说他这里什么酒都有。我大声问：有茅台吗？此时，心中涌起的是一种别样的情怀。

民间的歌声在唱着一群年轻的寡妇，要她们别老穿丧服，老在忧伤，她们还年轻，还应该有爱；民间的歌声在唱一位老妇人失去了自己的房子，陪伴她的只有回忆；民间的歌声还在唱：我爱我的同伴，我爱我的爱情，我爱我的生活，我爱我的女人——爱情万岁，伙伴万岁！多声部的夜晚如果没有东方中国就不完整了，中校出身的钮保国一个昂扬便吼出了一首《九月九的酒》，西北风仿佛此时吹荡起亚得里亚海的浪涛，当然，这是那些长满黑毛的手拍出的掌声。而后，我唱了一曲忧伤，《妈妈留给我一支歌》，走到哪儿我都会带上它的。在洋腔洋调的叫好声中，我忽然明白，外国的月亮也要圆些，这话本应放之四海。以我们这等水平的歌喉，能博得异国人的喝彩，想必也是外圆内瘪，家花不比野花香的道理。

直到夜半，不能不告别时，我们站在酒吧门后，相拥而歌，那旋律既像是道别，又像是迎接，当我们走在海湾边时，晚风乍起，那歌声又变成了欧罗巴的渔舟唱晚，或者是棕榈树与星空的倾诉和低吟。

教堂的钟声响了，整个海岛为之一抖。棕榈树似乎没有觉察，依然相向大海而伫望。这么好的歌声，这么好的人，的确值得它们日夜担忧，因为大海有时会变脸无情，一如远处那尚未熄灭的战火。好的歌声是一种兆示，譬如让人明白世界也是一种多声部合唱。少谁也不行。有人说，和声是宗教唱诗班造就的。我宁肯相信这是欧洲海洋文化的结果，汪洋中的一条船大家必须齐心协力。亚洲大陆文化中刀耕火种，一男一女便可温可饱可娱可乐，所以更多也只是来个对唱。

如此，我便艺术地构思了亚得里亚海水之所以是黑色的缘故，欧洲人因为眼睛是蓝色的，所以海水便成黑色；亚洲人因为眼睛是黑色的，所以海水便是蓝色。这该是大自然的一种和声。

寻找文学的绿水青山

世界从来不缺资源，缺少的只是人对资源的正确理解。因为南水北调通水一周年的缘故，第三次来到被称为中国水都的丹江口市。此时此刻专门用于长途行走的鞋上，还沾着珠穆朗玛峰的尘土。面对与羊卓雍湖相差无几的丹江口水库，心中闪现出这句话。

这是一场与山水盟约的长途行走。

天气还是三伏，人还处在从高原下来必须享受的醉氧状态，被漫无边际的清流浸润着的山野，连道路都被花花绿绿掩映成眼花缭乱的五彩。

从丹江口水库大坝启程，到南水北调工程渠首所在地陶岔的途中，大约是走错了，很长时间里汽车在不知名的小路上行走，青油油的玉米拂过左边车窗、亭亭玉立的芝麻拂过右边车窗，甚至还有硕大的南瓜、修长的丝瓜毫无顾虑地垂挂在小路中央。千千万万的玉米铺陈得越来越宽阔，绵延的山丘上开着没完没了的碎碎密密的土豆花。这景致让人心中浮现某种熟悉的艺术气质。在无边的原野与起伏的情愫发生契合那一刻，我开始问同行的青年画家李瑾，似这样用几个人的庄稼和几只鸟的树林蔓延开来的原野，是不是很像俄罗斯人笔下的母亲大地？在圣彼得堡留学六年的李瑾用一种久违惊喜作了回应。

我由衷地崇敬母亲大地，也同样崇敬不轻易说“祖国”但时刻不忘用口语或文字来表现“母亲大地”的俄罗斯人。能够率先写出母亲大地这一敬语的作家，是身处时代喧嚣与世事纷杂的母语作家们的无上楷模。

行走者且继续，在鄂豫交界的深山里扯上天边的俄罗斯，如此前行另有意义。

到达渠首之前，曾与一条规模颇为宏大的人工渠擦肩而过。车上的人不无疑问地说，这就是“南水北调”？这样说话是我们对南水北调工程的简称。很少对陌生事物下断言的我，盯着那水渠上上下下看了十几秒钟，就决断地表示，绝对不是！说话时，除了山坡上一条通向水渠的小得精致的排水沟，与一直以来普遍宣称南水北调工程是为完全封闭体系不相符合，让我持否定态度是这水渠气质上完全不对，怎么看它都觉得俗不可耐。所谓天降大任于斯，南水北调应是万千气象于自然，千秋功业于人间，少一分、短一寸都不对。

终于到达陶岔！终于到达渠首！一路走来，五百公里各色道路的曲折颠簸，在见到那一泓清流之际，顷刻间便化作汉水丹江那样地老天荒的平静。于心于情都没有超乎意外，被敬为天之津流的南水北调就应当是这种模样——宏阔壮丽，襟怀坦荡，逆流向上是国运在此舍我其谁的担当，顺水朝下则成争分夺秒时不我待的奋发。

在丹江口水库，还能分清哪是汉水，哪是丹江，私下里人们免不了愤愤不平，那些得益于南水北调的人，只顾向河南致谢，却不知丹江口水库库水百分之八十五来自湖北的汉水，来自河南丹江的水只有那剩下的百分之十五。渠首之地四野安宁，烟波浩渺中仿佛飘来那首童谣：南阳诸葛亮，稳坐中军帐，摆起八卦阵，单捉飞来将。这几年关于半人半仙的诸葛亮是襄阳人还是南阳人不知喷了多少唾沫星子，好好的这首童谣都被弄得变了味。假使这童谣般美妙的绿水青山，因一两句感激或没有感激的话而坏了壮丽的本意，那就是自己对不起自己了。

我开始怀念刚刚过去的那一声对着土地上的玉米和芝麻下的土地的惊叹，那样的惊叹果然不是没来由的。在俄罗斯情怀中广泛使用的“母亲大地”面前，一切获得与付出，一切感恩与忏悔，一切辉煌与淡出，都是不可以得意和抱怨，重要的是曾经存在，曾经热爱。

汉水丹江合为一泓清流，翻过那道不太起眼的分水岭，说是一路逆袭，其实是悠悠荡荡，款款闲闲，沿着中原大地上人工修造的明渠和渡槽，絮语轻风就将几千年逐鹿沙场的人和事全越过了。老的集镇，新的城市，花的村舍，树的街巷，几个涟漪就被摇晃着甩在若有若无的波光里。

无论如何，水流向北不该这样容易。于是就有黄河天堑横在面前，君自远方来，试问是飞渡还是沉潜？

站在邙山上，唯见浩瀚水波，朝着巨大的黄土山坡无边无际地扑将过去，一样的清流还在黄河南岸，一样的清流已在黄河北岸横空出世。南来水，南模样，每一滴水都不作改变，每一丝潮湿仍滋润如常。

文学的模样也是如此，清流一样的文学，将悄然流淌作为写作，再在他人意料中用意料之外的方式横空出世。黄河很长，南水北调也很长，让它们在郑州城外完成历史与现实的合纵连横是一个巨大的寓言。在我们面前，似乎是人与自然在为当今文学作一次共同印证。比如前些时在可可西里的沱沱河边，传来消息说《生命册》入围第九届茅盾文学奖前十名。恰好在丹江口又获悉《生命册》最终获奖。于是一次又一次地想起一九九五年夏天头一次到郑州，在李佩甫家吃过的小米粥。一次次地回忆着小米粥，一次次地将这小米粥想象成北方土地出产的美食和美味。除此之外，竟然再也想不起成名甚早的李佩甫，在作品以外，还有哪些动静与声音？

再到郑州。再次在郑州见到李佩甫。虽然有众星捧月般簇拥，面对照相镜头，但见头上每一根白发都挂着唯有男人才有的诚恳的羞赧。

此前在亚洲最大的U形渡槽湍河渡槽上，画家李瑾给陪同行走的那位小伙子画了一张速写，在她的画笔下，如此世界级工程管理者是那样腼腆与害羞。在《圣天门口》中曾写过一段话：会害羞并且懂得害羞的男人，是值得女人去爱、去信赖的。而这个世界上，最会害羞并且最懂得害羞的恰恰是我们脚下的土地以及依赖土地生长的万物。

男人害羞是因为心存敬畏。一头扎进邙山的穿黄工程，也是心存敬畏，才没有选择大煞黄河风景的方式。李佩甫用一只手撑着不小心扭伤的腰，整个人简直就是二十年前受车祸重伤初愈的模样。一个能将伤痛系在腰间沉潜二十年的作家，一如引滔滔清流暗渡泥沙无数的穿黄工程，最迷人的气韵正是秀逸的南方山水兼容了沧桑北方的浑厚，不是真功夫也是真功夫，没有真功夫也会练成真功夫。如此，几百里流淌到达黄河，汉水丹江的气质不是文采也是文采。

敢于汪洋肆意地想象一棵大树的人，往往是只见过一片树叶。见过许多大树生成森林的人，却是万般景仰地描写一片叶子。表面上浩浩荡荡的南水北调，一见到苍凉旷世的黄河，便不顾一切地往地底下钻。那样子颇似没见过世面的孩子，在见到陌生人时，总会下意识地躲进母亲怀抱里。南水北调在郑州城外用倒虹吸管方式穿越黄河，简直就是理想文学状态的钢筋混凝土加盾构机的魔幻表达。

向北流淌的水，在一千二百六十七公里长的距离里，华北大平原十分苛刻地只给了一百米的落差。多数时候来自汉水丹江的清流，即便受限于一眼望不到头的钢筋混凝土建筑物，仍固执地保留本该去往南方的奔放与洒脱，那种既清凉又忧郁的样子总以为是心也不甘情也不愿。南水北调到了安阳，十分路程去之有五。如果这水真是背井离乡之人，那将是情绪好与坏都必须爆发的节点。

追随故乡的水来到安阳，便注定了要在安阳发生与水相关的故事。对安阳的寻访，本是回避这不尴不尬的节点，腾出思绪与情怀，拜访举世闻名天下无双的青铜国宝司母戊鼎以及写就中华文化辉煌的殷墟甲骨。

还是那句话：念念不忘，必有回响。车载导航系统领着我们走进安阳博物馆后，才惊奇地发现，展览大厅里展出的原来是南水北调工程河南一地的出土文物。

自汉代开始的天干地支纪年法之前，有文字记载说，中华故国普遍使用木星行经次数纪年。传说归传说，一直以来没有考古发现给予支持。在紧邻湖北的淅川县徐家岭楚国大夫级贵族“薳夫人”的墓中，发现的刻有“唯正月初”等四十九字铭文的小口鼎，将千古不朽的“岁星纪年”传说变为铁打的史实。

在“薳夫人”的淅川，那叫王子午鼎和克黄升鼎的青铜重器，几乎要改写被两湖之地尊为文化之宗的“楚”的历史。荆山楚水，芳华绝代。春秋逐鹿，英雄旷世的楚庄王，其儿子王子午铸铜铭志要恭敬而严肃地对待祭祀和盟誓，行事要有胆有识无所畏惧，要小心谨慎避免错误，要施行德政又不失威仪，要保卫社稷根本，又要照顾国民意愿，急民之所急。如此治国安邦将是何等了得！那个叫克黄的重臣，面对满门抄斩的横祸，仍回郢都复命，让亲自下达必杀令的楚庄王感慨：死不逃刑，乃忠臣也。二人归葬之所，相距只有四百米。按照春秋礼制，都城可以迁移，宗庙则不可废，王亲国戚死了，必须埋在宗庙旁边，路程再远也要入土归宗。如果淅川是他们归宗所在，岂不是楚国始都丹阳便与之同在了？在文学上，关于屈原的个人史与诗歌史岂不是也要重写了？

流水一样带来十万六千件珍稀文物，件件都是平地响起的文化惊雷。刘庄先商墓地，唐户史前遗址，关帝庙晚商遗址，固岸北朝墓群，娘娘寨西周古城，胡庄韩王陵，包括其他地方的一共八处遗址，先后入选二〇〇六到二〇〇八年间的年度考古十大发现。往事一旦流现，每一样都是中华文明史上的浓墨重彩之笔。

不能不说，也不能不惊艳的还有，一路上载着我们千里奔驰的汽车车牌上挂着的那个“鄂”！在南阳市区东北方向十公里白河东岸的夏饷铺村北边的二十余座古墓里，竟然找到已经消失两千六百年，与江汉大地血脉相关的古鄂国的巨大踪迹。千人之诺诺，不如一士之谔谔。今之鄂，当通古谔之用途。否则怎不愧对史上最早为鄂字留名的鄂侯？

真正让人觉得气定神闲的是新郑县城附近的唐户遗址。曾有西方学者立过“中国文化西来”之说，原因在于中国只发现有新石器中期的仰韶文化和新石器晚期的龙山文化，却不见新石器早期文化踪影。在唐户遗址，中华高古文明之根扎得太深广了，逆龙山、越仰韶，后来被命名为裴李岗文化堆积，将八千年前人类在中原地区的巨大聚居地，活灵活现地展现在世界面前。

沟湾遗址、凌岗遗址、龙山岗遗址、马岭遗址、全岗遗址、前河遗址、上凌岗遗址、下王岗遗址、下寨遗址……太多的实物与图文，只需一个恍惚就变成连天接地的清流！

清流！清流！那么好的水，一到华北平原就变得恋恋不舍！那么美的水，一到华北平原就学会沉迷凝重！却原来是太多太灿烂的高古与远古文化在迷恋着太多迷恋。回到水边，回到原本牵扯着我们一路从汉水丹江北上的熟悉的清流边，就连水中倒影都记得画家李瑾在那一排排堪比大军列阵的彩陶面前，如少女般泛起潮红的脸庞！那欣喜，那崇尚，正如青春洋溢的南水北调，骨子里是彩陶流成的河！

安阳博物馆大厅摆着二十几块展板，每块展板上各写一个极难辨认的青铜怪字。同行记者读过《蟠虺》，轻声笑道，这是从《蟠虺》中偷师的。我也笑，博物馆的人读这小说很正常，不读这小说才很可笑。

安阳博物馆内各种各样的门都闭上了，一行人还在磨蹭。心中挥之不去的没有见到司母戊鼎的莫大遗憾，直到晚间，才稍有释怀。毕竟长篇小说《蟠虺》是写青铜重器的，明白那些数千年藏于地下的器物，没有灵性也有灵性，见与不见之间，存在着说不出来的运气成分。心中坦然了，好消息也来了：如斯国宝正在殷墟博物馆展出。于是便临时决定改变行程，第二天一早便赶了过去。

走进殷墟博物馆大门，此行的核心成员老赵就冲着一位工作人员问，大方鼎在哪里？听得我心里一愣，原来老赵也知道司母戊鼎通常被称作大方鼎。

老赵名叫赵久富，是团风县黄湖新村党支部书记。在武汉举行出发式时，曾对老赵说，自己去过他家两次。老赵一脸惶惑，以为是在诓他。我是真的去过，一次是带了一群作家去他们村采风，另一次是跟着一群实业家去他们那里看看有没有投资项目。两次都有县里主要领导陪着，我故意取笑他只记得书记县长。老赵有些不好意思，便将也是团风人的我一声声地唤作老乡。其实，老赵是个本分人，刚与我互称老乡，转过脸去，便左一句我们郧县，右一句我们汉水，完完全全是那早已沉没在丹江口水库最深处的郧县汉水边上人。

几年前，老赵带领全村人，连带村小学、村卫生室及饮食、风俗和方言等全部文化载体，一样不少、一个不漏地搬迁到我的家乡团风县。沿南水北调工程一路走来，老赵是团队中最受欢迎的人。每到一地，主客双方刚介绍完，对方就会跨步上前，紧紧握住老赵的手，好一阵才肯放手。

作为南水北调工程上百万移民的突出代表，老赵被评选为“感动中国 2014 年度人物”。在嘴上我一直都是他的老乡，在心里十堰、郧县、汉水才是他唯一的故乡。只要有十堰、郧县一带方言响起，老赵便毫不犹豫地告诉我们，他要去同老乡说几句话。

很难说老赵是从何种途径知道“大方鼎”的，印象里他最关心的是南水北调工程明渠中一群群名叫参子的小鱼儿。在陶岔渠首见到第一群参子鱼时，老赵就不容置疑地断言，这小鱼儿应该可以游到北京去。在郑州倒虹吸穿黄工程现场，讲解示图清楚表明，南岸进水采用弧线向下形式，到达北岸后的出水方式则用垂直竖井。有人提醒老赵，如此巨大的水流变化，只怕是小鱼儿所难以承受的。老赵一脸轻松地笑了笑说，当年在汉水边用炸药炸鱼，那些浮在水面上翻白的鱼只是震晕了，若不赶紧下水捡，那鱼马上就会醒过来跑得影子都看不见。小鱼儿命大，通过倒虹吸管没问题。

老赵一路关注明渠里的参子鱼自有他的道理，有这些小鱼儿在，南水北调的水才会像汉水丹江的水那样，原汤原汁地送到北京。

在殷墟博物馆，终于见到司母戊大方鼎。老赵看上几眼，照了一张相便出门。时间让我们也不能缠绵于司母戊鼎。我们出时，老赵已在门外抽了好儿支香烟。

夕阳西下时，向着北方行走的一行人抵达燕山脚下的漕河。如果当地人不说这是一条河流，如此干涸的样子，只有考古学家才会想象成河流。南水北调此时的模样有了重大改变，从华北平原上的款款而行，变为穿越燕山山脉的逶迤向前。在漕河，由南向北的滔滔清流，穿过第一座隧道，又跨过一座巨大的矩形跨河渡槽，在进入第二座隧道之前，来自老赵心中的清流出现一些不大不小的泡沫。老赵喊来管理处的负责人，脸色很不好看地问，这水为啥成这种样子了？那样子分明是在问责。负责人小心翼翼地解释，因为隧道加渡槽，落差设计比别处大一些，会产生较多的气泡。见老赵一副难以释怀的模样，我们也帮着找依据。甚至开玩笑说，如果觉得水脏了，那也是老赵自己弄脏的。在焦作，南水北调唯一一次穿城而过。因为是老赵，管理人员破例默许他沿着专用台阶下到水边，喝了一口来自家乡的水。除了老赵，除了管理人员，明渠流过千里，无关人员无法打湿一根手指。盯着泡沫看了好一阵，老赵才轻叹一声，黑黑的脸上，又出现在司母戊大方鼎面前显现出来的那种与诗意无关，却事关历史的忧郁。

与汉水丹江分别的清流向北流淌一千二百六十七公里抵达北京。将华北平原与江汉平原置于同等情怀的一行人，与美名为中国水都的丹江口市分手后，车程整整两千五百公里才到达首都。不是水比人执着专一，也不怪人为水修筑了特殊捷径，是我们太想了解这天河一般流淌的大水，除了滋润数以千万计人口的生活之外，还会给京津冀豫地区的生态带来何种变化。

华北平原上无边无际的青纱帐正弥漫着收获在即的丰腴的成熟。阳光从东边照过来，东边的玉米高粱还是绿茵茵的，西边的万千阔叶已是金色如染。太阳滑过中天之后，西边的植物看上去仍是盎然翠绿，东边的样样庄稼便迫不及待地摇曳种种秋色。得幸春雨夏露的北方大地，那表露心迹的意思早早写在天边。

又是临时决定的，只是这一次是出于对某种道听途说的兴趣，一行人出了保定，匆匆转往白洋淀。没有传说就没有文化。在丹江口水库大坝上，曾有资深人士指着一所房屋说，那是用来试验将汉水丹江的水与北京当地的水用何种比例混合在一起，才使喝惯当地水的北京人不会因喝了千里迢迢北上而来的南方水而肚子疼。这话的正确性比例达百分之九十五以上，余下不够严谨部分，构成对水土不服一类传说的宽容。天下人文元素向来喜欢并离不开传说，作为知情者人人都有责任见证传说，也有责任成为传说的一种。在传说面前是不能无动于衷的，不然传说就将死去。相比作家孙犁天赋文采的荷花淀，还有铁血抗日的雁翎队员，白洋淀让一群拥有洪湖、梁子湖和洞庭湖的南方男女略感失望。客观事实是，与我们相伴相随的汉水波光丹江水影，并没有像传说那样直接补充给一九八八年曾完全干涸的白洋淀。白洋淀生态的恢复是由于上游几座水库充分补水。这几座水库本是当地主要城市供水点，甚至还要省下部分水资源支援北京。由于有水从南方来，直接接入城市的供水系统，那些水库才腾出手来接济白洋淀。

从南水北调渠首启程，追寻千余公里，带着故乡气息的流水从早到晚都在身边哗哗作响，除了老赵在焦作时喝过一口，一行人始终沾不着那如大河滔滔的清流中的一滴。在白洋淀我们终于尽情地戏了一阵水。与南方水乡相比，白洋淀的气韵相差并不太多。老赵依然不高兴。自从在漕河渡槽见到那些浮在水面上的泡沫，老赵没有一百次也有九十九次地反复表示对那泡沫的不放心，末了一定还要加上一句，我们汉水的水肯定不是这样的！有人请视线总在芦苇顶部以上的老赵低头看看船舷边的连绵水波。老赵勉强向下挪动一下眼皮，样子十分无奈，好久之后才问白洋淀面积有多大，听说有三百平方公里，老赵又不说话了，不知他心里是否将一千多平方公里的丹江口水库进行某种类比，或者某种宇宙腾挪的幻想。

向北流传的水到了北京，被水流传的我们也到了北京。传说中的北京天空的阅兵蓝令人惊叹，更让我们惊叹的是在千年古都地下潜行八十公里后、在团城湖畔回到地面的清爽接天的汉水丹江的精灵。那强大得像爱情一样刻骨铭心永世不忘的气息在极短时间里征服了既来自汉水之滨又来自黄州城外的农民老赵、既熟悉圣彼得堡更熟悉武汉三镇的画家李瑾，还有刚饮过珠峰冰泉又饮过清冽黄河的我。一群从故乡来的男女，拜倒在从故乡来的清流面前，一人一掬好水，冲着相隔一汪汉水丹江的颐和园玉泉山，大笑着喝了个满面开花！

老赵终于放心地大声说：是汉江的水！就是这种味道！我马上会心一笑，多年前自己不是写过一部名为《就是这种味道》的小说吗？真个是集万千宠爱于一身的资源从来就在眼前，只是需要问一声，我们有无眼光去发现？

用一百座密云水库、一百座怀柔水库呈现渴望怀想！再用一千条潮白河、一千条永定河表达对清流的顶礼膜拜！这是一万个冀豫村庄、一万个京津楼宇在张开大地胸膛。还要用十万尊司母戊大方鼎盛满汉水之水、还要用十万只粉彩花虫图盂斟满丹江珠露，再携上屈原和苏东坡留下的从来不少永远不多的荣誉品格，献给天下清流源源滋润的这个时代的绿水青山！

第三辑

瞬间

光阴很瘦，指缝太宽，
人生苦短，谁复卿卿？

大　功

一个人行走的足迹，往往就是历史的足迹。譬如这次去嘉鱼，在某种意义上来看，最合适的说法应该是历史的选择。像我这样的一个人的确算不上什么，但是当一个个生命被冠以战士、并且由几千个这样的生命组成的集团，在一夜之间从黄河流过的华北大平原，驾驶铁骑急驰到长江涌起的共和国粮仓一样的江汉平原时，他们的每一步行走，都会在大写的历史上留下不可磨灭的印痕。

如果没有一九九八年夏天的经历，很难让人相信，一场雨竟会让一个拥有十二亿人口的泱泱大国面临空前的危险，以至于不得不让这支战士人数几十年来一直雄居世界首位的军队，进行自淮海战役以来最大规模的战斗调动，而他们的搏杀对手，竟是自己国土上被称为母亲河的长江。在去嘉鱼的公路右侧，江水泛滥成了一片汪洋，让人情不自禁地想起亘古神话中的大洪荒。从北京来的一位资深记者告诉我，有关部门已将《告全国人民书》起草好了，如果洪水失控便马上宣告。这位记者心情沉重得说不下去，同行的人好久都在沉默不语。当我们又是车又是船地来到簰洲垸大堤上，面对六百三十米宽的大溃口，不堪负荷的心让人顿时喘不过气来。那轻而易举就将曾以为固若金汤，四十多年不曾失守的大堤一举摧毁的江水，在黄昏的辉照下显出一派肃杀之气。这时，长江第六次洪峰正涌起一道醒目的浪头缓缓通过。正是这道溃口，让小小的嘉鱼县，突然成了全世界瞩目的焦点。正是这一点让原济南军区某师的几千名官兵在二十一小时之内奔行千里，来到这江南小县，执行着比天大还要天大的使命。

对于这个师的一万三千名将士来说，抗美援朝时的特级战斗英雄杨根思曾是他们心中无上的骄傲。可是和平对于向往英雄的军人总是格外地残酷。一道裁军命令让一万个英雄的理想在刹那间成了永远的梦想，曾让将士们自豪的建制番号就要成为心中挥不去的痛，新的建制只能留下现有官兵的零头。在嘉鱼县城实验学校某团临时驻地里，我头一回听见那些校官们谈到自己的下岗问题。他们直言不讳地说，全师将有数百名军官下岗。我是八月二十日来到这个部队的，这个日子离他们开始整编的预定时间只有六天。但是一场跨世纪的洪灾，彻底夺走了他们为自己的明天与未来思考的机会。这个团同师里的其他团队一道，是八月八日中午从原驻地出发昼夜兼程赶到武汉，然后这个团又马不停蹄地独自赶往嘉鱼。九日上午车队刚进县城，当地群众刚拥上来欢迎，命令就下来了：拦阻江水的护城大堤出现两处重大险情，数百名官兵连安营扎寨的地方都没看见，便跑步冲上江堤，一口气干了十一个小时。

说来也巧，这个团有八十三名战士是嘉鱼籍的，当他们从大卡车里跳下来，沿街冲锋时，他们中的一些人被自己的亲人认出来。当父亲母亲哥哥姐姐追上来喊着这些战士的名字时，他们除了回头应一声以外，连惊喜的笑容也没来得及给一丝。一个叫刘党生的战士，后来在驻地门前站岗时，因其乡音被县电视台的记者辨出，而拍了一条新闻。家住乡下的父亲在电视里看见后，连忙来到县城里。父子见面时，刘党生正在江堤上扛着土包加固子堤。刘党生没空同父亲讲话。父亲就追着他来回走，并不时伸手帮儿子一把，后来干脆同儿子一道一人扛一只土包，父子二人一下子成了一个战壕的战友。另外一名战士的遭遇更巧。那天他在堤下同战友一道值班，忽然见到堤上有自己村里的熟人，他连忙追上去打听，才知道挨着哨棚最近的那座灾民窝棚就是自己家人此时的家。战士走进那被洪水洗得一干二净的家，同家里人简单说上几句话后，又回到值班岗位，从此再也没进过这近在咫尺的家门。

我在这支部队待了三天三夜，这期间不知多少次面对当地群众来慰问时，顺手贴上的一幅标语出神。标语是这样写的：来了人民子弟兵，抗洪抢险更放心。这样的时候，我总会想起团长张德斌和政委陈智勇反复说过的一句话：视灾区为亲人、把灾区当故乡。他们说这句话来源于陈毅元帅的那句名言：我们是人民的儿子，哪有儿子不孝敬父母！这个团的前身是新四军一师一团，向来以打硬仗著名。团下属有四个大功连队，淮海战役两个，抗美援朝一个，还有一个是在一九七五年河南驻马店抗洪抢险中获得的。时间选定一九九八年八月里让这支部队在特殊地点上与历史和未来作了次碰撞。在三国故战场的南岸赤壁镇，有道名叫老堵口的江堤，是当年国民党军队的一个师用泥土和芦苇筑起来的。当然这不是那支后来被解放军彻底击败的军队有意给对手留下的伏笔，但这无疑是常胜之师是否名副其实的又一轮考验。八月中旬，老堵口出现一只直径半米的管涌，从管涌里喷出来的江水达五米高。此时，旅游胜地赤壁镇，已被搬得空空如也！

团属炮营几百名战士冲上去，几乎用尽了生命的一切可能，奋战了几十个小时，硬是奇迹般地将凶猛的管涌制服了。在我前往嘉鱼的路上，碰见一支海军陆战队的车队。当时天上雷雨交加，地上狂风怒吼，他们的行进更显威风八面。海军陆战队是去替换驻防赤壁镇的炮营，这样的威武之师却面临一场尴尬：当地的干部群众坚决不让炮营走！他们太信任炮营了。不知这些生长在古今兵家必争之地的人们知不知道，这场与洪水的决斗是这支英勇善战的部队的最后诀别。也许他们根本就没有想到这么棒的部队竟会说撤销就撤销！

对于战士来说，他们知道这是不争的事实，因此他们表现得格外珍惜。来到嘉鱼后，战士们最流行的有两句话：用汗水洗去身上的污垢，当一个受人尊敬的好兵；多吃点苦，将来做人有资本！

团长张德斌告诉我，他们的家属也特别能战斗。政委陈智勇同妻子是在老山战场上相恋的，他们有个可爱的儿子叫陈思。哪知小家伙患上严重的肾病，才十一岁两腿就肿得不能走路。他们好不容易找到那位国际知名的肾病专家黎磊石教授，治了一阵，刚有些好转，陈智勇就随部队上了抗洪第一线。小陈思在家苦思冥想，画了一幅如何为江堤堵住溃口的设计图：所用材料为钢筋水泥、橡胶和棉絮。我在电话里同小陈思交谈过一次。我问他是否给他妈妈添了麻烦。他奶声奶气地说：我是男子汉，怎么会哩！六次洪峰从嘉鱼通过后，团里的军嫂张燕从漯河发来一封给全团官兵的慰问电，她说：……我真想马上赶到你们身边，为你们洗衣、烧水、做饭，来安慰你们的疲劳。你们太辛苦了，在这里我代表军嫂们，代表家里的亲人向你们说一声真的好想你……张团长挥动着慰问电说，这也是他们团的战斗力。

八月二十一日上午九点整，我们还在这个团里采访，突然来了紧急命令，五分钟内五百名官兵便在张德斌、陈智勇的率领下驱车直赴发生险情的新街镇王家垸村。陈智勇后来说灾难考验人时，正是上帝对谁的垂青。面对他们的又是一个罕见的管涌，它在离江堤一千五百米的水田中，直径达零点七五米，流量为每秒零点二立方米。发现它时，它已喷出一千多立方米泥沙。水田里的水有齐腰深，管涌处，离最近的岸也有几百米，而离可以转运沙石料的地方有上千米。那一带是血吸虫感染区，可张德斌和陈智勇想也没想，就率先跳进水中，在头里为战士们开路。

我有幸在管涌现场目睹了这场与灾难赛跑的全过程。没在水中的稻穗上，战士们用肉的身躯铺成了两条传送带，团长政委不时高喊：决不能让簰洲垸的悲剧重演。有两个连队已在附近江堤上突击干了一天一夜的活，还要轮换休息，早饭都没吃，便又赶来抢险。陆续赶来的部队达两千余人，泡在水中的这些最早到达的官兵直到将两百多吨堵管涌的沙石料全部运到现场才上岸吃午饭，这时已是下午两点。

我在第二天的报纸上读到有关这次抢险的报道，所有报纸无一例外地都只让人从那句“两千多名解放军战士参加了抢险”的语言中，才能感受到他们曾经存在过。我不知道那位被战士们背到管涌现场的泥石堆上的记者，是否写了这些消息中的一篇。我庆幸的是自己数次被记者们当作了抢险的战士，我为自己的鱼目混珠而自豪。我将这些报纸拿给一些官兵们看时，他们飞快地扫了一眼，然后淡淡一笑。

这笑让我忽然来了个念头，既然大智若愚，那么会不会是大功若无？王家垸管涌下午一点四十五分才开始由技术人员倒下第一袋寸口石，但那些根据某些人的行程来写的文章却说中午十二点险情就基本排除，那些显赫的名字又一次散着油墨香时，张德斌和陈智勇正带领战士苦战在水田里。从下水开始，二十一小时后，正是第二天凌晨六点二十分，战士们用冲锋舟运完了最后一批沙土包将蓄水反压管涌的围堰垒好后，大家手挽着手，高举着红旗，唱起那首士兵们最爱唱的《当兵的人》。那一刻，朝阳正在升起，在他们的身后彩霞有一万丈高。没有任何镜头对准那一张张英姿勃勃、再厚的泥水也掩不去青春光彩的脸庞。

实际上他们无须别人来评说。听听大功三连的连歌：《这就是三连的兵》！听听大功六连的连歌：《打不垮拖不烂》！再听听大功八连的连歌：《英雄的连队英雄的兵》！三连连歌中有这么一句：打胜仗，出英雄，为国为民立大功！簰洲垸的悲剧没有重演，那位六十二岁的老专家曾泡在水中对我说：这些战士一个能顶几十个壮劳力，没有他们，长江大堤恐怕不止垮几十次！灾难像那个被关在瓶子里的魔鬼，一切的企图都成了徒劳。这是真正的大功，它将安宁与平常，不事声张地交还给还在享受平常与安宁的人，不使他们觉察到灾难曾与之擦肩而过，所以大功确实若无。

我真想在中国军队的序列中，这支部队的番号永远不被删改，我也想这么好的官兵应该尽可能久地留在部队中。我想嘉鱼的人民在面对日后哪个雨季的洪灾时，也会对记忆中的这支部队说，真的好想你！我还想，只要长江还在流，它就是这支曾与它鏖战过的部队数千名将士永远的绶带！

会歌唱的高原

由于搭乘的是军航，飞机在拉萨贡嘎机场一落地，首先见到的不是心中曾以为的那些色彩斑斓的充满神秘宗教意味的藏族男女，而是被高原紫外线晒得像紫铜一样的军人。听不见在内地机场听惯了的那些美丽女孩子们美丽的招呼声，身边弥漫着的尽是威武中透着森严的吆喝，有一阵子自己总以为还没来到青藏高原，而是误入了某处军营。

来接我们的司机小何也是个军人，他在青藏高原上开了多年的车。我们见面时，对他那种微笑，有一种熟悉的陌生感。在高原上待了些时日后才知道，这陌生的东西是由于高原缺氧造成的。它叫迟钝。在缺氧的条件下，人对身边事物的反应，比在内地低海拔地区要慢上半拍。后来，在前往岗巴、亚东与纳木错的几千公里旅途上，每一个人都领教了缺氧条件下，思维故障的频繁：熟悉不过的诗词会想不起来，唱过千万遍的歌曲总也想不起旋律。

那一天，我们登上海拔四千九百米的塔克逊哨所，面对那两位哨兵，我们说什么话，他们都只是简单地对我们嘿嘿憨笑，偶尔有几个字蹦出来，但是绝对没有一句话超过三个字的。时隔多日，我还清楚地记得他们说你好、再见时，那让人觉得有些麻木的声音。塔克逊属岗巴县。去之前，西藏军区的徐明扬少校曾对我讲了一个故事：一位跋涉去岗巴视察的将军，遇见一位正在放羊的战士，将军上前与他说话时，那位战士除了傻笑，对他说的唯一一个字就是家。将军当时就流下了满脸的泪花。在全国唯一不通公路，也不通电话的墨脱县，上级专门下了一道命令，凡在墨脱的官兵，每月可免费用军用电台给家里发一封电报。在这世界最高的高原上，人的思维网络出现什么故障是再正常不过的。到达岗巴的那天晚上，当地驻军首长给我们介绍情况时，一行人中竟没有几个能再提出些问题。睡到半夜，一个个头疼得像是被谁念了紧箍咒，纷纷摸黑爬起来，找水找舒乐安定，拼命地往下咽。

在青藏高原上，还有一种不畅通，那就是公路，小何驾着大客车满眼血丝，满手血泡，不知多少次拖着我们从悬崖峭壁上小心翼翼地驶过，车内的女作家们不知多少次蒙上眼睛不敢往窗外看。在雅鲁藏布江劈开的峡谷里，山水泥石的凶险太常见了，让人心惊的是那车辆有时像飞机一样在半空中飘浮的滋味。好在去岗巴的路上有大戈壁，那时候，汽车就成了一头牦牛，望着无边无际的地平线，车与人都有了一种悠闲。因此，才会有汽车翻过一座海拔五千多米的山口时，成都军区的女作家王曼玲一开腔，几个人竟一齐将平时那首高不可攀的《青藏高原》唱到青藏高原上空那蓝得如洗白得无瑕的云端的意外。当歌唱被宏大的高原再次震慑时，长久的沉默中，那从未有过的神圣、深沉与庄严，如同远处的雪山，一下子矗立得很高很高。

几天几夜中，我们将后藏的每一条公路都走到了国境线的哨卡上。七月五日〇点三十分又回到日喀则。睡了几个小时起床后，军分区李沛上尉通知我们，他们的政委不能来看我们了，夜里附近村庄发生了泥石流，村庄被全部毁灭，死了八个人，政委已带部队上去抢救。从日喀则往拉萨走时，才发现这条路是从上海过来的三一八国道，来自上海的女作家陈丹燕很兴奋，一路上高山反应不轻的她难得地开心笑起来。开头是四千八百的里程碑一块块地被司机小何甩到车后，大约走了一百公里后，一条几公里长的汽车长龙蜷缩在雅鲁藏布江边。一问才知道前面有泥石流，最先到达的车辆已被堵了两天两夜。

好在我们到得晚，只等了两个小时，路就通了。车队中，那些排在前面的民用车辆自动地停在一旁不动，让某部运输团的四十多台训练车队先行通过。司机小何不无骄傲地说，这是他们团的，如果不是他们团队的一百二十多名官兵用手用锹帮着那唯一一台挖掘机干了一天一夜，这路起码还得堵上一天一夜。小何将一切都探听清楚了。我们的大客车夹在那些军绿色大卡车中，从被泥石流摧残得面目全非的国道艰难地驶过时，小何忽然朝我们要没有打开的矿泉水。他抱了几瓶，停下车将它递给站在泥泞中指挥的一名军人，回转头才告诉我们这是他们的副参谋长。小何后来连说几次，副参谋长曾是全军区最帅的军官。汽车那时一晃而过，我们只看见有种英姿不同凡响，这种感觉也能从那些还在耐心等候的司机们的眼神中看出。

这时，我们并不知道还有更大的灾难在前面等着。在那场灾难过后，我们许多次听人在无意中提起这个汽车团，他们提到这个团的番号时，目光中满是崇敬，甚至是敬畏之情。在西藏，没有哪个山口哨卡的官兵不知道这支部队，因为所有从内地运来的给养，都得由这个团运转到他们手中。

在一个叫尼木的地方，我们停下来找个路边小店吃东西时，那四十多台车轰隆隆地驶进旁边的兵站。我们要走时，小店女老板正忙得不亦乐乎，迟了一阵才给开发票。正是这几分钟拖延，使我们这些总想急着赶路的人，避免了一场灭顶之灾。

又行了七八公里，二十来分钟。拐过一座山嘴，一种像雅鲁藏布江怒吼，又像沉雷滚滚的声音从车窗外一掠而过。接着前面的一辆吉普车急速地倒回来，有人还向我们招手示意。车停后，我们都下去站在路边，看着前边两三百米处，半座山坡将公路埋得无影无踪，无论是陪同的军人，还是我们这些作家，都久久沉默不语。

山上还在往下滚着乱石，小何将笨拙的大客车从狭窄的公路上掉过头来，载着我们毫不犹豫地直奔兵站。待到进了兵站大门，负责这次活动的《西南军事文学》副主编裘山山长出了一口气说，这时候她都忘了自己就是一名军人，心里只想着要是有解放军在身边该多好！一个女人对着身边的那些男人说这些话时，应是让这些男人觉得尴尬。但在青藏高原，我们一点也没有觉出不舒服，在生命登上如此高度以后，人会很自然地臣服于内心感受到的更加伟岸的东西。当副团长司传宗和副参谋长刘宏伟并肩走向我们时，还没有开口对我们说什么，我们就已领略到像青藏高原一样深厚辽阔的胸怀正拥向这一群落魄之人。

那天晚上，他们将仅有的一些菜肴全都搬出来给我们吃，还有酒。不知是谁提议让刘宏伟副参谋长唱歌，并且掌声响了好一阵，真的听见歌声响起时，不少人眼泪忍不住出来了。那是多么动人的歌唱，一米九〇的个头，坐在那里也像一座山，而歌声则像山谷的风阵一样，无论怎样地抒情，也掩不去那刻骨的悲壮与苍凉，这样的真情足以征服每一个有着真情的灵魂！孙慧芬动情地说，他的脸即使烧伤了，也是世界上最可爱的人。副参谋长那被烈火破坏的面孔在歌唱中越来越冷峻，一旁刚刚说笑不止的副团长顿时陷入深深的忧郁，从此一言不发，无论怎么劝说，也不再去碰那酒杯。空气中弥漫着浓厚的无以托寄的感情。仿佛还可以看到那在温馨家园之外孤苦漂泊的灵魂。

我们后来得知，他们团去东线林芝训练的车队中，有一台车载着四名战士，滑入路旁的溪谷，平常那么庞大的车辆，在江水中连气泡也没冒一个就无声无息地消失了，什么也别想找到，能找到的只有洒满青藏高原每一条公路上官兵们的泪水。

深夜的歌声，久久地回旋在雅鲁藏布江那深深的峡谷中，这青藏高原的血脉里涌动着高原汽车兵命运的交响！

第二天下午，公路还没有修通的希望。军区派了两台车在泥石流的那一端等着我们，我们决定冒险爬过那座从高处塌下来的山坡。司传宗和刘宏伟两位中校派了三台吉普车和十几个战士将我们送到塌方处，我们将大客车、司机小何与行李箱留在兵站，每人只带上一点必需的东西。当我们走向那不知深浅的泥石流堆起的泥沼时，许多人都在身后观看。十几个男女不知哪儿来的胆量，一个个毫无惧色地往那魔鬼脸色一样的泥水扑过去，如同赴汤蹈火一般，就连头天晚上还在发烧、上吐下泻的陈丹燕也几次婉拒了身边护卫的战士背她的提议，一步步地走过雅鲁藏布江汹涌波涛之上，冈底斯山万丈峭壁之下，那泥石流设置的巨大陷阱。我们每一个人都知道在自己的身后有一名年轻的战士，可更要紧的是我们每个人心中从此镂刻着一副不朽的军魂。

八十米宽的泥石流被我们蹚过，半身泥水的我们同迎接我们和护送我们的军人紧紧地拥抱在一起，所有人的眼眶里都盈满泪水，直到七月九日，我们返回成都后的晚宴上，所有的人才将这泪水无忌地释放出来。当时，李鑫红着眼眶举着酒杯说了半句话：为了边防战士——话声一顿时，所有的人都不吝地洒出那这个年纪应该是比黄金还宝贵的泪水。

我们又忘情地唱起《青藏高原》。在我们的眼前，浮现出一个巨大的灵魂，它也在歌唱。它像一只飞碟，又如同一只硕大的车轮。这样的高原，这样的歌唱，容不得一点虚伪与矫情，只有真情与真诚才能行走在如此悲壮的大地上。我们像每临出战的巴西队那样手拉手，做了这次青藏高原之行的最后行走。我们永不忘记那一次次响彻心灵的歌唱，并在心底祈祷司传宗、刘宏伟和所有青藏高原上的官兵们有个幸福的归宿！

去南海栽一棵树

认识陈忠实是在海边。

那是二〇〇三年十二月底，俗称圣诞节的日子里，一百万字的长篇小说《圣天门口》初稿终于完成了，带着闭关数年间对家人的亏欠，携夫人和女儿到海南岛休息。本意是悄悄地不想惊动朋友，一家人离开海口时，才发短信给蒋子丹，说自己来了，不想打扰她，但还是知会一声，现在去三亚了。谁知蒋子丹马上来短信和电话，她正在三亚陪着陈忠实，还有李国平等人。且不由分说，在我们一家到三亚后，硬是接到与陈忠实等人同住一家酒店。原计划私下的家庭休闲变成了公开的文学活动。印象很深的是，女儿见到陈忠实后非要喊爷爷，我不同意，让喊伯伯，女儿又不同意，觉得陈忠实比爸爸老很多，只能喊爷爷。实在没办法只好由她去。那天我们搭乘警备区的交通艇去一座没有对外开放全部由部队驻守的小岛，从满是贝壳的沙滩码头上岸后，一队被海风吹得黑亮的年轻士兵在木栈道上列队迎接，冲着走在最前面的陈忠实齐声喊道："首长好！"背着一只黑色单肩包的陈忠实一时没有反应过来，陪同上岛的警备区政委在他身后小声提醒一句，陈忠实才像有点羞涩地大声说了一句："该干什么干什么去！"

惹得跟在身后的我们想笑又不敢笑。那座神秘小岛除了军人再无他人。动物也只有两条狗，一条是公的，一条是母的，士兵们给这两只狗男女取了台湾岛上那对中华民族永远公敌的名字。我们如此叫着两只狗，两只狗马上跑过来。陈忠实也学着叫，那两只狗却不大听他的。大家就说笑，陈忠实的陕西话很深奥，它们听不懂，正如台湾岛上的某些人听不懂我们的善意。

岛四周的海却是懂得一切。女儿在环岛的沙滩上，欢天喜地地捡着贝壳珊瑚，大人们面对深蓝大海时唯一的选择是沉默。天水茫茫，巨浪无边，那些与别处不同的海水，仿佛看得见年年月月台风刮过的痕迹。一般人上不了这岛，上了岛后任何人都要种下一棵树，这既是责任，也是纪念。我们一起在岛上的人工树林中合力栽下一棵树那次，是这辈子栽树事例中最神圣的，能在祖国的最南端，栽下一棵将个体荣耀与民族兴盛紧紧联系在一起的命运之树，实在令人激动，也令人感慨。只是女儿还不到五岁，不懂得人间还有比快乐淘气更为紧要的庄重与庄严，硬是从一脸严肃认真的部队首长那里拎过那如黄金般珍贵的淡水，用自己的小手浇灌给小树，弄得在场的官兵们不知如何是好。半年后，陈忠实成为我们一应作家的团长，率队重走长征路，从南昌出发，翻过贵州境内的梵净山后，我们在住处的院子里，面对一棵小小的红枫叶树，突然说起在南海的小岛上一起种下的那棵树，还有我那淘气的女儿。女儿的情况我当然尽知，但是那棵树，那棵我们一起栽下的树，我们一起种在国土最南端的那棵神圣而庄严的树，虽然相隔只有半年，那些摧毁力超乎想象的风雨对我们栽下的那棵树有过何种的滋润？那里的海涛对我们栽下的那棵树有过怎样的侵袭？我们共同的想法是，只要那棵树能活下来就好。

二〇〇六年四月二十日在汉口百步亭又见到陈忠实，之所以要特别提及这个日子，是因为那天他从东湖边归来，冲着我发了一声感叹，说东湖哪里是湖，完全是海！屋里的人很多，陈忠实是看着我说的，他一定是又想起南海空阔无边的波涛，还有被波涛团团围住的那棵由我们四只大手栽下去，再由我女儿那双小小手浇水灌溉过的杳无音讯的树。多年之后，我才想起，在那一刻，我本当要回答一句的，却没有回答。也是在这次见面的前前后后，因为《圣天门口》的出版，我接受了不少于百次的访谈与采访，我多次说过自己读书的真相，却没有一家媒体如实登载过，原因也是为了我好，害怕我这大实话一出来，会得罪一排人。我说过这样的话，当代中国作家的作品我读过三遍的只有《白鹿原》。那次见面后刚刚二十天，陈忠实就寄来我代朋友索要的他的书法："胸中云梦波澜阔，眼底沧浪宇宙宽。丙戌书古诗原下陈忠实。"这样的诗句也是海一样的情怀了。当陈忠实说东湖是海时，我本当要告诉他，《白鹿原》的文气像海洋一样！

为人当胸怀江海！生长在滴水如金的黄土高原上的陈忠实，慨叹东湖如大海时，是用自己的心胸装着宽广的海洋。

二〇〇八年元月七日正好是周一，我在西宁参加由《芳草》杂志推出来的青年作家龙仁青的作品研讨会，早上九点整，正是北京那边的上班时间，忽然一连串地接到中国作家协会几个朋友的电话。几位一上班就分别收到由武汉市钟家村邮局寄出的匿名信。经历红卫兵运动后，他们普遍痛恨写匿名信的行为，也不相信匿名信，所以才告诉我当心小人。元旦前后，中国作家协会颁布了第七届茅盾文学奖评奖条例，面对与此相关的不正常的文坛躁动，我只能说无聊，甚至连无德都不想说。话虽这么说，心情还是相当不好，曾经很自信，这辈子没做什么能遭人泼污水的事，却还是遇上了。原本打算回家的，便改了行程，第二天去了九曲黄河第一弯的循化，忽然发现黄河之水也能如此清澈。所住的循化宾馆二〇一室，隔着两堵墙就是十一世班禅参拜十世班禅故居时住过的二〇五房。那天下午，我们一起前往十世班禅母亲的家。接下来的一些事情，当地人评价说，是非常吉祥的。于十分复杂的心情下，我写了一首歌不是歌、词不是词的文字：雪山想念天鹅，哈达想念卓玛，彩云一样梦幻的姑娘，是雪莲中的雪莲。酥油灯点亮千年高原，吉祥湖畔开满花朵，啊雪莲中的雪莲，你的眼睛是我的“措”，你的泪水是我的错。草原想念羊群，白云想念情歌。羊圈中生下你的阿妈，是卓玛中的卓玛，小小女儿要牵苍老的手，忧伤的爱禁不起祝福。啊卓玛中的卓玛，你的泪水是我的“措”，你的眼睛是我的错。写完之后，也不知为什么，忽然想起来发短信给陈忠实。陈忠实不会发短信，他马上来电话，说自己高原反应严重，一直不敢来这些地方。听说我们回程要路过西安时，他很高兴，还特别说，很想见见与我同行的朱小如。他说一声，多年不见朱小如了，不知有多少情怀在其中。

二〇〇八年一月十日从西宁飞西安的航班一再延误，一直到傍晚十八点二十分才起飞，到西安后，正在取托运行李，女儿来电话，祝爸爸生日快乐。也在三亚认识的李国平已等候多时，陕西省作家协会办公室主任杨毅亲自驾车。到了市内，径直去餐馆，陈忠实率红柯、周燕芬和李清霞等已等候多时。

见面后我将在西宁机场买的一盒雪茄送给陈忠实。见面不一会儿，陈忠实就主动提及《圣天门口》，他用那天下独一份的陕西话，说起马上要评的第七届茅盾文学奖，并说《圣天门口》肯定会如何。可以肯定陈忠实说这样，不是关了一盒雪茄的原因，在陈忠实眼里，天下雪茄都不如被关停的宝鸡卷烟厂出产的七元钱一盒的雪茄好。借着高兴，我先说，第四届时，我的长篇小说处女作《威风凛凛》就与《白鹿原》一道入围初评的前二十部。接下来我再将前几天有人写匿名信的事当众说了，形容这是前途险恶的凶兆。闻听此言陈忠实哈哈大笑，然后说了两个字：喝酒！一杯酒喝下来，陈忠实再次冲着我笑，这一次笑却是意味深长。二〇一一年八月，《圣天门口》之后创作的长篇小说《天行者》获第八届茅盾文学奖之际，想起当初陈忠实的笑声，顿时明了个中滋味。

说话间，朱小如透露今天是我的生日。陈忠实连忙让李国平安排，人在旅途，遇上这样一群好朋友，既吃上了寿面，又吃了蛋糕，一位在西安很红的民间歌手，追着陈忠实而来，也顺便唱了一首生日歌，真的很是惬意，一时间就将那匿名信的不快丢到九霄云外。在西安的第二天，李国平带我们去陕西省作家协会转了一圈，得知陈忠实的办公室是当年“西安事变”时，张学良用来关押蒋介石的地方。我也找到机会难得大笑地说，这就对了，这样的房子只有像陈忠实这样的人住在里面才镇得住，别的人待在里面怕是要出问题的。二〇〇八年十月二十八日下午，从北京传来第七届茅盾文学奖终评结果的消息，在许多打来宽慰的电话中，让我既觉得意外，又觉得感动的是陈忠实。我和夫人，还有儿女们正在一起吃晚饭，陈忠实的电话来了。在话筒里陈忠实长叹一声，说简直不敢相信，前些时，他还在《西安晚报》的访谈时，预估《圣天门口》最有可能获奖。陈忠实也不知如何说好，只是一声接一声叹息不停，就这样说了近十分钟，而不肯放下电话。那样子就像是陈忠实自己犯了错，明明公开对记者们发布了个人预测，而今又没有兑现，陈忠实说，这叫我如何与记者们说呀！到头来反而是我劝他，说自己的作品，一定有写得不好的地方，让人揪住了。而当初敢于替《白鹿原》担当的像陈涌先生那样的人又没能出现第二个，出现如此结局也是可以理解的。这一次，我算是又与陈忠实合力栽下又一棵树，只是这棵树是无形的，用肉眼看不了，用文字也难叙述，但她是文学的风骨气韵，更是人格的清洁爽朗。

曾经收到一封电邮，落款是陈忠实，内容则是推荐某个青年作家的作品。粗读一遍发现不是那回事，再细看信，又发觉多有不对，比如对方称我为“您”，这显然不符合我与陈忠实一向交流的话境。于是打电话过去问。陈忠实没有直接表示什么，只是说曾向一些青年作家推荐我编的杂志，却从未推荐过具体的作品。换了别人可能会不高兴，发发脾气也是正常的，陈忠实在电话那边不轻不重地说了几句，就将此事一笔带过，再没有表示要追究对方一类的意思。如何对待这种成功心切，时常使些小手段的青年作家，陈忠实又像在海边栽小树一样，在风狂雨暴的季节，重要的是呵护。

二〇一二年五月二十六日，我开车去甘肃参加一个文学活动，要经过西安，途中约陈忠实，到西延路上的一家酒店小聚。

我们刚到，陈忠实就来了，还令人惊艳地带来一箱白鹿原出产的樱桃。正是收获高峰季节，那樱桃特别红艳，而我又是格外喜欢樱桃口味，一口气吃下许多，甚至还约有机会去白鹿原，坐在树下吃那樱桃。陈忠实很高兴，历数陈世旭、刘兆林、舒婷、张炜等朋友，都去他家原上吃过樱桃。第二天一早，我开车继续去往兰州。天黑前，到达兰州城外一处度假村，一帮当地与外地的作家先到了，在那里美美吃着烤羊肉，喝着鲜啤酒。我将自己吃剩下的半篮红樱桃拿出来，初时无人动手，待我说起这是陈忠实在白鹿原上亲手摘下的红樱桃时，不知从哪里伸出来那么多的手，眨眼之间就被抢得精光。吃完以后还有人盯着汽车后备厢，以为那里面还有。

二〇一四年八月十九日，《芳草》杂志到西安举办一个活动，那天西安城内发生一件令人啼笑皆非的事情，有两拨人在同一酒店喝酒，因为口角进而互相打起来，其中一方打了对方的人后，发现被打的人是区委要员，打的人是个小官员，也没有人逼他，自个主动下跪道歉，而那区委要员也下跪请对方起来等等。大家说笑话时，我给陈忠实打电话，告知自己来了西安，因为日程太满，只有第二天中午有空，问能否见面聊一下。陈忠实稍一迟疑还是同意，找好地点后，告诉他，他说自己会准时来。回头再给李国平打电话，要他届时也到场聚一下。李国平听后，一连两遍问是不是明天中午，还说，老陈中午有午休习惯，是绝对不见任何人的。听我说绝对不错后，李国平很感叹，说你的面子太大了。这是他认识老陈以来，头一回见他中午出来见朋友。李国平的话说得很严重，我想想也觉得太严重，为什么要生生破坏他人多年养成的良好习惯呢。第二天早餐后，我发短信陈忠实："中午就不打扰你了，你先好好休息，我们在酒店吃过自助餐后赶着去华山看看！"那天上午我有讲座，九点三十分结束时，陈忠实刚好来电话，说过遗憾，又约下次见。中午李国平来小坐，说起来才知，老陈情况不太好，陕西省作家协会党组正要向省委报告，让老陈到医院仔细检查一下。那一刻，我们的心情突然沉重起来，当然，也更加觉得，自己主动取消中午小聚，不管成与不成，于情谊是何等珍贵。

二〇一五年七月七日，我去北京参加中宣部一个活动，在八大处报到后，正在无所事事地乱串门时，红柯拖着行李进来，二言两语之后，便告诉大家，陈忠实患口腔癌了，正在做化疗，吃东西很困难，完全靠鼻饲。我心里一着急，明知自己没办法帮忙，但还是请红柯回西安时，带去几句话。几天后的晚上九点，红柯来电话，他将我托转的癌症靶向治疗方法转告给陈忠实。陈忠实要他一定代为感谢，这时候还有朋友惦记。红柯当时在电话里说，老陈对治疗很有信心。再往后，与知情的朋友打听，也说情况恢复得不错。却不知，再得到消息时，自己只能沉重地写上一句：西去永西安，大道送大贤！那天也是从游泳池里起来，得到消息，着实有些不肯相信。时间不长，电话就不停地响起来，都是媒体的朋友，心知他们的意思，却不愿接听，我很清楚自己心里还没做好接受这一事实的准备。直到终于可以面对时，我接听了一家媒体记者的电话，刚刚开口，说我知道你是为什么事，接下来本要说"陈忠实"三个字，只是这名字还没说出来，自己已泪流满面，哽咽着半天说不清一个字。

二〇〇九年十一月六日，陈忠实曾打电话，要我给他寄一本《天行者》，他说他当年也当过民办教师。在《天行者》的扉页上，有这样一句话：献给在中国大地上默默苦行的民间英雄。这句话用于陈忠实同样不错。二〇一六年四月七日下午，在江西于都红军长征纪念碑前，我代表重走长征路的作家们发言，开头的一段话是说给陈忠实的。我说十年前重走长征路时，陈忠实是团长，十年后再次重走长征路，陈忠实身患重病无法成行，有于都这样曾经庇护过十万红军的偌大福地，希望于都将太多的奇迹赐予一些给陈忠实，希望能庇护长征精神的最好诠释者陈忠实平安长在，养好身体再当团长，再与我们一道继续将这政治与军事的长征融合为文学精神的长征。

这时候，我记起那些洒在兰州城外的来自白鹿原上的红樱桃，按照童年的经验，那些从嘴里吐出来的红樱桃核不可能全部入土发芽，但也有足够的比例让这些来自白鹿原的红樱桃长成小树苗。正如南海小岛上那棵由不同的手共同栽下的树，有天地护佑，一定可以长成祖国最南端的最坚强的硕大之树。

我不记得南海上那小岛的名字，也不记得与陈忠实共同栽下的那棵树的名字，更不记得那位同意我的不懂人间艰辛的幼小女儿亲手将一桶如黄金贵重的淡水浇在小树上的军人的名字，但是我无论如何也不可能忘记，白鹿原和大别山、东湖和南海、南海上不知名小岛上不知名的小树和在兰州城外被朋友们的一抢而空的白鹿原上的红樱桃，她们都有一个共同的名字。

用我长江边故乡的话说，男人的泪水是金贵的，因为她是南海上那能浇灌初生树苗的淡水，因为她是那被人生酸甜苦辣泡过的醇酒，因为她能够结出苍黄莽莽的北方大地上灿烂的红樱桃。天下文学莫不是在南海种下一棵树，天下人等莫不如艳丽的红樱桃，好看固然重要，还要做得到在北方黄土高原上也能好看，也能作为他人的生命营养。

有一种伟大叫巴金

秋叶苍红。秋草苍黄。秋夜苍白。秋水苍茫。

我趴在塞外一张陌生的桌子上，好不容易写下“泪水清扬的满月”这一句。

头一天，在渤海大学音乐厅的讲台上发言，曾经脱口提及文学艺术的描写，从来都是黄昏之壮美远远胜过清晨的秀丽，在数量上，对黄昏的关注更是不成比例地远远超过清晨。十月十七日，一大早就外出，赶在每个月的农历十五都免不了的大潮涨起淹没之前，经过那罕有的海底天桥，去到渤海中央的笔架山岛，尔后又忙忙碌碌地到了曾经名叫平远和威远的那座古城，看看天黑了才往住处赶。途经锦州城外一条宽阔的大河，望着河的西端尽是辉煌晚霞，车上有人说起我先前的话题，言语未定，蓦然间从河的东端升起一轮清清朗朗的满月。刹那间，所有人都屏住了呼吸，明明是三十五个座位坐着三十五个人的大客车，竟然一点动静也没有。塞外的天空让人惊讶，那种天空上的满月让人感受到的更是一种震撼。

塞外的黄昏总会来得早一些。然而，这一天，从不与满月争辉的黄昏落霞迟迟不肯抽身隐退。时近七点了，一行九人从住处出来，去到锦州大戏院看那东北二人转到底如何恶俗时，还能从炫目的霓虹灯旁找到依依不舍的许多碎片。八点刚过，《文学报》徐春萍突然打来电话说：巴老走了！七点〇六分！这一次是真的！这后一句话里包含有一件旧事。去年冬天的一个深夜，本地一位记者打电话到家里，也说是巴老走了。不记得当时曾如何表达自己的忧伤，只晓得后来迅速打电话到上海，求证于正在生病的徐春萍，以及在《文汇报》供职的女作家潘向黎。一年前的新闻终于不再假，那种难过，让电话里的我们说不成任何句子，除了寥寥无几的三五个字，其余全是空空的电磁声。这时候，潘向黎也发来相同内容的短信。我无心再看二人转了，与同行的另外八个人打招呼，孤单地回到房间，摊开纸，刚刚写出一行字，便被那止不住的泪水彻底模糊了双眼。

我晓得此时此刻自己需要一场刻骨铭心的伤痛。

我别无选择，只有将电话打回家，那是一个行将五十的男人唯一能够彻底敞开胸怀的地方，也只有骨肉至爱的女人怀抱，才能让早已心如止水的男人隔着千山万水放声大哭。平静了些，我才重新拿起笔来，匆匆写了一段无论如何也平静不下来的文字。

“是您自己的选择，还是上苍的安排，泪水清扬的满月，就这样载走了亲爱的巴金老人！从此后，谁堪做文学中国的良心？我唯有匍匐在山海关外的茫茫大地上，祈望天空那颗最大最圆的月亮成为您的永生！”

我还想说，从此后，谁堪矗立文学中国的脊梁？

我还想说，从此后，谁堪标志文学中国的清洁？

长夜难眠，这发自心灵的伤痛，其实早就深植在浅薄的年少时期。那时候，我生活着的小城，流行一种名为文学青年的毛病。就像传播非典型肺炎的蝙蝠与果子狸，小城里最活跃的几个人，每次外出参加各种文学活动归来，总要传播一些闻所未闻的小道消息，或者是美其名曰的文学新观念。很多次，混迹在听众中的我，闻得种种对巴金老人的不敬，血肉之躯竟然能够产生阵阵莫名其妙的亢奋与激烈。世事如烟，所幸我还能及时看清楚，在谎言被重复千万次的那段时间里，真理并没有真的被淹没。只是以其沧桑历尽的姿态，耐心地等待着对方，用忏悔的耳光，痛苦而幸福地抽打自己。年少并不等于无知。真无知是因为个人欲望太过强烈，看不到追名逐利背后的丑陋与肮脏。更看不到文学的真正巨人反而类似老父老母，从不在儿女面前以哲人姿态，散布那种语不惊人誓不休的大话，更不会利用各种方式将自己的书写无限夸张。

有一说法，远处的作家是天才，隔壁的作家是笑话。远处的巴金老人，越来越不被人当成是天才。在我成为一名真正的书写者，并将巴金老人当成动笔就能见到的邻居之后，老人拥有的全部朴实无华，都在证明，真是高僧，只说常话。所以，不将巴金老人当成天才是对的。天降大任于斯，为的就是让巴金老人与众多狂妄之辈的平实相处，及时地帮其来几颗救心丸，饮一剂还魂汤。

一位老人的远去，让一批后学长大许多。第二天的早上，大家又到了一起。回忆着一九九九年，老人在喉咙里插上两根导管之前，所说的最后一句话：从现在起，是为你们活着！我没有同意对老人最后言语的普遍说法，也没像从前那样只要求自己心里有数，不去触犯众怒。算不上挺身而出，我只是不再习惯从众，不再习惯洁身自好，不再习惯温良恭让。我想让大家同自己一起去触摸一个伟大的灵魂了。

虽然早已不是年轻，这个念头刚一出现，我就觉得肩头上一夜之间磨出了一层老茧。也只有这种老茧才有力量让我将心里的话当众掏出来。当然，这老茧也是老人离去后，我们这一代人必须担在肩上的责任。

在《圣天门口》中，我形容说，一盏灯最黑。那样的黑是众多逃避所导致的，不是不懂得，而是世界太聪明，非要等到唯一的灯熄灭之后，人们才开始点燃自己的心灵之火。这些年，有多少年轻人都不堪重负的责任，被强压在这位衰弱得无法做出任何行动的老人的肩上。有多少声名显赫位高权重者都三缄其口的话语，还在凭借连呼吸都不能自主的老人的名义发出声音。老人终其一生从不计较一己之私，不管世俗之眼如何相看，事实无可否认地摆在那里，没有老人的脊梁作为支撑，文学中国也许早就被一些三头六臂的怪物，幻化为出产种种丑陋私利的自家后院。老人是定海神针，老人是镇宅宝镜。本可以早些仙去的老人，就连文学中国里最基本的良心，也还要以一己之力独自担当，直到悬于一线的生命最后一次搏动。

对巴金老人的尊敬和热爱，就像大树一样年年见长。却不然，这成长连一丝氧气、一只吊瓶都不如，救不回哪怕只需延续到一百〇二岁生日的一点点时光。虽然永生也是活着。虽然一百〇一岁也是永恒。

一九九一年春天，我去北京参加全国青年作家创作会议。那是我第一次到北京，作为首都的这座城市先前样子我并不晓得。因为是一九八九年之后，这次会议显得格外特殊。即使是我这样的陌生人，也能感受到最初时刻的郁闷与压抑。

然而，一切都在那一天的那一刻烟消云散。

一个声音在冷清了许久的会场上响起："说真话，把心交给读者！"

没有人不懂这声音的深刻性，如风暴一样的第一轮掌声，是那最好的证明。没有人不明白这声音的针对性，如雷鸣一样的第二轮掌声，是那最好的响应。没有人不听从这声音的号召，如天崩地裂般的第三轮掌声，更是那只为真理迸发的热情。巴金老人没有亲临会议，尽管那声音只是用书面形式发出来，仍然有足够力量撼动所有年轻的心。没有巴金老人的会场上，巴金老人却无所不在。巴金老人的无所不在一出现，那些同样无所不在的假话空话和废话，顷刻之间就被荡涤得干干净净。迄今为止，这是我所见到的，用最貌不惊人的真相，表达出来的文学的最精髓。

一九九四年十一月，我去上海参加一个文学颁奖活动。与周介人先生见面不久，他就问我想不想见巴金老人。在心里，我非常想见，说出来的话却变成不想打扰。后来听说有人去了，也没有生出多少后悔。有三年前巴金老人的耳谛面授，得一箴言足矣。

我坚持着这种与巴金老人亲密接触的最好方式。

时至今日，它却成了天下之人的唯一形式。

在文学中国处于最危难时刻，巴金老人以最坦荡的方式来到了我们当中。

而他自己却在文学中国春暖花开时节，以一种最艰难的方式悄然离我们而去。

好在天空中有一轮最圆的月亮，还活着的失落之心才不至于像枯叶一样四处飘零。我寻找到一处网吧，将无论如何也难表达怀念的文字发送出去。塞外深秋不再是凉，而是真实的冷。我不想马上回到住处，顺着漫长的街道往前走，不时地心中会怦然一动，以为自己接近了某种渴望。月光如雪水流遍，清冷浸透到灵魂深处。这时候，才想起在河流之上见到的落霞满月，真的是一种预兆。

天地留言，默默雾雨电；星月流响，朗朗家春秋。

好在这世界猛然惊醒过来，像我一样明白，有一种伟大叫巴金！

为哈尔滨寻找北极熊

我站在马迭尔宾馆外面等车时，手机响了。“爸爸!”准备上幼儿园的女儿刚刚起床，她习惯地靠着妈妈的枕头，在千山万水之外细声细气地要求：“哈尔滨有北极熊吗？给我买一只北极熊!”我想也没想就答应了，丝毫没有料到这会是一件导致自己在整个旅程中一直忙碌不已、并且险些无法完成的事情。

有四年了，我很少外出，一边写长篇，一边照看女儿和上高中的儿子，同时也在弥补曾经缺席多年的家庭生活。这一次上哈尔滨，虽然是临时得到通知匆匆忙忙地搭上末班车，到头来却是最早赶到犹太人在一九〇四年修建的马迭尔宾馆报到的。隔天早上五点半钟，在火车站的贵宾休息室里等候迎接采风团大队人马的那段时间里，一队身着礼服手捧鲜花的哈尔滨姑娘在门口不停地走来走去。我不知道这其中已经包含着“马迭尔”的原意，逮住一位东道主问，他却不好意思地回答，从小就这么叫，从没想过这名称后面还有别的意思。后来，我查过资料才晓得，百年前流连在哈尔滨的犹太人之所以要将自己的饭店称为“马迭尔”，实则是为了“摩登”。在哈尔滨的那些天，以及回到南方后，语言中的“马迭尔”与“摩登”仍让我觉得非常意味深长：“摩登”

是“马迭尔”无法改变的历史，“马迭尔”则是对“摩登”没心没肺的忘记。这样的事例在人人的经历中并不少见。

离家之前，太太将她去年深秋在哈尔滨的见闻重复了好几天。这些年，从北方到南方，我们的城市发展得异乎寻常地迅速，快则快矣，到头来所见到的无非是对香榭丽舍的抄袭，对莱茵河两岸的复制，再不就是临摹曼哈顿，翻印拉斯维加斯。大城市们如此，中小城市或者再小一些的乡镇，更是明目张胆地东施效颦，盯着上海和深圳无休无止地参观学习，致使一方水土中的家园气氛丧失殆尽。经过四个小时的旅行，飞机落地后出现在眼前的北方名城让我心里生出一种可以略感庆幸的陌生。在找到摩登一说之前，陪同者所有的介绍全都无法进入到可以铭记的境界。正在涨水的松花江上仍旧可以游泳；正在举办的啤酒节上只要花五元人民币买上一只酒杯就可以仰起脖子尽情地享受中国最好的啤酒；太阳岛上正在进行有史以来最为彻底的清理与整顿；索菲亚教堂周边的房屋即将被拆除；……想象中这座离冻土带很近、离极地极光很近、被萧红的呼兰河所烘托和环绕的城市，是与铺天盖地的大雪联系在一起的，冰清玉洁的！没有雪的哈尔滨，无论怎样的百态千姿，也只能出乎我意料。毕竟雪的姿态最令人神往，因为雪的本质是高贵！

在久负盛名的中央大街上，听人说，脚下那一块块露出来的只有砖头大小的方块石，在当时每块价值一美元。这可是没有经过第一次世界大战后的经济大萧条、第二次世界大战后的全球通货膨胀，还有后来的半个世纪中世界经济不断出现的周期性衰退与危机的一美元。在那种年代，就算是最富有的纽约华尔街也不曾像哈尔滨这样，几乎是用黄金来铺就一条淌雨积雪烟云过眼的马路。为了了解中央大街在当时的摩登程度，我专门向一位在大学里教授经济学的朋友求证。他在电话里回答，第二次世界大战刚结束时，一盎司黄金的价格是三十六美元，到了一九九九年，其价格已变成了三百六十。仓促之中，他没有查阅资料，只能凭着记忆提醒我，到二十世纪末，美元已经贬值到只有世纪初的二十分之一。以黄金作为不变价格计算，中央大街建造之时，一盎司黄金大概相当于十八美元。我曾试验过，在中央大街上，不管是左脚还是右脚，都会踩着一又三分之一块石头。这就是说，百年之后的我，每走十二步就会将一盎司左右的黄金踩得闪闪发光。在整个远东，不管是同时期的上海，稍后一点的香港，还有更晚一些的东京与汉城（注：写这篇文章时，汉城还不叫首尔），都不曾有过这种将千万黄金掷与泥土的事情发生，除了富有，除了摩登，除了奢华，在当时，还应该有一种只差一点点就会变成妄想的集群性的浪漫因素。那年那月，也只有满街都是嬷嬷和教士、街角上的卖花女曾是俄罗斯贵妇、玛达姆茶炉前拉手风琴的男人不久前还是只说法语的莫斯科绅士的哈尔滨，才能使喝完半瓶伏特加、两杯不加糖咖啡的激情构想变成现实。如今，当地人还敢说，不用出中央大街，就可以见识世界上所有的名牌。

一个三岁女孩所钟情的北极熊，显然不是她心里的一种名牌。

我在中央大街上不停地寻觅，不断地询问，我没有得到回答。或者说，我得到的并不是回答，那些芭比娃娃和迪士尼狗熊的代理商，回应给我的表情全是带着矜持的否定。不只是她们，哪怕是卖水货手机配件的小店女人，笑容中也隐现着一种同整条街道相呼应的冷傲。那位敢在远东的沼泽地上将一块石头埋入地下仅仅露出二十分之一真容的俄国人，独出心裁地设计出一座与东方各民族气韵迥然不同的城中之城，假如这种后来的变化是其当初就料定了的，那他实在是太有远见了。在南方，眼际里能见到尽是妩媚：虞美人，声声慢，鹊踏枝，念奴娇，一剪梅，浣溪沙，水调歌头，蝶恋花。好不容易出现一个冷美人，多半还有若要俏，需戴孝的悲伤和忧郁背景。坦率地说，男人对女人的瞩目从来没太多的审美与赏析的因素。行走在中央大街上的那些形体与修养上不曾熟悉的女人，让我情不自禁地想起了中原大地上那些来自北方的铁马金戈。我相信，一座建筑的冷傲，表达的是一个时代的信仰；一个女人的冷傲，表达的则是一方族人的力量。

那一天，在金上京遗址，一望无边的断壁残垣让我突然明白了一个道理：从金兀术到后来受尽嘲笑的八旗子弟，在他们初盛之际，无论骑的是红马、黑马或者白马，都是那样的冷傲。正是这种冷傲，才使富饶的白山黑水平地生出一股高贵气脉。想一想那些来自中原腹地的所谓的农民大起义吧，哪一次不是一哄而起，像饥饿的狼群一样扑向任何他们认为富裕的地方。大凡起事，财富总是他们的第一目的，第二目的就是女人了。说他们建立了新王朝是很无理的，而应该认为旧王朝的不再是被他们所毁灭。梁山泊里的宋江好歹当过几天县府小吏，所以他能想到无论如何也要将声名显贵的卢俊义拉入山寨。发起武昌首义的那群热血青年，因为上过一阵新学，知道自己身上并没有治国安邦的素养与才华，这才不惜拿着枪逼迫刚刚被他们击败的保皇军首领黎元洪出来统率自己。

北方的匈奴人，北方的女真人、北方的满人，当他们决意进伐中原时，其中坚力量正是族人中的贵族。说这些佩戴兽骨披裹兽毛的人野蛮，只不过是汉人面对国破家亡的局面时的自欺欺人。在骨子里，在血液里，这些来自冰天雪地的征服者，支撑与涌动着的是黄河两岸，长江上下所稀罕的高贵。我不会去想我们的历史教科书应该颠倒过来做出修改，不再说农民起义何其伟大，北方民族的侵扰则是何等卑劣。事实上，历史教科书已经有所修正，不再对匈奴人、女真人和满人出言不敬了。今年夏天，我在湖北钟祥市的明显陵参观时，听管理处负责人讲了这样一个故事。那位先生也是听国内考古界那些泰斗极的人物说的：但凡要动手挖掘“王”以上的陵墓，头天晚上当地一定会下倾盆大雨，这是考古界习以为常但又无法用科学规律做出解释的事情。也是在明显陵，导游小姐在讲述李自成的部下放火焚烧明显陵时，超乎寻常地表达出这样的意思：对中华文明来讲，历史上的农民起义是有百害而无一利的。一个南方女孩子能有这样的认识实在是很大的进步。但是这样还不够，我们的思想界还必须做更多的工作来扭转更多人脑子里的乾坤。这样做与其说是尊重史实，不如说是尊重现实，要想达到更深的思想境界，就必须重新检讨我们的认知武器，否则就只能长久地让“高尚是高尚者的墓志铭，卑鄙是卑鄙者的通行证”的诗句，成为历史与现实中的共同真理。

作为东北亚政治经济和文化中心的金上京，最终沦落为一堆堆荒丘，那条曾经直通黄河、淮河和长江的绕城运河，也成了一条毫不起眼的水沟，却不是农民起义铸下的大错。有人说，这是历史的必然。可历史的必然又是什么？作为后人，由谁来解释这种放之四海皆准，却又等于什么也没说的“必然”在历史中的真正意义哩！

女儿一如既往地在电话里追问买到北极熊没有，其余的事一概没有兴趣。一条中央大街被我找遍了，当地的朋友和来自外地的朋友都说，随便买只熊吧，能哄孩子就行。我不想也不能这样做，明明是一只狗熊，做父亲的能对女儿说，这就是北极熊吗？类似这样做法的大有人在，也从没有被认为是指鹿为马、黑白混淆。这有点像一个身在异乡的人告诉当地人，他们的城市是世上最美丽的所在。这种结论在事实上通常是错误的，然而这种错误的本身却是美丽的。正因为有了这种美丽的错误，才有可能在环境日益恶化的时代，冒出比以往任何时候都多的“最适合人类居住的地方”。

我又想到心中的那个悖论，难道没有雪的哈尔滨就不是哈尔滨吗？习惯上将北方当成大雪纷飞极目苍茫的场所，我的足迹所至之处只是离北极熊出没的地方更近一些，因为女儿的愿望，又不仅仅只是女儿的愿望，在南方想往北方，到了北方所向往的当然就比北方更北了。

经由青岛前往哈尔滨的飞机落地之前，舷窗外早早地铺开北方浑厚的原野，还有那条看上去有些小却格外无羁的松花江。机舱内还在循环着来自武汉的空气。这就使人有了在一瞬间脱离旧气息，融入新气息的体验。那一刻站在从未到过的土地上，只觉得扑面而来的清新中有一股心醉的稠酽。这种稠酽让我产生一次次回忆，它使我觉得北方的天地原野草木河流皆有气味，甚至使我从到处生长着绿得发黑的植物那里闻到阵阵浓墨的芬芳。几年前在西藏，曾经仰望蓝天，幻想可以从庄严的白云中聆听出某些声音。与西藏所见的不尽相同，白云在哈尔滨上空缓缓地流动，宛如那些走过太多苦难，在金婚或银婚纪念日才披上婚纱的沧桑女人徐徐而过，身后那片蓝得很深的天空更像许多神往的眼睛。我有理由来让自己相信这就是民族文化与生活中本就稀少，而今更加匮乏的高贵。就像我在中央大街上不时见到的，如果这一方曾经彻底欧洲化的天地，还不接纳这种人性当中的最特质，我们就只能彻底放逐自己的寻找，将国民性中的高贵情结扭成一只死结。庄严常在，高贵难修。得失之间，悲喜之际，经常是最微小的失当就使人前功尽弃。

女儿在北极熊前面加上“我的”二字，她在电话那边开口就问：“我的北极熊买到了吗?”其实她不这样说，我也明白我必须为她做成这件事。这也是以我对哈尔滨的信任作为基础。我相信偌大的、在中国最接近北极熊的哈尔滨，一定能够满足一个刚刚开始认识世界、见到雪就欢天喜地的南方小女孩的愿望。

早来的那天晚上，女儿还没说出她的愿望。市委宣传部的几位将我带进一家名为露西亚的酒吧。酒吧里摆着许多旧时俄罗斯人在哈尔滨的生活用品，墙上挂着的也是那些主导中央大街修造的俄罗斯人的各种生活照片，酒吧主人的远亲当年在马迭尔宾馆举行婚礼的照片也赫然入目。酒吧主人的奶奶是俄罗斯人，女主人则是见到是朋友和顾客都礼貌哈腰的日本人。这样的介绍顿时让人深入哈尔滨的近代史之中。酒吧里最醒目的是一架钢琴，尽管擦得非常亮，那根突兀地伸在外面的蜡烛架轻易就将其经久的岁月说得清清楚楚。邻桌一个气质不错的女孩子问那钢琴还能弹吗？男主人作肯定回答时，女主人轻轻地笑了笑。天下没有不能弹奏的钢琴，问题是弹出来的是什么：响声，还是音乐？在听者心里，任何一种声音都不会只有一种回响。一架旧钢琴，曾有多少优雅如天鹅的手指在上面抒情过舞蹈过，当年的旋律不用弹奏就应该在我们的情怀中回荡。

朋友们丢开我，悄然谈起一位我当然不会知道的女人。每个星期，总有一天下午，那个在我听来免不了有几分神秘的女人，独自待在那架旧钢琴前的座位上，有时候甚至是趴在桌面上睡觉，直到天黑了，外面的路灯纷纷亮起来才离开。酒吧主人大约也听到了这些内容，似是不经意地走近了说，有那么十来个人，看不出有别的值得深究的原因，隔上一段时间就要来独自占一个台位，一杯咖啡，一杯红茶，此外决不再要任何别的东西。还有两个更怪的老人，他们的习惯完全相同，晚上七点钟来，九点钟离去，每次来只要一杯冰水、几片柠檬。如果一个老人是星期六来，另一个一定会在星期天来，反之亦相同，两个人从没有在酒吧里相遇过。我以为这座酒吧与中央大街的年头差不多，问起来才明白它存于历史的时间，与听着窗外的林涛声早早入睡的女儿的年纪相差无几。一样东西经年历月之后变得旧了，就会有其了不起的地方。需要点蜡烛的钢琴，不用提醒便显出尊贵。不用动手弹奏，就这样静静地与她相对，想象夹在岁月风尘中的一只音符，一个音节，一段乐句，一篇乐章，在安宁中感受华彩，从短暂里体验悠长，将激越变成坦荡。老人也好，神秘的女人也好，只要他们愿意与不再点蜡烛的旧钢琴为邻，就不需要任何其他理由。

一叠酒吧主人自撰自编的《露西亚小报》随意地放在门后。虽是小报，那上面载有一些让我们心颤心悸的东西。在哈尔滨，有一位名叫弗洛夏的俄罗斯侨民，今年九十二岁了，是当年带着小提琴和钢琴，带着油画和鲜花，带着艺术家和小说家来此的二十几万俄罗斯侨民在当地的仅存。二十世纪六十年代，一个除了俄语外，还会讲英语和法语，却不会说汉语的俄罗斯老人不管受到何等的羞辱，她只是竖起食指在与胸前第二粒扣子等高的位置来回摆动着，劝告那些人不要如此。在酒吧之外听到的故事，让我立即联想到小报上的俄罗斯女人。小报上还有一个老人写给在天国的父母的信："我饿极了，夜里睡不着，我想你们，我想听见爸爸的咳嗽声，想在你们身边。我做了一件事，也许会让你非常难过，但我的确做了。我用餐刀切开了手腕。我很害怕血，非常怕血，很快我把血止住了。我又用自己的手帕缠在那刀的刀刃上，我觉得那把刀太不了解我，它太简便了。今天是我六十三岁生日，我会好好地活下去。下午，米亚托夫兄弟来了，坐了两个小时，他们劝我到医院去检查一下健康，我害怕，不敢出门。他们带了很多吃的，还有一瓶红葡萄酒和肉、牛奶。我们一起喝了一点酒，祝贺我的生日。他说：现在苏联和中国的关系很不好，可是这和我们没有关系，也有很好的中国人。米亚托夫不害怕，他知道怎么走路，他穿着中国人的衣服，把帽子压得很低。请保佑这些好人吧！我不会再做那种事了。我很后悔，请你们原谅我，我是饿坏了，头脑太乱了。我在那餐刀里面裹了一张纸条，写了这样一句话：你不要帮着我让别人难过。”信的落款是一九七三年十二月八日，如果这个叫尼娜的女人还活着正好与唯一留在哈尔滨的弗洛夏同岁。那时候的哈尔滨早就下雪了。

回家之后，我写了如下这些文字：我怀着从未见过隆冬时节松花江模样的南方心情，希望那雪能厚到再多的人践踏过也露不出底层的污垢。那是一个卑贱者最聪明，高贵者最愚蠢的时代。也正是那个时代，让卑贱升华为荣耀，高贵贬低为耻辱。到头来我们又不得将历史早有定论的基本真理，重新用实践检验一番。

写出这些文字的时刻，正是我从露西亚酒吧出来的时候。那边大街小巷早已安宁下来，哈尔滨的夜晚，十点钟一过就难以见到当地人，那些仍在街上晃荡的大部分是外来者，少数当地人也是因为陪同的缘故。然而，在南方，我们的城市反而掀起阵阵别样的喧哗。熟睡中的女儿轻轻咳了几声。女儿是过敏体质，稍不经心便会如此。回家后陪女儿去芭蕾舞学校练舞，只顾看着她乐，忘了及时换下那身天鹅般的小舞裙，秋风一来女儿就感不适。调整了几天，既做雾化，又喷鼻子，才控制下来。

熟睡的女儿用一只小手搂抱着我从哈尔滨带回来的那只北极熊。

我站在小床边，轻轻地用手去拿，才发现北极熊已被她身上的汗浸湿了。

我很庆幸，自己到底寻找到了北极熊，三岁的女孩对此不会分得清楚。可我分得清楚。也许是心情所至，同女儿先前拥有的各类小熊相比，北极熊的模样怎么看都有一份与众不同的尊贵。

返家的那天早上，我离开马迭尔宾馆，离开著名的中央大街，沿着陌生的街道独自走了近半个小时，走马观花般越过三处穿着红衣绿裤挥舞着过于夸张的大扇子，忘情地跳着大秧歌的女性群落，进到一处街道被挖得千疮百孔，在拆旧楼和待建新楼相互映衬，虽不是百废待兴，却貌似百废待兴的地方。临街的一些小店门口仿佛还有昨夜的杀猪菜在飘香。这些房子没有任何值得夸夸其谈的历史，包括建筑时间，其模样却比将中央大街铺垫得如此著名的那些石头还陈旧。据说，依照各种自然和非自然磨损的规律，那些有幸铺在中央大街上的石头还有二百余年的时光供其炫耀。以我将要进入的那座名为玩具城的楼房为中心的这一大片街区，哪怕它承传着这个城市的真正日常，因为平常得近乎平庸，从竣工的那一天起就注定会早早地重归尘土。

按照行业分类，女儿所期盼的北极熊应该在玩具城的二楼或三楼。从二楼到三楼，再到二楼，再到三楼，记不得有几个卖主对我说过相同的话，北极熊有啥好看的？好在我终于找着北极熊了，那是在第三次来到二楼的一个角落里，一个中年女人从一大堆绒毛玩具中拎出一只北极熊扔到我面前，特地说了一句，你要是昨天来我也没货，这是昨天晚上送来的。回到宾馆，送行的东道主已经等在房间里。都以为我没找到北极熊，有人带来一只可爱的小白熊，另一位更是送给我一只打开来可以放进一卷卫生纸的绒毛狗。勉强说过谢谢后，我打开手里的包裹，取出那只北极熊。在一阵不大的惊呼声中，夹着一句疑问：北极熊怎么是棕色的？我一下子愣住了。是啊，从来北极熊都是白色的。卖主的货物中本有一只白色的北极熊，但在一念之间，我觉得棕色的更耐脏——说到底，在潜意识里自己还是有着同许多人一样的念头：这不过是件玩具！一如平时我们所想：这不过是一些房子！这不过是一座城市！任何时候，高贵与平庸就是这样只有一念之差，所以当年的中央大街才能成为哈尔滨后来的形象，才能用当下叫得最响的一种观点来形容我所理解的哈尔滨：百年来的历史已经证明，中央大街的建设走的是一条可持续发展之路。换言之或者说是推而广之：可持续发展的根本要素不是时髦和时尚，而是一种弥漫在灵魂中的高贵。

我又想到了“马迭尔”。在一切“摩登”面前，我们无非处在两种角度之下。在部分人那里，它不过是生活游戏中一种新颖玩法，可以一只脚伸进去，也可以两只脚全伸进去，无论哪种姿态，都是为了后来的抽身打转。在另一部分人那里，摩登的意义重大了许多，既是态度，也是目的。对于高贵来说，“摩登”是因故掉在地上的一只纽扣。我有些明白那些曾经挖掘河流，将白山黑水引过黄河，流向长江的贵族们没落下去的原因了。那天晚上，我们去一个地方观摩赫赫有名的东北二人转，坚持到最后的只有少数几个人，别的人都走了。走得最早的是徐坤她们。老家在沈阳的女作家徐坤后来用她那惯有的将锋芒藏于无形的语气说了一句话，别处演出的二人转，更俗！更野！徐坤的话让我想起有人暧昧地说过的，要看真正的二人转就必须到县里去。我们见到的二人转已经有所节制干净了许多。然而，一想到如何用两个字来形容这种多少年前就在白山黑水之间广受欢迎的民间小戏，心里就冒出两个字：粗鄙。当年的白山黑水，当年的林海雪原，当年的帝国王朝，当年的梦幻城市，在岁月的潮汐中一浪一浪地沉沦下去，留下如此末日狂欢般的且歌且舞。城市里的二人转，女人穿上了洁白的长裙，男人更是没有不是西装革履的，眉眼之际飞流的尽是时下的摩登。同所有末代帝王一样，主宰金上京的最后君王，也免不了日复一日地将摩登当成了高贵。这种精神日益下流的朝代，又岂能让天下万物花开流水东逝的真理所容忍！流传在民间的文化是历史进程的活化石。二人转当然不能例外，它的存在足以证明，一个时代的精神从高贵跌入粗俗时，这个时代便只能以悲剧存于历史。

有了这句话后，我才可以说，我到了一趟哈尔滨。

果园里的老爸头

太太的父亲从高级畜牧师位上退休有两年了。

在他尚可称为年轻时，就被膝下的儿女叫作老爸头。

大年初一，我们打电话拜年，得知老爸头骑着摩托车，又去了他的果园。

有果园之前老爸头的模样我见得很少。我那聪明美丽能歌善舞的岳母，更是因为早逝，而只存在家人年复年，日复日的追忆里。按照太太的理解，大别前的最后一刻，岳母挂在眼角上的那颗迟迟不肯落下的泪珠，是对老爸头的放心不下。岳母在世时，时常会逼着老爸头做些她认为的事业。就是这样，老爸头还是在知识分子难得受到重用的那几年里，坚决地回避了种种当领导的可能。老爸头的确不会管理人。自从丧母之后，太太兄妹几个，几乎全都早早离开老爸头，过上各自的日子。想起这些，太太就会说，如果妈妈在，家里肯定不会是这种离散的样子。

第一次随太太回娘家时，一家人冒着密密麻麻的小雨，出了安远城，爬上风景果然不同凡响的三百山，去看那滋润香港一带生灵的东江源。一路上说起老爸头的称谓，大家异口同声地指认太太，都说是她叫响的。即使没有这样的指认，就凭这样的称呼，也能让我轻而易举地断定，除了太太，世代居住在那闻名遐迩的赣南土围子里的谢家，没有第二个人能有这样的才华。就像现在整天缠着不肯放太太离开的女儿的爱称，已被太太随心所欲地叫出差不多十种花样。这样的统计只包括经常叫的。因为全家人少有的齐聚，老爸头难得时髦一回，带着全家近二十口人上酒店去吃团圆饭。趁着人多，我试着像大家那样叫了一声。看着四周的反应，我一点感觉也没有。隔一会儿，我又叫了一声。这一次感觉是有了，却不怎么好。作为这个家庭的一员，我的加入有些晚。其他儿女媳婿，习以为常的东西，在我看来竟像对长者的不恭。

实际上，老爸头是一个极随和的人。

在数千里之外的武汉，太太每每提起老爸头的随和，深爱之下还含着一种深刻的不满。在太太眼里，“文革”之前的大学生父亲，对自己的日常起居太随意了。几乎到了有什么穿什么，有什么用什么，有什么吃什么，只要手边没有的，他就不去想，更不会去找去寻，更别说开口要了。我曾经对太太说，如果老爸头不随和，我们能叫他老爸头吗！太太没有放弃她的心情，反而连我一起数落，说我和老爸头一样，喜欢将吃得精光的菜碗用开水淘一淘，掺成一大碗汤，津津有味地喝下去。老爸头的这种习惯，太太提过好几次，最动情的那次，声音没出来，泪花先出来了。刚开始我还安慰说，特别是青菜，哪怕只剩下几滴菜汁，用开水掺一掺，好喝极了。真的如老爸头所说，是神仙汤。后来不再这样说，是因为我也知道这样的菜汤，都是苦日子逼的。太太有兄妹四人，她没喝菜汤是因为比我家少一人。我家过去的日子更艰难些，所以在父母之下，我得挺身出来喝那菜汤。前年过年，太太正怀着身孕，我们一起去商场，买了一件挺不错的大衣寄回去。去年过年，我们带着十个月大的女儿回安远县城时，那件大衣还在老爸头的箱子里原封未动地放着。要不是赶上与广东接壤的这座小城难得下了一场雪，要不是太太记着这事盯着追问，老爸头仍旧不会拿出来穿。一群都不算小了的儿女，七手八脚地将老爸头打扮一番，穿上新大衣的老爸头露出一脸的不好意思。男人中喜欢穿新衣服的少。一件衣服只要没有不能再穿的理由，男人总是觉得越久穿着越舒服。不过，让老爸头舍不得脱的那身旧衣服，明显存在着太多不可再穿下去的问题。老爸头差一点就将新大衣脱下来。那天是大年初一，老爸头还想去果园看看。虽有儿女们的一致反对，中午过后，老爸头还是悄悄地去了一趟果园。不过他没有将身上的新大衣脱下来。

有时候，我会想，如果老爸不随和，他那爱女与我的爱情，会不会顺利地发展成婚姻？由于一些不与通常相同的现实，在没有得到老爸头的首肯之前，开在我们心头的那朵玫瑰，总也摆不脱不时就会袭来的风雨飘摇。第一次见到老爸头是在开往三峡的长途汽车站门外。那是太太的主意，她想趁着这趟旅游，让我和老爸头认识一下，顺便看看我们有没有翁婿缘分。太太向老爸头介绍我时，紧张得连我的姓名都忘了说，只说我是一个朋友。老爸头没有握我的手，也没有追问我的姓名，就像见到自己的孩子一样，慈善地笑一笑。直到现在我还在同太太开玩笑，如果那时老爸头要握我的手，或者客客气气地将对平常人的称呼给了我，太太的老爸头就不是我的老爸头了。老爸头有一副人们常说的慈眉善眼，又与日常的慈眉善眼不大相同。老爸头的眉心上有一颗黑里透红的痣，平时不太明显，每逢老爸头的眉眼被笑容淹没时，那痣就会变得异常醒目。当老爸头以他一贯的行事方式默许我们的婚事时，那颗痣在额头上所有皱纹的簇拥之中，平静如常地微笑着，看不出与头一回见面时有何变化。在别人那里，无疑是将眼睛当作心灵的窗口。对于老爸头，那颗痣更像他的为人。

除了笑，老爸头的脸上很难出现别的表情。那也是老爸头对人最多的话语。不管是在奔向三峡的长途汽车上，还是在往来川江的游轮上，老爸头总是用笑来回答，对人是这样，对那倾心太久的鬼斧神工的自然风光也是这样。说不上是淡泊，也说不上是大度，其中确有一种对万物万事皆如常态的意境。船过新滩古镇，太太犹豫着错过了在第一时间告诉老爸头，我写过一部以此地为背景的惊世骇俗的长篇小说。站在船舷边的老爸头同样笑得让人心动。船又过新滩，已经知道我的写作的老爸头，还是将一样的笑留在因为枯水而格外空旷的峡谷里。正是这些带有亘古意味的笑，让我提前在尚为女友的太太面前早早得出结论，老爸头心里已经接纳了我。

果然，从三峡归来的第三天，老爸头让太太约我上她的住处吃晚饭。那晚的电灯有些暗，一点也不亚于总也温情的烛光。这样的气氛反而让我和太太变得格外没主意，不知如何将我们的事向第二天就要回安远老家的老爸头提起。微光之下，我们的目光一次次地碰得火星四溅，那些在世俗观念中很难被破除的婚姻障碍，在这样的时刻更加令我们忧心忡忡。让我们万万没有想到的是，第一杯酒刚喝完，老爸头忽然同我们谈起计划中的果园。岁月在老爸头身上留下的痕迹也是恰如其分地平淡，五十九岁的老爸头看上去也就五十九岁。那些实岁五十五，看上去像五十的人可以退休，老爸头却不行，单位里将他当作骨干。留到五十九，单位再也没办法了。老爸头已经写好了未来果园的计划书，包括投资在内，什么都想好了。他知道远离身边的女儿会担心的是什么，计划书里还有请两个帮工的安排。老爸头的计划百密无疏，最后一条说的是柑橘三年试果，四年挂果，到了第四年秋天，他要请所有的儿女，包括远在武汉的，去果园尝新。谈笑之间，俨然没有比果园更重要的事。趁着高兴，我向老爸头敬了许多次酒。老爸头只回了一次，而且还不是单独的。正是通过这杯酒，老爸头将一枚定海神针放在我们心头。老爸头端起酒杯，一边示意，一边天高云淡地叫着我们的名字，只用一句简单的话，就将我们提心吊胆了很久的婚姻决定下来。老爸头没说将女儿托付给我，也没说要我们往后甘苦与共，更没说对我们共同生活的考虑与希望。老爸头极目云天地一举酒杯，舒缓地说了句：祝你们健康平安，幸福美满！说完便先将红玛瑙一样的酒一饮而尽。激动之中我已记不得当时说了些什么，但我肯定没有叫老爸头。

等到我也能当面叫老爸头时，女儿已经知道谁亲谁疏了。出生才十个月，又正好生着病的小家伙，一见到外公，居然毫不犹豫地张开双臂，扑了过去。女儿在她的外公怀里美美地待着，连妈妈都不要了。此前她的舅舅姨父们试着抱了多次，女儿硬是躲在充满母乳芳香的怀里不肯就范。老爸头一点也不会哄他的小外孙女，抱在手中只知道乐呵，偶尔想起来了，也只是唤一声她的乳名。女儿却不客气，转眼间就在外公怀里干了一件所有孩子都会干的小小坏事。天生一副笑佛模样的老爸头，出乎意料地说了句，屎（时）来运转！赣南一带的方言隔着一条河便相互听不懂。因为我，一屋子的人都说着普通话。老爸头也是这样说的，虽然其中方言味道很重，却足够我听明白。更因为老爸头的普通话是那些总在身边的儿女从未听见过的，满屋子的欢笑，一时间盖过了街上迎春的鞭炮声。

老爸头的快乐与幽默，不只是在语言上。此时，他离职快一年了。正是别人大闹退休综合征的时候，六十岁的老爸头，踏着江西著名的红土地独自出行，去那离城四十余里的谢家老屋附近，买下一片荒山，按部就班地挖出一道道沟，一座座坑，栽上用他的专业技术认定过的最好的柑橘树苗。被老爸头用六十岁人生开垦出来的果园里，还盖有一栋两层的小楼。小楼旁边，养有近二十头猪的猪圈，也是老爸头老来的事业。在更远的山沟里，老爸头只是动用少许少年时便拥有的知识，修起一座几米高的水坝。有了细细铁管的引导，天赐清泉自行而来，或到橘园，或到猪圈，或到屋里，无须再加任何人力。就是那些有腿没手的猪，口渴要水喝时，也不用主人帮忙。老爸头在猪圈里安了几只特别的铜质水龙头，大小猪们用嘴一碰，那水就哗哗流入嘴中。老爸头从不赶时髦用绿色当说法，也不去刻意体现环境保护，老爸头只在意对自己毕生所学知识的尊重。在这样的尊重面前，所有的发展都会自行体现持续性。老爸头建圈养猪，是因为种柑橘用猪粪做肥料最好。老爸头还建了一座处理猪粪的沼气池，所有点灯烧灶的问题全都解决在里面。更为奇妙的是，养在圈里的家猪竟然引来一头野猪。野猪来了，不肯再走。老爸头又多了一样想法。用野猪和家猪杂交，这对大学里就是学畜牧专业的老爸头来说，充其量只能算是一种幽默。就像他在城内新华书店旁边开的那家兽药店，有做相同生意的人背后说他是外行那样，老爸头只是快乐地笑一笑，再也不肯多说一句。新生在果园里的一切，有时候真像是老爸头内心深处的一种满足。在职的时候，老爸头总在将与此类似的东西教给别人，几十年了，真正学到刻骨铭心程度的人并不多，更多的人只是出于种种原因在他面前装装样子。老来的老爸头如此倾心一座果园，为什么不能说，那是对自己毕生喜爱事业的归结哩！

在老爸头的词典中，汉语中许多常用的词都被剔除了。别人说去吧，他只说去。别人回答好的，他只回答好。如果涉及果园，不管有多少事，尚在城里的老爸头绝对只会用三个字：去果园。老爸头说的话都是不可或缺的，那些用来练嘴皮子的字词句子，在他看来实在毫无意义。

自从有了果园，老爸头的话比从前多了起来。也是有了果园，太太往日那种隔山隔水温情脉脉的抱怨也消失了。太太不再说老爸头本不应该生活成这样，特别是老爸头在果园那边屋子里装上电话后，太太对老爸头的想念总能及时到位。每次听她和老爸头说话时，都能听到老爸头在那边邀请我们回去吃脐橙，太太则在电话这头嚷着一遍遍问什么时候才会挂果。这时候的太太终于接受了早先我对她说过的话，凡事只要老爸头觉得高兴就行，如果老爸头不高兴，就是做成天大的事业又怎么样？能在自己所爱的生活中享受个性的自由，当然就是幸福了。

我那永无相见可能的岳母去世数年后，在南昌上大学的太太，意外碰到岳母在江西“共大”的一位最要好的女同学。像亲人一样的南昌陈阿姨，如今也退休了，可整个人依旧风姿绰约容光楚楚。说起岳母，陈阿姨不胜慨叹，其中既有岳母当年比她更富魅力神往，也有对岳母后来嫁给老爸头的遗憾。按照她的说法，岳母的初恋被那个时代丑陋的政治生生扼杀了。对于“共大”文艺宣传队女报幕员的爱情归宿，陈阿姨的不满显然不是针对我们的老爸头，可陈阿姨在说老爸头每次见她都会不好意思时，还是表现出某种遗憾。作为浙江女子，岳母当年报考“共大”时，首要因素是听说“共大”有饭吃。读上“共大”的岳母，的确从每顿饭里省出一些，晒成米干，寄回土地肥沃，却饥荒连连的义乌老家。在那样的时代，岳母最终将自己的爱情之果，结在根正苗红的老爸头身上，是一件再平常不过的事。

一九九九年的春天，为着我和他女儿的婚礼，老爸头再次来到武汉。“共大”毕业后，一直在南昌工作的岳母的女同学也来了。两位前辈坐在一起，没见到老爸头身上有不自在的地方。话不多的老爸头依然不多说话，总在微笑的老爸头依然笑容可掬。老爸头还将后来的妻子带在身边。他将对我们说的有关果园的一切，新鲜如初地对南昌陈阿姨说了一遍。他那样子让我们这些听过多次的，也觉得新鲜如初。陈阿姨后来说，要是她那最要好的女同学我们的岳母还活着，老爸头决不会这么一把年纪了还去经营什么果园。为了他的果园，老爸头比陈阿姨先起程回江西。送他的时候，陈阿姨开玩笑地对老爸头说，骑摩托车时小心点，别以为自己还是小伙子。老爸头笑一笑，没有正面回答。限于尊讳，我没有将心里想到的话说出来。

有了果园的老爸头买回一辆时尚的摩托车，每天都会骑上它，穿过南方的小城安远，去到那个被称作果园的一天比一天葱绿的地方。关于骑摩托车的老爸头，太太一说起来，眼睛就笑成一弯弦月，就像听到我对她说那最亲密的一句话，就像老爸头的果园在她心里每分钟都轮换一下春华秋实。如果没有果园，肯定不会有老爸头的摩托车。有了果园，有了摩托车，老爸头一下子变得青春勃发起来。在为我们制订的各种制度里，有着一过六十岁，无论身体如何，都不可能合法获取机动车驾驶证的条款。为了果园，一辈子生活在各种规矩里的老爸头，敢于从其中走出来，这在他的儿女看来，简直是天大的奇迹。“头”“古”之类的后缀语是安远一带对男孩的昵称。被后辈叫作老爸头，本是太太小时候没大没小的顽皮淘气，随和的老爸头不以为忤。今日我们在喊老爸头时，言语中自然多了一层敬重与亲近。我那想说而没说出来的话是：不管岳母在和不在，她都会爱这个和果园一起成长的老爸头。一个头发花白的老人还能挤在年轻人的道路上，骑着摩托车风驰电掣，还能将只长杂草的处女地，开垦成鸟语花香的果园，我们能不喜欢并热爱他吗！

给少女曹娥的短信

下了从武汉开来的火车，杭州当地也是一样的春寒料峭。看看时间还早，便去西湖边的楼外楼，顶着寒风中的利刃，喝了一杯受到茶馆老板信誓旦旦保证正宗的龙井茶，才又启程。刚过绍兴，就到上虞。晚餐时，一群人依次围坐在一起，熟悉的少，陌生的多，大家都用自己想到的主题说话，留下许多断断续续的空隙，使我正好可以借助手机短信，与在一个连做梦都会浸泡在吴越文化里的朋友无声无息地聊了起来。我觉得自己新涉足的这块土地应该是她熟悉的。这时候是这一天的十七点三十五分。

我：这儿哪条河最美？

她：曹娥江的某一段。

我：任何一段吗？

她：记不清了。离上虞宾馆不远。

我：好，我正在此。

她：如果下雨，就别去。别进庙，那会倒胃口。看你运气，能否遇到熟知传说的老人。别张嘴，用心听河水流淌，会有感悟的。一路走去吧。

我：穿一件黑风衣。

她：曹娥投江时穿一袭白衣。

我：我刚听说江上这时不涨潮。

她：当时也没涨潮，就在身上绑了一块石板。

我：别说了，我会醉在江上，解那千年之愁。

她：也好，醉了可以梦见你想见的投江人，听她何言。

我：我正饮着女儿红哩。我要多饮一杯了。

她：买一坛带回家，埋在银杏树下，女儿出嫁时开封，于是女儿得好运。

我：我最不想听的就是这话。难道你也不知，女儿是父亲前世的情人？

她：情人不是丈夫，你做你的情人，她嫁她的丈夫，两不误。

我：难怪如今洋人也不懂中国女人了，伤感伤心伤透心。

她：把你的泪水洒进曹娥江吧。

我：不，打落牙齿往肚里吞。

她：我怎么能不理解你？我离婚时，老爸说了一个字，你能猜出来是哪个字吗？

我：别让我猜了，情的事，最简单，也最复杂。

她：大笨蛋。

我：我不信父亲会这样说自己的女儿。

她：我老爸说的一个字是好。大笨蛋指你。

我：哈哈，其实父亲永远是女儿最爱的笨蛋。

她：这话应该倒过来说吧。每次看你的短信就发闷，这么笨，还说自己是作家。

我：作家不假，但不是最时髦的手机短信作家。

她：短则如此，长也罢了。开玩笑喽，不许生气。

我：没，从有了女儿后，我就没有生过女孩子的气。

她：我要是与你共进晚餐的人，定会气晕，哪里是喝酒，分明是吃手机。

我：内存小速度慢的手机就是菜。

她：那就是说，谁跟你聊天，谁倒霉喽？

我：是呀，我们那里二十年没下冻雨，今年下了，将梅树冻倒不少。

她：打错了吧，看不懂哦！

我：就是说，人笨手机也笨。

此刻，饭局已经散了，一群人正走向某座茶楼。江南小城的雨夜格外幽静。我从已发信息中找出“曹娥投江时穿一袭白衣”这句话，看着它不断地在一半黑一半灰的索爱 T618 荧屏上闪烁，心里有了一种介于感动和震动之间的情愫。来自头顶的江南雨，声音很熟悉，溅在肌肤上的感觉也是那习惯中的冰凉。天气很冷很冷，是那种北方人闻之色变的典型的湿冷，出了门就像钻进冰窖里。对于一向身在南方的我，几乎一切都是十分熟悉的，唯有心里丛生了许多陌生。小城的夜生活非常火热，跳跃的霓虹灯，同时尚音乐一道炫耀夺目满处飘扬。待到天亮后，才赫然发现那条从手机短信流入心中的曹娥江，就在昨夜路过的高楼底下。

几乎是在目睹这条江的第一个瞬间，我就对事关这条江的传说，萌生了一个天大的疑惑，或者说是颠覆性的诘难。曹娥之于那些一代代轮回的历史，一代代重复的传说，爱，独立，自由，如此人生三大价值标准从何体现？都说蔡邕曾专程来此地拜谒少女曹娥之碑，可读遍史书，也只见到这位东汉末年著名文学家，仅以两句谜语形容其碑文是绝妙好辞；后来的李白，寻迹而来后，并留诗存证，如有沉吟只与前朝才子的黄绢谜语相关，其余文字全是嬉笑读之。孤傲狂放的李白这样做用不着多说，蔡邕则不同，他敢于不顾天子强令拒绝晋京，并借一部《述行赋》，抒发对豪门奢华民间疾苦贫富两极的满腔郁愤，使自己的文品，从习惯歌功颂德的汉赋中独立出来。所以，当蔡邕都不肯具体对少女曹娥进行评说，仅凭一些替官府朝廷做事的人在那里高声吆喝，作为后来者，理所当然地要想一想其中奥秘与玄机。

我不是独自约会曹娥江。

也没有一步一步地走着去。

因为明了历史的沉重，因为懂得既往先哲前贤的不语，越是身在人群，越能清晰地听见孤零零激荡江涛的脚步声。或许是此时此刻的我在行走，或许根本与我无关，而是少女曹娥，被从内陆深处席卷而来的风风雨雨，被从杭州海湾呼啸着涌来的大潮大水，肆意戏谑，进不能进，退不能退，求生不得，求死不能的痛苦徘徊。

十四岁的少女年年都会有。一年一年的曹娥，不知活了多少个十四岁。相隔几乎有两千年，若不生出多一种的思想，我们将会愧对浩如烟海的逝水。柔弱细小的曹娥，赴死的方式并非与众不同，有江河的地方，有海洋的地方，有湖泊的地方，总也断不了因一念之差而投身水底以求解脱的男男女女。还有那一头扎进水缸将自己淹死的人，他们在面临人生本质的分野时，最终抉择只是大同小异于曹娥。偏偏只有曹娥的日常琐碎人生，一改世俗的善，一改世俗的美，一夜之间便升华为非神即圣。

一条江，长久以来并无改变，高山之上渺小的源起，大海之滨壮阔的总汇，还有那每一缕清流带来的滋润，每一朵浪潮涌起的富庶，任凭灰飞烟灭云聚云散，总也是人生常恨水常东。能被人来人往改变的唯有名字。在舜的时代，这一带由青山舞动的绿水叫作舜江。舜之前，人们如何给它经称号呢？一定是有的，只是后来者不知道。某个时期的文化断裂，既剥夺了向后的历史，又虚化了往前的认知。就这条江而论，了解的，记得的，可思可想的，仅仅才几千年，然而，与生命共舞的每一条江，最不缺少的就是几十万年、几百万年、几千万年的漫漫历程！之所以一代代贤人大士面对大海披肝沥胆冥思苦想，到头来一如在海涂上，每有寻获，无不是一只只貌似美丽的泥螺，就在于看不到的东西太多太多。

从此江名到彼江名，貌似水到渠成画龙点睛。一旦眯起双眼，锁上眉头往深处看，忧国忧民的舜，何以摇身化为唯独以人伦之孝为至上的曹娥？传说也好，祭奠也罢，那些假借这条江的名义，突然变得可疑起来。

生于公元一三〇年的少女曹娥，一定不是貌若天仙，如有羞花闭月沉鱼落雁的本钱，就不会在十四岁时依然只是一个专事祭祀巫师的女儿，而会被地方官作为贡品，趁着尚无梁祝那样的爱情打扰，绝对保有纯洁之情、黄花之身，及时地进贡给东汉顺帝刘保，成为众多妃子或宫女中的一员。那么，父亲曹盱就不会在公元一四三年的农历端午节，一以贯之地在杭州湾大潮溯江而上之际，迎风击浪，仿效先期的楚国人对不朽诗人及落魄官员屈原的纪念，祭祀在生是吴越忠臣，死后被奉为潮神的伍子胥和文种，祈求他们保佑一方平安。普通得不能再普通的少女曹娥，后来肯定像从南到北所有呼天抢地的女子那样，将早已生死两茫茫的前朝大臣，骂得狗血喷头：两个破老头，还被奉为神明，为何这般不知好歹！人性不灭！人伦不绝！一千九百年前的少女曹娥，在那不见任何预兆的灾难中，哪堪忍受无与伦比的丧父之痛！怀着巴结与敬仰之心的曹盱在江上击鼓放鞭，载歌载舞，敬上一坛坛美酒，献出一头头家畜，被他宠坏了的潮神却疏于管束，听任用惊涛骇浪突兀地撞向船头，将只知父亲，不认巫师的少女曹娥的心一举击碎。

哭成泪人儿的少女曹娥，其素其洁，如春开梨花冬降瑞雪。朋友在手机发来的短信中，仿佛亲眼所见，不容置疑地说曹娥身穿一袭白衣。我也觉得无论如何不会错。纵使一个人身着蓝黑衣衫红绿裙袂，那流了十七天的眼泪，也会将其洗白洗白再洗白，直教根根纱线露出最早包裹在棉铃里的本色。

十七天的时间，足够一个正在发育的少女，以每天二十二里的速度，将这条全长不过三百六十里的江河走得一寸不剩。十七天的时间，足够一个无依无靠的少女，将全身体液尽数化成泪水流出来，只留下用一江春水也无法化开的浓烈的血性。在出海口驾船捕鱼的船夫哪能看不到听不见？在出海口的滩涂上捡泥螺的赶海人哪能看不到听不见？在左岸的沃土上耕耘的农夫哪能看不到听不见？在右岸的树林里采杨梅的农妇哪能看不到听不见？时至今日，在我所居住的城市里有一座闻名遐迩的长江公路桥，这些年来它不得不在无奈之中见证一个接一个的殉葬者。去年有一阵，一个星期之内就发生了三起。那一天，我坐车从江南赶往江北，曾经心惊肉跳地目睹了其中一起。那些人多是年轻者，只有年轻才能快捷地翻越栏杆，将自己的肉身悬挂在大浪淘沙亦淘尽千古风流的大江之上，动作稍有迟缓，就有守桥的警察上来加以阻止。真正将自身化入波涛的人只是少数，在劝解者的真心相对之下，多数人会转过身来引领系在游丝上的生命，重回只有一步之遥的阳光大道。少女曹娥给这条江上赫赫有名的巫师当女儿也不是一年半载，而她又不是貌若天仙躲进深闺不与平常人见面的金枝玉叶，相貌平平的邻家女孩，自然会被更多人认识。十四岁的少女大悲大恸时，三百六十里的大江两岸，竟然人人噤若寒蝉，是在心里害怕将巫师曹盱收去做了随从的潮神水怪，还是另有其他更加难以言表的原因？最大的可能是，没有人分出多一点的精力来照顾她。在出海口捕鱼的船夫，一门心思全在退潮和涨潮之间，万一渔船搁浅了，不得不下海拉船，麻烦可就大了。那些挖泥螺的人，太阳跃出海面之前就得来到海涂上，在他们的头脑里，潮起潮落的时间必须准确掌握，不能有丝毫误差，否则，无情的潮水在淹没海涂的同时，会顺手将他们丢进浪涛葬身鱼腹。左岸上的农夫有理由为自己的庄稼赶季节，右岸上的杨梅女放心不下躲在树后的暴风骤雨。反正是，天地间顿时失去了关怀，山水中突然埋没了抚慰。女人不哭，天下就没有流眼泪的人了。少女曹娥又没有声明自己死也要同父亲曹盱在一起。一般情形下，那些舍不得亲人要寻短见的，熬不到第七天，挥之不去的念头便会成为真人真事。少女曹娥连托梦给别人时都不肯说出永别的意思。看见的人以为她再哭一阵，就该收起泪眼，慢慢地露出笑容来。一天比一天孤独的少女曹娥，放任内心悲伤不断膨胀，直到无以复加了，才纵身一跃，将自己的花季年华交付给满江逝水。溺水身亡的人，沉在水底不会超过七日就会自行浮上水面。少女曹娥亦如期在第五天里，再次出现在这条江上。只可惜物是人非，含苞待放的少女，不得已换上另一番惨绝人寰的模样。都说她救了父亲，都说她救了父亲的尸体，都说她救了父亲并背负父亲的尸体浮出水面。经过她所背弃的人间一再哄传，便绵延不绝地成为经典。

亦真亦假，少女曹娥之事，都属于她个人。凄美！壮美！苦美！他人说得越多越表明内心淤积着难以释怀的愧疚。那些听过少女曹娥泣血的人，如果在突然的良心发现后，假借神迹来稀释这类愧疚，对后人的感动与教化一定会更深刻。

因人伦而殉情赴死，是每个生生不息的家族或迟或早都要面对的偶然之事。那些只在家庭内部流传的，没有与地方政治发生关联，过不了多久，就会化为一个夜来风雨声，花落知多少的情感之结。少女曹娥之死一开始也是这样。从公元一四三年到一五一年，八年时光，汉朝年号从汉安、建康、永嘉、本初、建和、和平到元嘉，一共换了七个。当朝天子在经过一而再，再而三的生死替换后，终于轮到史称桓帝的刘志。桓帝登上大位的第三个年头，在宫廷里当侍卫的度尚，被派到此地当了上虞长。后来的志书有说此人为官清正，深察民情的。在那些溢美之词背后，可想而知的是他对当朝皇帝习性中喜忧好恶的稔熟。自古以来为官之道只有一条，乌纱帽是谁给的就得时时刻刻惦记着谁。度尚是京城外派的县官，当然就得做出一些让皇帝喜欢的政绩。那时候的地方官，千方百计要将自己治下的地方特产进献给皇上。记得黄冈老家一带就曾有贡橘、贡藕一说。至今还有人为当地极有名气的豆腐，当年无法千里迢迢送到京城，成为贡品而扼腕长叹。度尚对少女曹娥的所谓义举，是真感动还是伪感动，姑且继续存疑。他下车伊始，就将死去八年的少女曹娥上报朝廷封为孝女。

都说伴君如伴虎，不是人精的人做不了皇帝侍卫。度尚连皇帝都不陪了，宁肯外放，表面上是找到一个青山绿水处，获得一份人生难得的逍遥。在传说中，少女曹娥赴死后的情形肯定不止一种，这是民间文化所决定的。既然曹盱祭潮仿效的是先楚之法，死去五天的曹娥还能在烟波浩渺中，与早她十七天死去的父亲相聚，一定是汨罗江上的神鱼跑来显灵了。神鱼能背着身高七尺的屈原，从汨罗江出发经洞庭湖，再溯长江而上，千里迢迢回到秭归老家，以其神力为死在同一条江里的两位骨肉亲人穿针引线，完全是举手之劳。这是可能性的第一种。其次，就该考虑龙的家族了，这条汇入杭州湾的大江，天造地设地归东海龙王节制。正是出门踏青的时节，龙王家的人，信步走来，就会碰上在江涛深处挣扎的少女曹娥。如果是龙太子，不说就此开出情爱之花，只要将自己嘴里的夜明珠，取出来让曹家父女含上一时半刻，那将是又一场以大悲开始、以大喜结局的天大好事。还有第三种可能，离江不远的大舜庙不是建在乌龟山上吗？少女曹娥投江的动静当然会惊醒这只正在打瞌睡的万年乌龟。说时迟，那时快，老乌龟一个翻身就将其接住，带回家中，再运用神力，将胆大包天地掠走曹盱，欲招这位多才多艺的男人为夫君的母螃蟹打得丢盔卸甲，乖乖地放了曹盱不说，还替曹盱变幻出一艘宝船，就是用这条江上所有的水堆成一座浪头也打不散它。这不是故弄玄虚，凡事只要超过日常人生范畴，就会在民间变化得无休无止，到头来，有多少爱说往事的老人，就会有多少怪异的传说。譬如屈原，在万里长江被称为三峡的那一段，其回归的传说就多得让人目不暇接美不胜收。上虞地界的这条江上，少女曹娥的传说只用八年时间就变得众口一词，无须进行考究就能断定，是上虞长度尚的话语权力使然。

上虞长度尚在泥沙俱下的政治江湖中弄潮，首先不会容忍东海龙王一家对少女曹娥做下任何事情，接下来势必要杜绝乌龟螃蟹与少女曹娥的所有关联。凡此种种，绝对不被允许。唯有让一个黄花少女，将一般人想不到更做不到的事情做出来，才能彰显皇恩浩荡，往上感动天地，向下教化愚民。在皇宫里的短暂生涯，让小小的上虞长明白了政治生活中大大的真理，即便后来的梁山伯与祝英台化蝶飞到他的任上，也毫无用处，引不起半点兴趣。度尚亲眼看见皇宫深似海，看上去皇帝威风八面唯我独尊，背地里扇阴风点鬼火手握一支狼毫笔也想弑君的大有人在，何况还有许多如狼似虎的皇亲国戚将相王侯。

东汉王朝传到第四代时，皇帝大多是乳牙小儿，而且再也没有活过四十岁的。和帝刘肇，十岁即位，二十七岁死。殇帝刘隆，即位时刚满月，在位八个月就死了。安帝刘祜，十三岁继位，三十三岁驾崩。顺帝刘保登基时也才十二岁，少女曹娥生命终止后的第二年，就驾崩了，时年三十。继位的冲帝刘炳只有两岁出头，在位仅半年，临死之前还在找乳母的乳头。再继位的质帝刘缵，即位时满八岁，死的时候满九岁，也只有一年的天子命。轮到刘志出来称桓帝，从十五岁起，到上苍令他交出皇权，仍只有三十六岁。此后，刘宏十一岁称灵帝，三十三岁死；刘协九岁称献帝，只有他活到了五十四岁，然而，在他三十九岁那年，东汉王朝被魏王朝取而代之。此后的刘协被贬到度尚的老家做了山阳公。

刘志看不到后来的事，此前的事情，他想不看都不行。冲帝嗦着乳母的乳头死去后，大臣们主张立年长有德的清河王刘蒜为帝。一人之下，万人之上的大将军梁冀却强行将年幼无知的刘缵立为质帝，做了桓帝的前任。童言无忌的质帝在召见群臣时，将一个刚刚学会的词语用到梁冀身上，称其为跋扈将军，梁冀便毫不手软地毒死这可能酿成后患的小小君王。又因为当时刘志正在和自己的小妹议婚，梁冀视那些又在嚷嚷要让刘蒜坐镇金銮宝殿的大臣为无物，独自拥立未来的妹夫为桓帝。在当时，朝廷上有梁冀的大妹妹梁太后临朝听政；后宫里，有新立的梁皇后颐指气使。梁家共有三个皇后、六个贵人、七个侯、两个大将军，其余卿、将、尹、校多达五十七人。度尚外放上虞的头一年，梁太后病故。桓帝亲政，可四方贡献，仍旧先冀后帝。

怀揣玉玺的桓帝刘志，想不心惊，也会肉跳。从皇宫侍卫到上虞长的度尚，不仅看得真切，还想得深远！黄袍加身的刘志，在金銮殿上苦苦支撑，江山还不见稳固。赶在这时候，献上死去八年的十四岁少女曹娥，绝对要远远胜过太湖和西湖两地官员，从一万个美女中，筛出一个眼睛会说话、细腰会唱歌的绝代佳人。事态发展完全在上虞长度尚的掌握之中，一天到晚担心有人篡位的桓帝，终于发现一个天下楷模：少女曹娥尚且晓得，哪怕死了自己，也要寻回父亲尸体，作为天地君亲师五位一体的中坚，更是神圣不可侵犯。诏书既下，有谁再敢与皇帝较真？在知根知底的人看来，任凭如何描述少女曹娥之死，总是不能复生的。金口玉言的皇帝哼一声，就使得川流不息几千年的舜江，变成了曹娥江。本来嘛，大舜王当年如何做，如何不做，都是皇帝一个人的事，不需要天下饮食男女操这份闲心，天地之间，除了皇帝自己，一切人都应该是顺民孝子。简单地说起来就是孝顺！孝顺！孝与顺！

一口气扶了刘炳、刘缵、刘志三个儿皇帝的大将军梁冀，低估了年纪轻轻的桓帝，没有透过抬举少女曹娥的烟雾，分辨出那藏得极深的杀机，继续专横跋扈为所欲为，甚至连桓帝的宠妃梁贵人的母亲都敢暗杀。皇帝毕竟是皇帝，受够了窝囊气的桓帝，终于在一个夜晚，调动一千多名羽林军，包围梁府，诛杀近百人，凡是与梁家沾亲带故的官员尽数罢免。立志要天下人学习少女曹娥的桓帝刘志，一口气坐了二十一年江山，东汉时期，除了开国皇帝光武帝刘秀，就数他在位时间最长。

多年以后，才有一些用民间文化反对封建极权统治的人出现。他们让新近殉情而死的梁山泊、祝英台化成蝴蝶，美妙到极致，神奇到极限。在传说中，皇权政治下的道德礼教，被彻底边缘化，生活中无所不在的强权仿佛烟消云散。一江两岸的民间，在少女曹娥之死的前因后果中体现的文化传承与言论自由受到空前压制后，终于实现了对笼罩在头顶上的政治阴云的极度消减与巧妙颠覆。

写奏折的度尚，在想象这个故事的母本时是主动的。

读奏折的桓帝，在想象这个故事的母本中也是主动的。

他们不约而同地将少女曹娥的凄凉之死，与先楚的屈原自投汨罗江后，背其回返故土秭归的有灵神鱼紧密联系到一起。在皇帝眼里神灵显现是莫大的吉相与喜兆，而发现神迹的下官自然功高至伟。下官之举，当然要投皇帝所好。再说时髦一点，上虞长度尚准确地揣测到皇帝的心思，将一件在自己任期前老早就发生的事，恰到好处地变成了为官一任，造福一方的政绩工程。这才是真相，是本质，也是蔡邕和李白，只说碑文，不究事件的无可奈何花落去之根由。

二十四孝典籍中，开宗明义第一篇的《孝感天地》，记载了舜所受到的陷害。有一次，舜在深井里掏泥沙，父亲、继母和同父异母的弟弟，竟然在上面倾倒大大小小的石块，即便砸不死也要将他活埋在井下。舜却命大，活着回来后，毫无记恨家人之意。如此等等，都是一些能让神鬼泣涕的非凡举止，所以，才能在后来被选为人皇，成为一代圣君。那条见证过舜与普通人一起或渔或耕的江，因为舜为江山社稷建立了丰功伟绩，而以舜的名字作了江的名字。十四岁的少女曹娥似乎超越了天下谁人不识的舜君，非要将舜江改名为曹娥江而后快。可是，受到历代帝王六次敕封，获有十二个褒扬封号的曹娥，并没有进入旧道德所传颂的二十四孝中，就连经过补充的三十六孝也没有她的位置。在两种典籍中，舜在成为帝君前的所作所为，全都排在首位，是那楷模中的楷模。

如果不认为曹娥江的出现，是那小小的上虞长挖空心思，用自己的伪政绩来取悦给他俸禄的皇朝，又能作何解释？那块导致蔡邕有谜，李白无诗的少女曹娥之碑，由度尚披露的来历也很难自圆其说。度尚将少女曹娥的尸骨挖起来重新厚葬时，曾令弟子，斯时少年才子邯郸淳为之撰写碑文。度尚又说，自己原本请的是当地著名学者魏朗，可魏朗被曹娥的盛名所累，担心文采有所不逮，自己才不得已让弟子出手应急，没想到魏朗拜读过邯郸淳的碑文后，一边大加赞赏，一边将其实早就写好的草稿点火烧成灰烬。邯郸淳一路追随度尚来到上虞，所见所闻当然也是死后八年的少女曹娥，却敢一挥而就，百般叹息母亲早逝又失去父亲的少女曹娥，只忧虑今后该怎么活，对死却一点也不怕，还专门选了潮急浪高的时候投水寻父而去，大江之水载着她四处漂流，这样的孝女让许多人泣不成声，哀悼的人阻塞了一条条道路，好比当年的孟姜女哭倒长城，就连遥远的皇城都被这悲痛的场面惊动了。碑文写到此处，就将上虞长度尚大人的真正面目暴露了，他所要的就是惊动皇城的效果。生于乡间，长于民间的乡土知识分子，既没有李白逼高力士为之脱靴的狂放，也没有屈原以一己之死与天下抗争的豪壮，遇到此种事件，他们普遍会采取明哲保身的温和方式。譬如魏朗，他将写好的文稿烧了，还要谦逊地说自己的才华不如一个少年。就汤下面，顺水推舟，当事人的面子他也给足了，自己的命运也不至于产生意外的骚动。不久之后，官运亨通的度尚，去到洞庭湖一带统领剿匪行动时表现出来的血腥与残忍，足以证明魏朗的判断太对了。读范文澜所著《中国通史》，老先生给曾任上虞长的荆州刺史度尚所下的结论是——农民起义的残酷镇压者！魏朗当然更明白少女曹娥的生死意义何在，只是他实在无力阻止一条江流入荒谬的历史中，聊以自慰的是，在这些阴险的政治家联手谋杀大舜之江，使之成为只为少数人获取功利的所谓曹娥江时，自己的真正身份是一个不合作者，只要不使自己成为丑陋政治的同流合污者就行。这种心理状态通常是最普遍的。才华横溢的蔡邕和李白，在少女曹娥碑前庙里那般吝惜，不肯多写一个字，其内心只怕也是如此着想。

历史与现实就这样心领神会地达成了一种默契，官僚政治和道德礼学不约而同地发起对尚未开花就已凋谢的美丽少女的异化，各取所需的人则是心照不宣地推行着他们并无恶意的合谋。非常遗憾，如果从某一年开始，这样的合谋，变得只是为了表达对一个原本可以再活五个六个七个或者八个十四岁的少女的忏悔，那就好了。

多少人活得生龙活虎时尚且身不由己，想让死去的曹氏父女来把握自己的命运，简直就是比天还大的笑话。本是自己的人生和命运，却被他人有所图地加以利用，无端夸张和放大。假如曹盱灵魂知之，女儿曹娥置自己不再的生命而不顾，必然招致他最激烈的反对。一如在手机短信中与朋友所聊的那样，女儿是父亲前世的情人，是说父女之间的感情，将天下最深的几种情感元素合为一体了。所以，曹盱如能未卜先知，晓得自己死期将至，或是坦然相告，或是委婉暗示，总之，一定会让曹娥明白，绝对不能同父亲一道赴死，一副没有生命的皮囊，弃之江河湖海与深埋厚葬并无区别。人生和人死就不同了，仅仅说有区别还不行，因为二者之间的区别，似乎看得见，摸得着，其实是大到无法用天下衡器来度量。

上虞长度尚果然受到皇朝赏识，被调任荆州刺史，后又当上辽东太守。在荆州任上，度尚剿灭了洞庭湖一带的大股匪贼，到了辽东，他又有大破鲜卑军队的纪录。五十岁那年，度尚死在辽东，他的儿女并没有将其尸骨运回山阳老家安葬。位于秦岭南麓的山阳县是多么好的地方呀，境内有天竺山脉和月亮、白龙两大溶洞，又有丰乡图、九冢星罗、二泉天鉴、道院曲流、天柱摩霄、石峡线天、孤山叠翠、金华相会等八大景致。度尚如果有过要用故土来安放自己尸骨的遗愿，后人哪有不依之理，实在是他早就晓得哪里死哪里埋入土为安的道理，几根白骨，一具僵尸，再怎么摆弄也是一文不值的废物了。

在传说中，硬将少女曹娥投身江流附会一个救父的说法。人都死了，如何相救？明明是女儿的尸首背回父亲的尸首，救的又是什么？到了这一步，所有能做的就只剩下对继续活在人世间的那些灵魂的救赎了。

回忆起来，历史上许多人文传说都被后来者用各种各样的方式编为说唱戏剧，曹娥投江寻获父亲尸体一事，从未见诸艺术，哪怕是最大众化的民间书场与草台，亦难见到有此表演。同在一县之地的梁祝化蝶的故事，却使得文人墨客，歌者舞者，千古以来咏唱不绝。两相比较，人心这杆秤，就称出了它们的分量。就说鲁迅先生吧，他在《二十四孝图》一文中评说，那个只有三岁的儿子，被抱在母亲的怀里，高兴地笑着，他的父亲郭巨却正在一旁挖土坑，要将他埋掉了。因为家里太贫穷，郭巨连母亲都供养不起，儿子还要从中分食，只有将他活埋了，省下一份口粮给母亲。没想到意欲活埋儿子的土坑刚挖到二尺深，锄头下面竟然冒出一罐黄金，上面还刻着赫赫文字：天赐郭巨，官不得取，民不得夺！鲁迅先生形容自己最初实在替这孩子捏一把汗，待到挖出黄金了，这才觉得轻松。然而他已经不敢再想做孝子，并且怕他的父亲去做孝子。其时，家境正在日趋没落，常听到父母为柴米油盐发愁，祖母又老了，倘使他的父亲也学郭巨，那么，该埋的不正是他吗？如果一丝不走样，也能挖出黄金来，自然是如天之福。鲁迅那时虽然年纪小，也明白天下未必总有这样的巧事，万一挖下去没有黄金呢？鲁迅的老家绍兴与上虞地界山水相连唇齿相依，在他所写的关于故乡故土的文字与文章中，只有舜的消息，从未见到曹娥踪迹。他借二十四孝抨击那时的人文精神实在是对人性的扼杀时，也没有顺便提及近在咫尺的曹娥之江，大概与李白和蔡邕的思路同出一辙！无人晓得那个时候的鲁迅，想没想过，离家门口不远的这条江，被称为舜江和被称为曹娥江的区别。在舜江的时代，天下人间属于民众，民众有权以舜的标准来选择治国者，其情形如同千万细流汇到一起成了大江。到了曹娥江时期，天下人间全由帝王主宰，民众凡事都要学少女曹娥，就像从杭州湾涌入的大潮，逆来也要顺受。

到上虞的当晚所发送和接收的手机短信，还有如下一些文字。

她：曹娥江喜欢故事，不妨也留一点。

我：留得再多也没用，不晓得谁来传唱。

她：都互联网了，就别想元杂剧等等。

我：可是那位绍兴人也喜欢王实甫的《西厢记》。

她：但我更喜欢伏尔泰。

我：有人说那位绍兴人是中国的伏尔泰。

她：你这是在骂我。估计你喝高了，快去江边走走。

我原本想来一句幽默：这时候还在研究本土文化与世界文化接轨大业，是不是想当先进性教育的正面典型！可索爱 T618 因没电而死机了。我无法再回复。夜深时刻回到 2403 客房，手机中回光返照一样的浮电，让我读到二十点二十六分时，所收到的最后一条短信。

她：真喝多了，就别一个人去江边。

那天上午，在少女曹娥庙宇前的江堤上，我高高地站了十几分钟。很大的寒风从江里蹿上来，扑在脸上也不觉得难受，问题出在身处人群之中，却发现一种难以排遣的孤单在与自己纠缠不清。我在想一件事，一件说出来有些惊世骇俗的事，一件是以客人身份来看这条江，却对这条江有所不敬的事。好在后来我找到一些可以说服自己的道理，在特定时间特定地点特定背景下，这样的不敬，其实是真正的尊敬，因为它在对一个时代的心灵负着责任。

刚刚见到这条在早春的久雨中变得浑浊不清的江，我就在心里轰隆隆地想念那条从未见过的江，想念她的浩然气概，想念她的人性佳境。还想往没有手机的公元一五一年发一通短信，不管有无效果，也要肆意将为了一己的蝇头小利、竟然不顾历史名节的大小官吏痛斥一番。在这样的历史面前，大仁大义大道大德大爱大善的舜，更显得事关紧要刻不容缓。这个被用了近两千年的名字，到了要改一改的时候，应该以舜的名义，回到舜的名义！让曹娥江成为如烟往事，回到没有上虞长度尚的岁月之前，重归自由的、独立的、宽容的、浪漫的、理想的大舜之江！

好好想想（四题）

修正主义

因为父亲工作调来调去的缘故，小时候我上过不少的学校。不过给我留下最多记忆的还是贺家桥中心小学。红卫兵运动后期这所小学改名为温泉中学。在我读完初中不久，它又在当时的体制之下被改为板桥大队小学。听人说，前两年差一点被撤了，幸得一位在国内证券业很有业绩的同学慷慨捐赠，这所已经严重退化的学校才得以保存下来。与校园平摆着有一个比较大的塆叫河西塆。两者相距大约一里路。据说，河西塆原先风水极好，塆后背靠虎头一样的小山，小山的两翼又伸展出两条山岗，恰似猛虎添翼。塆前面有一口好大的水塘，水塘两边各有一只长年不干的甜水井，名副其实地是虎嘴和虎眼睛。在先人留下来的传说中，河西塆是典型的风水宝地。贺家桥是个小镇，隔着河与河西塆遥遥相对。地相先生曾经说，河西塆是只吊睛白额虎，迟早要将贺家桥吃掉。相对于河西塆，住在贺家桥的人都是有头有脸的人物，没头没脸的也是个精明刁钻的生意人。他们买通地相先生，反说河西塆在虎口之中，地脉极坏。哄得河西塆人听信了地相先生的话，填了一眼井，使老虎瞎了一只眼，又在河上修了一座桥，像箭搭在弓上一样威慑着老虎。贺家桥与河西塆虽然自此以后相安无事，却也没能干成一件惊天动地的事情，养育出惊天动地的人物。贺家桥最辉煌的历史也不过是在二次国内革命战争时期，做了一阵鄂豫皖苏区红山中心县委所在地。

小时候上学，先经过河上那座桥，再顺路直朝河西塆奔去，到临近塆前的水塘时，小路忽然一扭身，强迫我们转个九十度大急弯，折向校园。实际上这路是河西塆的，不是学校的。到学校去，本应有另外一条路。过桥后，走上几十步远，便有一道田埂，直通到学校操场边。若道路顺田埂而去，至少要省去河西塆那条弯路的三分之二。所以，大约从学校建立之日起，所有的学生，包括老师，都有过铤而走险的经历，从田埂上抄近路，走捷径上学或回家。田埂很窄，一到春耕，农民就在上面辛辛苦苦地种上绿豆或黄豆。凭着现在一个成年人的良心起誓，我们当时绝没有破坏“革命生产”的念头。我们只是不想走弯路。田埂很窄，经不起几回踩，那些绿豆黄豆，年年的收成都没有播下的种子多。到了冬天，田里不再有水，如果不种麦子或油菜，一定会种上紫云英。虽然从来没有人故意去踏去踩，因为失足的缘故，沿田埂两米多宽的庄稼，年年都会葬身于师生们的脚底。

河西塆是一个生产队。当年的生产队长是个五十来岁的男人，厚厚的头发不肯留着，剃了一个光头，晒得黑黑红红的。不管天晴天阴，下雨下雪，从不见他戴过帽子。在我的印象中，他终日扛着一柄锄头，在学校门前的田畈中转来转去，不时能听到他冲着田里劳作的某人大骂：“你这个四类分子，今天不把这块田搞完，晚上开会专你的政!”他见我们在田埂上像野马一样飞跑，也大声叫骂着，说要将我们抓起来，送到学校里划一个“小四类分子”，但生产队长只是干打雷，不下雨，从没见他真的撵上来抓我们。即便真撵，也只是将我们撵到路上便作罢。

大约是在我上五年级的时候，从不戴帽子的队长，被派驻生产队的工作组撤职，戴上一顶坏分子的帽子，原因是他勾结四类分子暗地里私分生产队里的粮食。其实，是他见到四类分子们饿得可怜，将队里准备给养猪场当饲料的红薯蒂和没有长成形的红薯根，分给了他们。生产队长被撤职后，工作组的人自己管起生产队里的事，也是到处吆喝叫骂，却是戴着白草帽，穿着白衬衣，裤腿挽得老高，露出的双腿也比生产队的姑娘的脖子白嫩几分。工作组的人对付我们这些抄近路的学生，是动了真格。我是撞在这只枪口上的第一只猎物。

那天，我不知道河西塆的政治格局发生了改变，过桥后，脚一沾上田埂，便飞快地跑起来。突然之间有人冲着我大吼一声。尽管我跑得像风一样，最终却被黄豆禾绊倒在田里，像泥猴一样被撵上来的工作组的人抓住。工作组的人押着我走进校长办公室，并唤来班主任，少先队中队长、大队长等人。工作组的人在狠狠痛斥我的同时，也将一心一意地培养红色接班人的学校领导批判得体无完肤。最最入木三分的是工作组的人严正警告，学校再也不能听任学生走这条修正主义道路了。工作组的人要我先写一份检讨书贴出去以观后效。我洗去身上的泥污，回到教室后，拿起笔正想着如何写检讨书，那边工作组的人发现我是刘区长的儿子。虽然他仍旧要我写下去，语气却缓和了许多。工作组的人说我是红五类出身，如不好好检讨，更容易走上修正主义道路。写完检讨书，我对着学校办的批评栏，提心吊胆地可怜巴巴了几天，那检讨书却一直没有出现在上面。

因为工作组的人较真，学校里发起了一场轰轰烈烈的“革命路再远再艰辛也要走，修正主义道路再近再舒服也不走”的活动。说这活动没效果也是不真实的。有一段时间，田埂上这条路确实没人走了。随后的某个晚上，我在学校排练完节目回家时，见天黑无人，实在忍不住抄近路的诱惑，重又踏上了田埂。行至半中间，猛地发觉迎面来了一个人。躲又无处躲，心想若碰上工作组的人就完了。我硬着头皮迎上去，才知来人不是工作组的人，而是我们的校长。

又过了一段时间，“修正主义道路”又如当初一样畅通了，田埂上每天都有许多小学生蝴蝶般一阵阵飘来飘去，而不理会工作组的人在怒吼。渐渐地工作组的人也对自己成天追赶小学生的举动感到不满，便眉头一皱计上心来，安排人上山砍了一堆杂刺，拦在田埂上。谁知小学生中也不乏刀枪不入的勇士，仅仅一个星期，荆棘堡垒就被攻克，乖乖地退至两旁，让出中间的路来。工作组又叫人堵上。小学生们又再次弄开。几经较量后，工作组的人又有新的发明，他牵来河西垮最凶恶的一只大花狗，用一根绳子拴在田埂上。大花狗雄赳赳地镇守在“修正主义道路”上，很令工作组的人高兴了一阵。不料好景不长，我们每天经过大花狗身边上学时，扔给它一团熟红薯，放学时，又叫它一声大花。大花狗经不住我们的物质引诱和花言巧语的腐蚀，没过多久，大花狗就开始网开一面。当我们重新走在田埂上，它还亲热地舔着我们的脚跟。工作组的人及时发现“阶级斗争新动向”，将大花狗用筷子牙齿镇压后，换了一只戴着嘴笼头的大灰狗。我们则以变应变，每天早中晚三次，用土块石头猛砸大灰狗，打得大灰狗一见到背书包的小学生，就赶忙伏在田埂下的土沟里，连头也不敢抬。

就在我们以为工作组的人无计可施时，工作组的人用一天三个工分，安排了一个田埂看守人。

一天三个工分的田埂守护人，是河西垸的一个傻子，用当地人说法就是大苕。时至今日，我还坚信，天下再也找不到比这大苕更忠于职守的人了。大苕成天到晚坐在田埂上，只要有人走近，就说：“工作组下了命令，谁也不许从这儿走。”整整一个夏季，竟无人能越雷池一步。田埂上的黄豆眼见着能头一回获得丰收了。有一天工作组恭恭敬敬地领着几个人，说是检查工作，要走那条“修正主义道路”。大苕横里拦住说：“谁也不许从这儿走。”工作组一时性起，推开大苕就往田埂上走。大苕急了，用力甩开工作组，追上去将走在最后的那位拦腰一抱，扔回到田埂头边。嘴里还嗷嗷叫唤，工作组说了，谁也不许从这田埂上走，只要有人走了就扣他的工分。另几位见势不妙，赶忙自动退回来。回头一看，扔在田埂头边的人，脚踝摔断了。自然，大苕不能守田埂了。至此，工作组的人再也不见拿出什么新招来。

多年后的一个春节，我因故路过贺家桥时才发现，那条田埂真的变成了一条大路，远远望去，似乎可以通汽车。我低头和身边一个与我当年一般模样的小孩说着话，并遥指那条路，问是什么时候修的。小孩很是困惑地说不知道。那神情又分明是在反问：这路难道不是一开始就有吗？

小资产阶级思想

某日，听见一位男性恭维他的女同事，说你长得真美。女同事当即回答说，你别用这么俗气的词好不好。我听了初时一笑，片刻后，就笑不起来了。我想起在少年时的几件事。

那时，我们的作业本经老师批改后发下来，同学们自然要相互比个高低，看看后面写的是哪一句毛主席语录。按照成绩的好坏，常用的毛主席语录有这样几句：

"你们青年人好像是早晨八九点钟的太阳，希望寄托在你们身上。"

"好好学习，天天向上。"

"要自学，靠自己学。"

"要斗私批修。"

特别是上初中的那一段，哪怕是（+1）+（−1）= 2 这样的计算结果，老师也不敢在作业本上打 ××，怕被打了 ×× 的学生会跳上讲台批判自己，而写上"要斗私批修"一语。所以，在当时，这是最差最坏等一类的代名词。而代表美丽、美好与优秀的方式中，最著名的一句话是"你们青年人好像是早晨八九点钟的太阳，希望寄托在你们身上"。然而，私下里，在青春萌动的少年心里，却是从未见诸正式批语的"小资产阶级思想"一说。

二〇一八年十月中旬，在汉阳物外书店，替杭州女作家萧耳站台，分享她的长篇小说新作《中产阶级看月亮》时，很感慨地表示，整个二十世纪，中国社会只有"资产阶级"和"无产阶级”，没有“中产阶级”的概念，在“资产阶级”和“无产阶级”之外，如果还要找出对我们影响最大的文学人物，就只有“小资产阶级”的冬妮娅和林道静了。

我是在小学四年级时，第一次听到这个名词的，原因是我上课偷嘴吃东西被老师发现。老师就用一种现在想起来也还娓娓动听的声调，批评我有“小资产阶级思想”。其后间断了差不多五年。五年中，一直没人用这么动听的方式批评我。

由于我启蒙早，过去班里按高矮次序排座位，我总是被排到“灯下黑”的地方。每逢“泥腿子”上讲台之际，贫下中农最纯洁、最高尚、最聪明的唾沫星，几乎全都沐浴到我的身上。雨露滋润禾苗壮，我终于茁壮成长到第三排中间位置，并且当上民兵排文体委员兼管第三基干班。也就在这时，我又听到了关于我的“小资产阶级思想”的批评与批判。

当时，学校里有四个最大的“小资产阶级思想”。三男一女，女同学叫萨丽，她哥哥也在这“四人帮”之数，还有我和另一个同学。我们四个人是全校出类拔萃的学生，排节目、搞体育、办墙报，哪一样也少不了我们。还有一个共同特点，我们四人全是区长或区委书记的子女。

说起来，萨丽的“小资产阶级思想”历史更悠久些。到底从哪年哪月开始的我不知道，反正从我们开始同学起，大家几乎天天都这么批判她。走路柔柔款款，大家批判她是温室里的嫩苗；夏天穿着凉鞋，大家批判她不与光着脚的贫下中农子女打成一片；说话细声细气，大家批判她革命不是请客吃饭，不能那样雅致，不能那样温良恭俭让；受惊时叫声哎哟，大家批判她像恶霸地主的千金小姐林黛玉无病呻吟；唱歌时用假嗓子唱，大家批判她对革命者没有真情实感；甚至穿了一条一度当成时髦的日本尿素袋做的裤子，教室后面的革命大批判栏里，也添了几篇批判文章。

在革命大批判的烈焰中，萨丽的“小资产阶级思想”丝毫没有受到损伤。学校文艺宣传队排演《红灯记》，她扮演李铁梅。排演《沙家浜》，她演阿庆嫂。排演《智取威虎山》，她演小常宝和女卫生员白茹。

我们这届中学生，赶在“文化大革命”刚刚爆发之初，上小学高年级时，来得及读了《林海雪原》。心中都默默地认定，萨丽演得最好的角色，是《智取威虎山》里的女卫生员白茹。萨丽若是与谁个开玩笑叫了声“二〇三”，然后要谁个帮忙做点什么，没有人不会死心塌地心甘情愿地为其效劳，嘴里却说是向雷锋同志学习，直到听到萨丽喊别人为“二〇三”时才作罢。同学当中，有人有一支钢笔，上面有“二〇三”几个标号，他简直比坐山雕得到联络图还高兴。

若是哪一天，萨丽因故没来上学，教室里便觉得缺少了很多东西，变得空荡荡的，甚至老师讲课也有几分恍惚。

也有令大家气愤的时候。下课打乒乓球，十五分钟课间休息时间实在太短了，轮不到几个人，大家便玩起争资格：赢了第一个球的人便有资格打一盘，输了的则马上换别人来争。萨丽总是能争得资格，无论是面对曾经获全县乒乓球比赛第三名的学校冠军，还是别的什么人，一律如此。除非她自己不争气，失误了。那占着擂台的同学，马上会递上自己的球拍让她打一场。尽管这课间打乒乓球的机会难得有第二次，她一上台，只够“斗私批修”水准的球艺，肯定招致输球下台。占着擂台的同学也在所不惜，一点不在乎自己打下的“红色江山”，葬送在“小资产阶级思想”手里。就连我的“小资产阶级思想”碰上她的“小资产阶级思想”以后，也会不由自主地缴械交枪。她只要对打得正起劲的人微微一笑，说让我打一盘行吗？打球的人就像被人操纵一样，乖乖地将球拍递过去。

严格地讲，她要球拍时从没笑，只是大家都觉得她在笑。看着她将自己好不容易得以占据擂台的机会，潇潇洒洒、娇娇滴滴地丢掉，谁也不曾后悔过。

非常耐人寻味的是，尽管对我们的“小资产阶级思想”的批判，由小字报升格为大字报；优秀学生标准，由三好、四好、五好、六好，猛升至十好，但有严重“小资产阶级思想”的我们仍然次次榜上有名。

终于读到了高中。

高中时，批判“小资产阶级思想”的武器，被用于针对“批林批孔”等“资产阶级思想”，而“小资产阶级思想”的高潮正是这期间掀起的。

我们的化学老师和语文老师，比我们晚进学校半年左右。语文老师姓蒋，是女的，刚从武汉音乐学院毕业，她是学钢琴的，这届毕业的只有两名学生，但仍须下到山区接受再教育。多年以后，蒋老师回到母校，在钢琴系主任任上退休。化学老师是男的，姓丁，也是大学毕业，老师和学生都在传说，丁老师的父亲是大资本家。

蒋老师相貌平平，一双手上的十个指头却是出奇的好看。当时我们不知如何形容，私下议论起来不知如何是好，后来才知道千百年前早有一句古话专门形容它：十指尖尖如玉笋。

丁老师却是一副正宗男子汉的骨架，全校化学课就他一个人讲，谁也不清楚他讲的是好是差是对是错，是照本宣科，还是信口雌黄。但他在篮球场上纵横捭阖，如入无人之境，确实明显高人一头。

蒋老师上的语文课，班里几个成绩好的学生一点也不以为然。蒋老师大概也明白这一点，时常搞些“教育革命”，让我们几个放开手脚上讲台去胡闹个痛快。但是，蒋老师的音乐修养同丁老师的化学水准一样，在学校里已到了无人评说、无法评说的境界。

蒋老师来之前，贫下中农驻校代表石某的二胡，在我们眼中简直拉得出神入化。蒋老师来后，领着学生排演《智取威虎山》。石某穿得从未有过的整齐，大约是将从部队复员带回的、准备结婚时用的那套崭新军装穿在身上，再用一方白手帕垫在膝盖与二胡琴筒之间。丁老师为何肯扮演杨子荣，混在一群大孩子中间丢人现眼，开始我们一点也不明白。萨丽死不改悔地用那有“小资产阶级思想”的嗓子，唱着“只盼着深山出太阳”。石某卖力地拽动马尾弓来伴奏。蒋老师用那特别好看的手打着拍子，扮演二O三首长的我，在这一场里无戏可演，把一双惊讶的眼睛，盯着蒋老师如何将石某指挥得大汗淋漓，面如猪肝，并且无数次指出石某将半音拉成了全音，将全音拉成了半音。

休息时，蒋老师对石某说：“节奏还得快一点。”

石某眼巴巴地回答："我一切听从蒋老师的安排。"

在这句话前面，石某生硬地加上一个"我"，让在场的我们听得怪怪的。

我在"泥腿子"石某手下当了两年高中生，这是唯一一次听见他称老师为老师。正如后来许多文章所云，样板戏里的人都是不食人间烟火的怪物，纵然李玉和、郭建光等不沾女色，凡间仍有人在恋天下之大爱。

石某虽为贫下中农驻校代表，那话里的意思却绝对是有"小资产阶级思想"的。因为学校里两性之间种种隔离，大家不敢言传却能意会。石某的话当即惹得少男少女们的眼光碰得叭叭直响。蒋老师木头观音一样没有理睬石某。我们也认为石某这是牛鬼蛇神想翻天，癞蛤蟆想吃天鹅肉。

事隔不久，县城关中学来联欢。演出前，我有事找蒋老师，冒失地闯进她的宿舍，看见她正在给"杨子荣"化妆。两人挨得很近，样子也格外甜蜜。

第二天是星期天。下午，二年级一个姓胡的同学，突然跑到我这一年级学生的家里，满面潮红地对我说：昨天晚上，蒋老师和丁老师在宿舍谈恋爱，被石某和食堂女炊事员捉住了。石某质问谈恋爱怎么跑到床上去了。丁老师说只有一只凳子不坐床上坐哪。石某又问为什么将蚊帐放下来。蒋老师说蚊子太多了。女炊事员积极配合石某，伸长鼻子在蒋老师的床上床下屋角门旮旯里到处嗅。石某热烈希望她能找出某种证据；结果是一点蛛丝马迹也没有。石某将他俩隔离起来，门口放上学生站岗，让他俩各写一份交代。

蒋老师和丁老师写的交代，后来竟在学校里悄悄地流传开了。我开始还不能完全理解，为什么高年级学生不惜屈尊，专程跑到低年级学生家里，说与一件对二者来说并无利害关系的事。当我也读到这份交代的第 × 版手抄本时，我才明白是这位胡同学最深层的青春底蕴被引爆了。

这份交代，使我们第一次知道了什么叫爱情，那种柔情蜜意，那种绵绵爱心，那种至纯至洁爱情旅程，我们读它，既是无邪欲之爱的启蒙，又是青春时节的一番洗礼。

最终，石某心不甘情不愿地宣布，蒋老师和丁老师的“小资产阶级思想”在那夜里作怪了。

不开大会批判，是石某唯一正确的选择，那份交代如果在大会上宣读，全校的青年男女都会成为“花痴”的。石某不会没有看出，学生们在看蒋丁二位老师时，眼睛里放出了异彩。

这场由于“小资产阶级思想”作怪而引起的风波，在学校里久久荡漾着。

尽管石某和女炊事员在不久之后，被人双双从食堂后面的柴堆里，赤条条地撵出来，且也写了交代，人们都是一笑了之。

半个月后，有人在食堂里打饭时大声说了一句，这屋里怎么这么臊哇？众人大笑一场，然后就再无人提起了。

我那时悄悄地羡慕，不知自己何时也能“小资产阶级思想”作怪一回，人能有此一回，才是真正的幸福，真正的不负青春。在那种年代，小资产阶级思想，是爱情，美好事物的代名词。享受此种“殊荣”的都是些英俊潇洒、能歌善舞、多才多艺、学习冒尖和情感丰富的年轻人。所以“小资产阶级思想”虽屡遭火烧炮轰，却总是打而不倒，并使许多人在对它的批判中，开始认识人生与社会。

那天在物外书店分享《中产阶级看月亮》时，我与萧耳说，小资产阶级和中产阶级，并非只是物质上的相对富足优越，而应当是一种人生境界和精神状态。否则即便满身珠光宝气、穿金戴银，也只是摩登原始人。

砸了他家的锅

一九七二年春天，我家又搬家了。此次搬家各方面都沉重得很。这不仅仅是因为父母发现我们兄弟姐妹几个已经长大了，不必请人，可以节省几个钱，光靠自家的力量就可以对付那些简陋的家具，也不仅仅是因为这是我家搬家史上，破天荒第一回父母亲没有调动工作而不得不搬家。就算是两项原因相加，也不是造成沉重的全部原因。

根本原因是我发现大人们说谎了。

准确地说是我家先前的房东说谎了。

在这之前，我以为说谎是少年的专利。小时候我说了多少次谎话，实在是记不清了，只记得其中比较惊心动魄的三次。

一九八七年我在英山县文化馆工作时，一位业余作者在向我讨教了小说创作技法诸此等等之后，反过来“指教”我的命运。他说我相貌百事都好，可惜鼻梁歪了点。他这一可惜，不免使我大为诧异。业余作者走后，我立即拿出镜子反复验证，三点成一线地打量过后，才见鼻梁果然有点歪。

经常拿我的小眼睛开玩笑的家人，朝夕相处竟没发现这一点不足，说明它还没歪到惨不忍睹的地步。我们刘家小眼睛虽是层出不穷，歪鼻梁却不是传统。想来想去，越来越觉得这一定是当年那姓张的小伙伴用砖头砸的。

当年的一个夏夜，区礼堂里放电影《奇袭》，为了一桩小事，弟弟和一个姓张的伙伴吵了起来，随后又打了起来。弟弟小，吃了亏。我闻讯赶过去，既没说什么，也没做什么，只是吼了一声，姓张的伙伴见势不妙，拔腿就跑。跑到区礼堂前面那座搞武斗时修的碉楼底下，眼见着被我追上了，走投无路时，姓张的伙伴突然蹲下去，捡起一块砖头，转身朝我砸来。我觉得脸上挨了一下，当即夺过砖头，朝他身上乱砸一通。当时虽然大获全胜，连他妈妈都出面向我认错。始料不及的是，他那一击，历史影响竟是这样悠久。

兄弟姐妹们都知道我和人打架了，却替我瞒着，帮忙说谎话。母亲问我脸上血糊流稀是怎样搞的。我说是上山砍柴不慎摔的。兄弟姐妹们的证词，使母亲十分怜爱地说：你真要好生点，若是将眼睛摔坏了如何是好？

第二次说谎起因于打枣子。

屋外的竹林中有两棵枣树。那一年，枣子还没熟，青青的，像苦楝树籽。等不及让它熟，我和弟弟一起钻进竹林里打枣子解馋。当然，真到熟了时，也轮不到我们吃，那些馋嘴的山雀儿，只要枣子上有一点点红，就会在第一时间叼了去。

枣树有刺，也没办法攀爬，唯有用竹竿打，用石块砸。我们没有竹竿，只好捡起地上的石块，朝树上的枣子串砸去。枣子没落下，石块倒先掉下来，正巧落在弟弟的头上，将弟弟的头砸了一个窟窿。

弟弟痛得嗷嗷叫，嚷着要告诉母亲去。我小时候最怕母亲。母亲当售货员，成天忙得少有功夫耐心说服教育，谁有过失，操起棍子，抡起巴掌，来几下现成的，回头又得站到柜台后面，为买一两盐、半块肥皂的贫下中农操心去了。

弟弟一哭叫，我便慌了神，从口袋里掏出仅有的八分钱，递过去威胁利诱说，要是再哭，以后就不准和我一起玩，要是不哭，就将这钱全给你。这是我第一次攒私房钱，三个两分，两个一分，一共五枚硬币。它是我用半年时间，在爷爷睡觉的床上找到的。爷爷掌管全家的伙食费，细心得很。

钱一到弟弟掌心，哭声就停止了。我教他，回头母亲若问，就说是自己走路不小心摔的。如果在现在，我的儿子这么骗我，我会马上戳穿他的谎言，走路再怎么摔也不会摔破头顶心呀。

尽管后来弟弟回答母亲的质询时，还明显地犹豫了一阵，最终还是我代他说的，母亲竟一点也没起疑心。

说起来令今天的独生子女们羡慕，我三次说谎都与弟弟有关。

我上初中二年级时是一九七〇年。那年放暑假，我和弟弟走了十几里路，到在县水利局当局长的父亲那儿去玩。吃过中饭后，父亲让我们回去，并在屋里七翻八翻，弄出几个皮蛋和馒头，用手帕包好，让我们带回去。这是第一次接受父亲委派的任务，想到家里的妹妹们见到这份礼物的高兴劲，我就感到庄重和兴奋，将手帕拿得紧紧的，唯恐有所闪失。

出了县城，上得一座山嘴，正值公社的人吃午饭的时候。山嘴旁的凹地里，一片瓜地上，几只西瓜使劲勾引我。四顾无人，我便迅猛地向地边的一只西瓜扑过去。事后我很奇怪，当时怎么就想不到山嘴上瓜棚里的看瓜人呢？所以，在瓜棚里响起一声喊叫以后，我和弟弟吓得撒开脚丫子就跑。

山嘴下面是大队部，好多人聚集在门前。我假装与弟弟赛跑，嘴里喊着：一二一！一二一！顺利冲过可能的堵截后，身后才响起抓偷瓜的喊声。几年后的一个冬季，在一处水库工地上，我见到一群“四类分子”每天都在付出比别人多几倍的劳动量时，记起这件事，心里就产生联想，当时追赶我和弟弟的人一定是一名“四类分子”，他想戴罪立功，求表现，换了别人，绝不会追上五里地，只为抓两个偷瓜不成的小孩。这天中午，我和弟弟分吃了一盘粉蒸肉，刚跑时，我们觉得浑身是劲。跑了一阵，弟弟就气吁吁地说跑不动了。跑到约三里远，我与弟弟和看瓜人之间的距离已经是均等了。

我挣扎着跑，心里想，弟弟若被抓去，会让他挂黑牌子游公社吗？

看瓜人突然停止追赶，站在一条水沟边骂几句后退走了。我愣了半天才恍然大悟，我们已经逃出他们大队地界。脚下这个大队与他们大队，在“文化大革命”中分属两派，武斗打得既精彩又惊险，并结下了难解冤仇。

弟弟赶上来后，为了安抚他，我说我俩将那两个馒头分吃了好吗？弟弟只有点头的份。然而，包着皮蛋和馒头的手帕不见了。慌乱之中，我将它忘在瓜地里了。

那时节，一个馒头至少可以换两只瓜。

我们损失惨重地回家后，妹妹们对哥哥们空空两手很是失望。爷爷问父亲没叫你们带点东西回？我咬紧牙关说没有。爷爷顿时不满地嘟哝了几句。

我的这些谎话，还有我所尽知的小伙伴们的谎话，全都是顺理成章，浑然天成。但是大人们为什么要说谎呢？

要说我家住在房东家时间不算短，前前后后有八个年头。因房东大妈也姓刘，平素里我们还称她为姑姑。房东租给我家两间屋子，墙壁上尽是些狰狞的裂缝。房子据说是大办钢铁时盖的，干打垒的墙壁。到我家住进去时，已能非常轻松随便地钻进太阳、月亮和星星。光有裂缝也罢，更要命的是墙壁像老人的背，驼成了一口锅。那时做屋不兴偷工减料，现在的墙绝对弯不了这种程度。

一九七二年春节过后，房东通知，要为十八岁的儿子筹办婚事，房子要拆了重新盖，我家必须限期搬走。母亲和爷爷奔走了多日，才在贺家桥街上租到一处房子。虽是小了许多，却无狰狞裂缝的恐吓。搬家前，爷爷与房东大妈闲聊中，说将灶拆了，把砖也搬走，免得再花钱买。

回头我上厕所，路过房东的窗外，听到房东正冲着房东大妈暴跳如雷地说，他家要是拆灶搬砖，我就砸了他家的锅。

我匆匆做完方便之事，进屋将此话对爷爷说了。爷爷当即大惑不解，这砌灶的砖是我家买的，为何不许搬走呢？

很显然，爷爷在我上学去以后，曾到房东那里寻找答案了。当我放学回来，一出现在门前时，房东就将我逮捕归案，拎到爷爷跟前，万分冤枉地说：我什么时候说过要砸你家的锅，你卵子大的一点东西，说这么大的谎，我自己说的自己怎么不知道，你这小卵子倒听见了？房东大妈也冷冰冰地教育道：古人说从小看大，细伢儿要学好，若是我儿子说假话，我非将他打成个二面熟不可。爷爷这时将他的长孙领回去，嘴里喃喃地叫着我的乳名回应：没说就好，胖儿太小，听错了。房东火气仍很足：什么听错了，我根本就没说与你家灶有关的话。爷爷忙说：那就更要你费心了。

爷爷后来改变主意说不要那旧砖，让房东拿去作肥料种自留地好了，到新家买新砖搭新灶，再穷也不少那几块砖钱。

父亲知道后，阴着脸，说了一个字：拆。隔一会儿，又说一个字：搬。

我开始非常反对搬这被柴火熏得漆黑的砖，那东西一沾身，人就变了模样，被街上那些有“小资产阶级思想”的女孩看见了，丢人得很。这时，我却响应父亲的号召，头一个扛着从灶上拆下来的砖出了房东家的门。

乡下人常说，会说谎的细伢儿聪明。

乡下人没说说谎的大人怎样。

多年以后，我还在想：在权力面前一个人要想说谎是何等的容易！

猪油渣不是冰糖

常说读书早，悟世早。我四岁半启蒙，为什么这么匆匆地让我上学，这问题我至今没问过父母。我肯定不是神童，如果是神童，就不会上学伊始就留级的。造成这个问题的原因肯定是弟弟和妹妹的相继出生，家中保姆带不了许多孩子，大姐启蒙上学时，顺便将我也带到学校。一年级上学期，大姐不小心摔伤，休学一个月，我也跟着一个月没有上学。期终考试后，大姐还能跟上别的同学一道升入二年级，我就不行了，只能独自留下来，再读一次一年级。这种结果，大概也是父母让我提前上学的计划之中的事。

启蒙时，全家住在一个叫石头嘴的小镇里。冲着这地名，就知道那地方本不该有幼儿园的。事实上却办了一阵子，我们也上了一阵子。记得幼儿园里有几张高低床，孩子们总是抢着爬到高处佯装睡觉。屋子里还养了几只大白兔，那时的兔子个个都会打洞，无论老师如何起劲地填土，兔子们总有办法在地面上打出洞来。因为三年灾害的到来，幼儿园停办了。所以我猜父母是将小学当成幼儿园让我上的。

从我出生到上四年级，搬了多少次家，家里如今少有人记得清了。我记得上学四年，搬了三次。一九六二年，全家搬到红山区，住在名叫金家墩的塆子里，因为母亲在塆子旁边的供销社当售货员。在金家墩时，有几件事记忆特别深刻。一是在金家墩小学教算术的王老师，传说她前夫是军统特务，她与前夫生的女儿，跟着区里下来的干部去拆乌云山上的大庙，好好的一个美女，回来后就犯癫痫病，经常无缘无故地倒在地上，口吐白沫如死人一般。塆里的人都说，王老师的女儿是让菩萨敲了。二是与供销社只隔条小溪的山坡上，有人发现一只体形较大的野猫，就想将其剥了皮卖钱。那人拿着棍子上前去捕杀时，还不知道那是一只小豹子，结果耳朵被咬掉一只，脸上被抓得破了相。还有，在金家墩小学读二年级时，第一次参加文艺活动，在一个小节目《想起往日苦》中，扮演孤苦伶仃讨米要饭的孩子。这首歌成了我好几年的保留曲目，直到父亲的三弟、我的二叔从部队转业回来，听到我唱这歌后，现时改了一句歌词，善意地嘲笑我在十岁之后才不再犯的男孩的毛病，才不再哼唱。两年后的一九六四年初，母亲依然是售货员，上班的地方变成了贺家桥镇上的红山区供销社。过完年，再次搬家后，我便进了区公所所在地的贺家桥中心小学。

这时，我们家祖孙三代都到齐了，计爷爷一人，父母两人，兄弟姐妹五人。八口人吃喝穿戴用全仰赖父母刚刚百元的工资收入，其窘态实在不好意思重复。尽管这样，当年还受到当地人的妒忌。在贺家桥中心小学读四年级时，我遇上一位女老师，名叫刘克惠。一九八〇年代，因为有几十篇长长短短的小说散见于报刊，圈内圈外的人都喊我作家。但在那个年代，自己是不能这么说的。那时候，从事文学创作的人，对称呼区分很严格，有业余作者、青年作家、作家、知名作家和著名作家等，就像职务和职称一样，是不可以乱说的。一个业余作者，如果夸口说自己是青年作家，是会犯忌到被社会所唾弃。但是在往事中遇到的有些人，硬是称我为青年作家，并和我说，曾当过我的老师，让我出具证明以便评职称时使用。尽管他们几几年，几几班地对我进行诱导，我还是说了令他们失望的话。四年级以前，教过我的书的，我的确只记得刘克惠老师。为什么只记得她？朋友们说，肯定是弗洛伊德作怪，刘老师一定非常漂亮。可是某次到一个同学家去玩，提到刘老师，她脱口说，刘老师脸形如何如何，身材如何如何，声音如何如何。这如何不是贬，也不是褒，是那种让人听了不高兴的大实话。多年以后，在武汉与刘克惠老师重逢，刘老师的模样，与别人说的又有大不同。那种慈祥，应当是人世中最美丽的。老实说，这之前，我一直不知道刘老师后来在何处谋生，也记不得她当年的相貌，我只记得与刘老师有关的几件事。

我们八口之家中，父母为“革命”工作，五个儿女纵然也是为“革命”学习，经济分配仍不平等。父母在外开销很大，剩下六个人，每月的全部开销只有二十几元。

乡下有句俗话，莫怪莫怪，猪油炒菜，是表示赔情的意思。那时，猪油炒菜是最豪华的享受。且炸过油的猪油渣还能美餐一顿。说是美餐一顿，其实从没有痛痛快快吃过一回，爷爷总是将它和蔬菜一起炒，这样可以节省一点油。由于我是长孙，每次炸猪油时，爷爷总要偷偷给我几块猪油渣，让我到外面去躲着吃。那一回，家里又飘起幸福的猪油香。头天夜里，我就将爷爷偷偷给我的几块猪油渣，藏在书包里，留待第二天上学时吃。谁知小猫小狗一样的童年，小伙伴们到一起后嬉闹起来，什么事都忘记了。直到上课后，才记起书包里的宝贝，连忙抠了一块填进嘴里。当年的校规不比如今，只要不在课堂上杀人就行。当年的教室里，学生忍不住打个喷嚏也会受到严厉的批评。我是馋极了才铤而走险的，以为讲台上的刘老师看不见。谁知她明察秋毫，将教鞭往讲台上一拍，喝令我将嘴里的冰糖吐出来。那时候，有一种茶色的冰糖，隔远了看和猪油渣差不多。我乖乖地将猪油渣吐出来，放在掌心上舍不得丢，下课铃一响，仍旧塞回口中。一连几天，同学们都和我很亲热，都想和我结成“一帮一”“一对红”

的对子，其实是想分享我的冰糖。

那年头，泊满一操场学生中，能有冰糖吃的实在只有三两个，而我突然成了这中间的一员，连高年级的女同学都另眼看我了。

随后几天，少先队中队委开会，刘老师在会上批评我，说雷锋小时候如何苦，讨米被狗咬伤了腿。我们是红孩子，不能翻身忘本。这些重复过一百遍的话，是在炒剩饭，但是随后她说了一个新名词，说我有小资产阶级思想。这是我生平第一次受到如此批评。也许是从刘老师说“小资产阶级思想”前面的那个“小”字时的那种特别的亲切感中，获得某种直觉，我非常乐意听。而关键是我一面由此受到少先队的批评，一面由此感受到比先前更多的自尊。在“学雷锋做毛主席的好孩子”活动如火如荼之际，我经常检讨不该吃那本没有吃的冰糖，谁也不知道该检讨的其实是那烧焦了的猪油渣。

没料到不久后我这凭空而来的自尊，受到一次不小的打击。一九六〇年代中期，全国风靡藏族舞。刘老师为此训练了两个男孩和两个女孩，其中就有我。到演出那天，刘老师嘱咐我晚上将母亲的毛线背心带来。在她心里一定这么推测，能让儿子带冰糖到学校里吃的母亲，不会没有当时是奢侈品的毛线背心。可我和我的全家分明只能找出几根女孩子扎辫子用的红头绳。

听了刘老师的话后，我一直躲着她。她说的那话我都懒得回家开口。到了晚上，演出之前，刘老师猜出什么，一句话没说，回头从自己的箱子底下翻出一件绿毛线背心给我穿上。正是“六一”儿童节，我丝毫没有感受到此物的优越性，反而觉出许多坏处，特别是羊毛穿过旧衬衣，戳在皮肉上的那滋味。我们是第一批出现在山里小镇上藏族人的形象，实则不过是旧衬衣外面套上一件红红绿绿的毛线背心，再加上一顶纸糊的小花帽而已。还有，我一想到刘老师默默无言地将自己的绿毛线背心往我身上套时，就感到自己瘦小的身子，都快缩成一团了。

自此以后，刘老师不再批评我的“小资产阶级思想”了。而且每逢听见她批评别人有“小资产阶级思想”时，我都不敢抬头看她。

很多年后的一九八七年六月三日，我应约去武汉一家杂志社。我每次到这家杂志社，几乎都要从水果湖到铜人像，将一路电车坐到底。刘老师是武汉人。人一旦成就一两件事后，格外想再见到自己启蒙阶段的老师。我也不例外，坐在一路电车上常常发奇想，若在车上遇见刘老师那才有意思。我早就不认识她了，于是就盼车上有谁喊刘老师。至少是我坐电车时从没有听到有谁喊谁老师的。车上吵架骂娘，深情地喊谁书记主任，凶恶地招呼老娘老头的不绝于耳，连一声微弱的称谁为老师的声音也未曾听见过。

大约是二〇〇四年，偶遇一位失联多年的同学，说起来，她竟然知道刘老师，而且一直有来往。在她的安排下，终于再次见到刘老师。刘老师一定记得当年的种种事情，她对班上的学生，从第一排到最后一排，哪个座位上的同学叫什么名字，仍然烂熟于心，其中大部分名字，我都似闻所未闻。在位于青山区那所老旧的房子里，与刘老师促膝对坐，念想着当年贺家桥中心小学操场上，那从武汉来的小巧玲珑的刘老师，傲娇地站在跳高架前，轻盈地跑出一道弧线，然后用那技惊全校的背越式姿势，越过高度一米二的横竿，燕子一样飘落在沙坑里。这样的身影，只是在电影纪录片中才有，却活灵活现地出现在我们的眼前。对于一个在用地主家的老宅子改建的小学校里读书的四年级小男生，是一种致命的诱惑，也是一种天然的理想。

在我后来的作品中，哪怕写那最陈旧的事情，也会有明星朗月一样的文学元素，闪烁在黑暗之上。毫无疑问，刘老师那背越式跳高一定是在我的心里早早留下的伏笔！

第四辑

记住

一个人行走的足迹，
往往就是历史的足迹。

我们为什么需要吉祥

编完这期“吉祥青藏”专号，作为主编，破例地想说几句话。首先，应该感谢几位年轻的藏族作家。首先是龙仁青，几乎是在办杂志的第一时间，他就用那天籁般的小说叙事深深地感动了我们。也是与他一道，于二〇〇八年元月，在冰封的青海湖边，听一位十八岁藏族女歌手，面对白雪皑皑的嘛呢堆说，自己的第一理想是，不让阿妈那双粗糙得连女儿也不敢看的双手再粗糙下去。时至今日，一想到这话，就会觉得连灵魂都是潮湿的。如果不是在别人所说最不好的季节去了青海，也许我会错过一篇名为《杀人》的小说。那一次，在十世班禅的家乡，戒酒多年后，我接过藏族姑娘按当地风俗用托盘托着的六杯酒，依次饮下。不记得敬酒的姑娘是三位还是四位，也不记得自己喝了十八杯还是二十四杯。朋友们事后传说，非要到海拔三千米以上刘醒龙才会开酒戒。正是这对酒的偶尔为之后，信手翻开一本旧杂志，意外地读到了次仁罗布的作品，那位打算成为凶手的男人，几乎是一朵飘然的吉祥云彩，与一些写残酷残忍，也迷失在残酷和残忍之中一些“名作”俨然不同。这罕有的醇香，让我在沉醉的那一刻忽然生出灵感，让我在清洁得让人多看一眼都觉得有可能污染的万里黄河源头当众许诺：回去时，编一期有关青藏的作品专号。从青海回来不久，我的电子邮箱里就出现了白玛娜珍的一组散文，她在信中说，是邓贤让她寄的，邓贤还对她说我有西藏情结。不晓得见面甚少的邓贤为何会有如此判断，好在我不忌讳，甚至觉得十分中听。两个小时后，便愉悦地回复，我没有告诉白玛娜珍自己太喜欢这些作品了，并且会在未来的专号中用作头条，只对她说作品留用，不要给别处了，也没有说她的作品被我改名为《生活的拉萨》。

决定散布出去后，刚刚在青海认识的女作家辛茜就将散文佳作《公主的回音》发到我的邮箱。然而，源源不断地涌来的多数作品，并没有写好青藏之地独特的风骨。就这样，我联系了扎西达娃，请他代为组织一些相关稿件。以他对藏地之熟知，果然在短时间内就约来一批接一批的作品。不是对手下的编辑不放心，实在是害怕疏漏与闪失，觉得应该将这些来之不易、做出取舍决定更不易的稿件亲自看一遍。从二〇〇八年的盛夏到深秋，我一口气读完了来自青海、西藏、云南三地约两百万字的全部作品，然后将亲自选定、甚至是亲笔修改过的作品，交由编辑们责编去。

很明显，藏地诸君的作品不再受对秘境风情猎艳心理的影响，将皮毛依附的那些轻轻地拂去一旁，而直指心灵。譬如梅卓的《在青海、在茫拉河上游》、白玛娜珍的《生活的拉萨》、万玛才旦的《八只羊》等，那种浑然天成和用所有平实手法都掖藏不住的骨子里的华贵，实在应该令所有不得不将汉语作为命运语言的写作者肃然起敬。同样，郭阿利在《雪山之上》中所凸显的摄影师与野牦牛，班丹在《温暖的路》里描写的被困在海拔五千米处的援藏干部与当地司机，在那些险象环生的冲突背后，所表达的却是性情的功德圆满。即便是这当中最年轻的女作家永基卓玛，也凭着艺术的直觉在《扎西的月光》中，对越来越泛滥成灾的恶俗，划出一道我们每一个人都不能回避的生命尊严的极限红线。与其相反，以军人身份生活在青藏的冉启培，他的《下午八点》和《雨季心情》，在对极限生活的描写中，深深地关怀着那些没有日常生活的人，所渴望的日常生活里最普通的尊严。

需要特别说明的是，在这些作品中，扎西达娃唯一介绍了朗顿·班觉的藏文长篇小说《绿松石》，称它是西藏民主改革以来，用藏语创作的第一部长篇小说。由于种种原因，《绿松石》翻译成汉语后，一直未能公开刊印。他在电话里谈起这部作品的声音，是肃然起敬的。在读完打印稿的那一刻，我为自己能够成为不懂藏语的汉语写作者中第一个阅读者而深感荣幸，也为《芳草》文学杂志因一个念头而意外地率先发表这部作品深感荣幸。因为，用我的文学阅历来判断，这是一部足以进入当代中国文学最高视野的上乘之作。

青藏之地于艺术实在是一种天赐，描述她的文字总是在不经意间让人怦然心动，哪怕是那些因本期杂志篇幅所限容纳不下的作品，亦有同种魅力。在对全部两百万字作品的阅读过程中，有像祥云一样的东西在心里慢慢升起，让我无可选择地将这期专号叫作“吉祥青藏”。这也是人在选择文学时的永远的宿命：我们短促的一生，所渴求的难道还有不是吉祥的其他吗？多年前就有学者指出，现当代中国文学，其实只有两个概念：苦难与暴力。作为伟大汉语的传承者，我们应该更深地反思，当前汉语文学中频频出现的那些对“厚黑”的追逐，对“残忍”的痴迷，对“俗恶”的推崇，其主要动力是否由创作主体的人格偏执和文化矫情所构成？或者根本就是创作主体的迷失？

一九九八年头一次去西藏，我写了一首长诗《用胸膛行走的高原》。二〇〇八年四月在福州见到裘山山，听她说，作为某文学奖评委评阅某作品时，曾当场指其用了这首诗的意念。如果是真的理念相投，那也挺好。就怕一如当下相对青藏的流行，分明是猎奇，硬要说成是朝圣。春节之前，武汉市委书记杨松宴请我等一应本地作家。杨松先生在西藏待了三十多年，仅在阿里地区就待了十年，他的故事被一些藏地作家写进流传甚广的作品中。闲聊之中，他惊讶我之不喜欢某个歌星的歌，当然他也表示，她的歌，要去演唱会现场才听得出来效果。我欣赏巴桑的歌。在我的汽车音响里，藏族朋友送给我的那张巴桑的唱片，一直在歌唱。当我独自驾车出门，那样的歌唱，总是将眼前的车流、楼群和喧嚣众人，幻化成羊群、雪峰和美人如云。我深信，聆听青藏，不能靠着成千上万的人在一起聚众起哄，正如漫无边际的荒原上突然出现一座圣湖，青藏的心情是独一无二。

我们这个星球上的某些特定地区，其物质生活的幸福感，永远不可能与一切都可以用人工调节的大都市同步，譬如高寒、高海拔和高度缺氧地区。在永远只能漫步，不能快跑的青藏高原上，由心灵生出的吉祥，是生命中最崇高的意义。关于青藏，或许我们内心深处最看重的不是它的高昂雄壮，真正想望的是雅鲁藏布江和其他诸多不知名的河流切割之下，高天厚土坦诚相见的深情尊贵。所以，吉祥青藏需要能够成为经典的更多文学作品来阐释。

晓得中原雅音

——《圣天门口》（完全版）后记

每个人毕其一生，总会有几件极为在意的事情。作家也是如此，尽管写作无数，真正让其内心无法割舍，时常牵挂的作品，或许只有那么几部，至于其他，写了也就写了，是非好歹任由他人说去。而这几部则不同，在我这里《圣天门口》就是这样的作品。哪怕出版多年了，也还会有许多无法释怀的挂念。

《圣天门口》的写作始于一九九九年十月，成稿于二〇〇五年元月，其间三易其稿，写了又废弃的文字约二十万字。刚开始写时，女儿还没有出世，到写作后期，女儿已经能够依在我的怀里，大声念着电脑屏幕上我正用键盘敲出的每一个字。曾经，我很想在扉页写上一句话：献给我的女儿及天下所有渴望长大的孩子！

因为在意，所以在乎。事实上，这是我放下钢笔，拿起电脑后的第一部长篇小说。虽然完稿晚于另两部长篇，但开始写作却是最早的。对一个用笔数十年的资深写作者，将笔换成电脑宛如我们这个时代正在发生的社会变革，所触及的往往是一些根本性的东西。哪怕是一个很细小的动作都会波及个人在社会生活中的价值呈现。换笔在写作中所触及的根本，是写作者在书写汉字时的感觉，从先前墨水自然流淌，到后来键盘叭叭断响，这就像诺大的体育馆内多开了一扇门窗，一般人无法感觉到的气流轻微变化，但会对羽毛球运动员产生重大影响。我用了五到六年时间来适应，准确地说，是用《圣天门口》的全部写作来适应。事隔八年，在对当初出版的《圣天门口》进行订正时，对照当时定稿了的电子文稿，还能发现其间对电脑的不适应所出现的幼稚的错误。

改变还来自我对长篇小说文体的挑战。从二十世纪九十年代末到二十一世纪最初的几年，文学面对市场时普遍采取妥协姿态。“小长篇”的泛滥是其直接产物。二〇〇四年初，时任人民文学出版社副总编的潘凯雄深夜突然来电约见。那天深夜，在武汉一家酒店顶楼的旋转餐厅，说起我正在写一部百万字的长篇小说，他沉默着什么也没有说。半年之后的一个深夜，已升任社长的凯雄兄又一次深夜突然来电话，开口就说：“你那个百万字的大家伙我要了！”那时他并不清楚我写的是什么，除了彼此的信任，实在想不出还有别的什么理由。要感谢的还有初版的责任编辑杨柳女士，对于此书的出版，我曾提出唯一的要求，责任编辑必须杨柳。那时我并不认识她，只是风闻王蒙先生的书若在人民文学出版社出版，则一律指定由她责编。

《圣天门口》在人民文学出版社是令人满意的。仅说谢谢是无法全部表达一位作家的心情的。但也有遗憾。交出电子文稿后，我就担心书中有些章节难逃斧削。待收到墨香扑鼻的样书，匆匆打开来看，果然，自己最担心的几个章节，几乎尽数删去。

后来，与凯雄兄见面，谈及删节文字应该先与作者说一声，凯雄无奈地表示："与你说，你肯定不同意，但又必须删，所以就不与你说了。"听着这样的大实话，我只能苦笑。《圣天门口》初版后，文坛上的气氛有些不正常。相关际遇，现在看来，都是某些别有用心之人生造出来的，想来不能不为其悲哀。

于我最关心的还是作品中"敌人"一词。如果说《圣天门口》有出众之处，当是其百万字所描写的近代中华山河破碎、血雨纷飞、生灵涂炭，却没有一次使用"敌人"一词。当我意识到作为后人，我们不可能再将先辈同胞间的乱战与争斗用"敌人"相称，心里就有了此番写作的分量。在初版的《圣天门口》中，有些文字在编辑过程中被重新用"敌人"来表述与形容。这样的失误，当然是我的不主动沟通造成的，而应当在编辑之初，就将自己的思索告知责编。

一位朋友的朋友，读过我的每一部小说。初次见面时，他就问《圣天门口》中的傅朗西在爱上紫玉之前，究竟是有过六个女人还是五个女人？朋友的朋友仔细数过，应当只有五个女人，而我则写成六个女人。在这次订正中，我将其改正过来，当初笔误，将傅朗西还没有爱上的女人提前计算到一起了。

在《圣天门口》的写作中，我特意在自己的母语方言中选了十几个有意味的常用词语。那年夏天，一家电视台派人来家中采访，他们想要了解的最能体现湖北人性格的一句话。我回答说这句话只能是：你是个苕！在南方诸省，虽然多有使用苕字的，论起遍及程度和使用频率，任何地方都不如湖北人，想表达的意思还没有吐露丝毫，便脱口指令对方是个苕。在湖北方言中，还有一个说起来十分动听的词：晓得。最好听的却是第三个词：兴。据说，苕、晓得、兴，是古汉语的一部分。当北方游牧民族用血与火外加他们的语言洗劫中原大地后，这些语言就成了残存南方的化石。特别是每次听人说晓得或不晓得时，宛如天籁中飘来中原雅音。作为一方水土中的母语，“苕”字是本地人最常用的，用起来后亦是最为夸张的。“苕”所对应的是现代汉语“傻”，真用起来意味却大不相同。当一个人对另一个说你真傻时，含意里往往多为惋惜。当这个人对那个人说你是个苕时，就不仅仅是惋惜了，更多的是这个人欲表达自己的见识，是个性的肆意张扬。如今的人越来越多地选择“知道”或“不知道”，说“晓得”和“不晓得”的越来越少。细细揣摩与体会，这样的替代实在太遗憾。人们相信或者不相信，都不能改变这样的事实，就音乐性来说，“晓得”一词所传达的美感要超过正在趋于普及的“知道”。很多时候，人们说知道时，往往并不是真的知道，之所以那样说，部分原因是应付。当然，人们在说晓得时，也是多有不晓得的。那不要紧：晓而得，是一种参悟；知而道，却是俗套。写作像耕种一样，一分辛苦，一分收成，所以“种”是沉重的，得下大力气，身手稍有不到都不行。种菜、种麦、种棉花、种黄豆等。一般人已经记不得还有一种说法：兴菜、兴麦、兴棉花、兴黄豆。在我们的方言母语中，“兴”即是“种”。对比之下，不难领悟，“兴”的美妙。“兴”是自然的，带着天籁气韵，仿佛之中有如天马行空，轻重缓急都在自由境界中。所以，艺术之于我们，是“兴”出来的而不是“种”出来的。

形而上的艺术品，往往是“无用的”，正是因为艺术纯粹性的无用，才能保证它的美学吸引力——高贵、神奇且美丽的愉悦。在艺术之外，无用的东西也是很多。一如方言母语，许多时候，她越来越显得一无是处，大多数人不说她，大多数人不写她，一旦她在合适的时机，出现在合适的艺术形式里，她存在的价值反而映衬出那些时尚的不值，时髦的无益。在艺术的眼界里，没有无用的东西，重要的，不是“种”，而是“兴”；不是“知道”，是“晓得”；不是“傻”，而应当由衷地“苕”。一如回到家中、回到故乡，或者跪在某个长辈的墓前，大声地用方言母语说话，那种情感，那种魅力，实在是无与伦比。看不到这些，无法表现这些，并不等于方言母语的无用，其原因往往是我们的艺术能力小了。一句方言，传授的却是血缘。依赖着母语的写作是坚实的，而失去母语的写作总是可疑的。当年将“苕”、“晓得”和“兴”等中原雅音信笔写满华章的废名先生，通过沈从文，深深地影响了中国当代文学。在母语显得至关重要的文学范畴中，在地域文化传承上能有多大建树，是一方水土中的作家能有多大建树的宿命。

二〇一二年夏，在亳州与魏心宏聊天，双方在不经意间达成出版长篇文集的共识。那一刻，就想到给《圣天门口》出全本。后来，心宏兄告诉我，书稿会交给谢锦责编，便更相信自己最近写过的一句话：世间一切偶遇，全是久别重圆。《圣天门口》当初被废弃了近二十万字，与谢锦其时所约的另一部长篇小说《弥天》的写作有关。因为答应赶写《弥天》，待回过头来续写《圣天门口》时，发现先前的感觉完全找不到了，而不得不重新开始。

最后，我要感谢我的太太。在整整半年时间里，白天上班，下班回家，几乎天天阅稿到零点，将原稿和人民文学出版社出的《圣天门口》进行对照和标记。太太是很敬业的编辑，那一阵她却痛苦地离开自己热爱的职业，让她更痛苦的事情还有，为了不让我因为她的遭遇而一起痛苦，她还要时时表现得对自己“失业”的满不在乎。无论是不是天意，编校《圣天门口》（完全本）也算是给她以某种心理过渡。很多时候她对编辑职责的执着几乎不顾我对笔下文字的独特感情。换了别人，也许就迁就了那些能体现汉语博大的语言或词汇，偏偏她还要从精深的角度进行论证。什么叫一字情深？这也是一种表现吧！

我的工厂，我的青春

——《生命是劳动与仁慈》再版后记

几年前，太太在另一个单位上班，某天下班回家她很伤心，问过了才知不是她的事，是一个同事要调到别的单位，与头头话别时，伤感地说起自己从大学毕业起到现在，将自己最好的青春年华全给了这个单位。不料，那个老男人竟粗暴地回答：谁要你的青春？太太的同事大恸而去。听毕，我忍不住在心里说了一句粗话。

不一定人人都会老去，但人人都会有自己的青春。我也有过青春，我不敢说自己将青春献给了那座小小的工厂，但从十八岁到二十八岁，如此十年全在这家县办工厂度过。想起来当年之事历历在目，包括进厂之前，即将上岗的青工们在一起培训，因为有三家工厂可以选择，当时大部分人都认为其中的电机厂最为理想，工具厂则次之。当相关人员问起我的意愿时，我却毫不犹豫选了阀门厂，原因是阀门厂厂房外面有半个篮球场，别的工厂却没有。

多少年后的今天，我仍对飞速旋转的砂轮心有余悸。那是我进厂的第一天，师傅给了一个毛坯件，要我去砂轮上将毛刺等打磨掉。师傅教给我打开砂轮的方法后就回车床上忙去了，却没说如何让砂轮停下来。这让我在打磨完毛坯件后很是束手无策。虽然关掉电源半天，砂轮还在高速旋转。我几乎要伸手捉住砂轮！那一瞬间里，冥冥中有某种声音提醒，让我在最后时刻中断了那个伸手动作。时间长了我才晓得砂轮的厉害，人的肌体只要微微碰上去，就会磨去一大块。而当车工的因为天天都在磨车刀，稍不注意就会出现险情。好在磨车刀是细活，碰上了也只是磨去一些皮肉。如果我那用力捉住砂轮的动作完成了，一只手掌肯定就没有了。在我独立操作车床后的某个夜班，因为加工庞大的阀体，必须用专用小吊车帮助装卸，而这些小吊车都是厂里的钳工自己制造的，并无任何安全认证。那天晚上，用三百八十伏电压运行的小吊车漏电了。当我伸手抓住行程开关，按下运行红键时，一股强大的电流击倒了我。也正是身体横着倒下的惯性力救了我，如果不是这样，也许我就要变成一堆焦炭了。因为二百二十伏电压通常能将触电者弹开，而三百八十伏电压只会将敢于触碰者牢牢吸附住。那一次，同车间的工友被我的惨叫吓坏了。我却浑然不知。事后在床上躺了三天才恢复过来。在阀门厂，最苦最累的不是通常所认为的翻砂工，而是车工。一两百斤重的大铸件从机床上搬上搬下，加工铸铁扬起的尘矽更是塞满了全身上下的每一个毛孔。最让车工头疼的却是对付不锈钢 T 形螺杆。当车工的第一年，一位姓刘的师姐，就是在加工不锈钢螺杆时，不慎被缠绕的铁屑缠住，生生将右臂拧断。离开工厂十几年后，在一次采访中，有记者对我脖子上十几个疤痕很好奇。那些有着优美弧线的伤痕，正是我当车工强力切削不锈钢时铁屑飞溅的烙印。被车刀挤压下来的铁屑带着几百度的高温，偶尔会准确地钻入我的领口，因为强力切削时不能中断操作，必须等这一刀走完，停下车床后才能处理。这当中，滚烫的铁屑会将接触到的肌肤烤出一股烤肉香。

这个世界有机会闻到自己肌体发出的烤肉香的人应该不会很多，或许这是我一直怀念那座曾经以半座篮球场而成为自己青春梦想的小厂的理由之一。我还怀念那位以爱护的名义阻止我参加高考的党支部书记，不管当时或后来发生了什么，这一点也从未有过改变。我的那座小工厂条件很差，屋顶上盖着石棉瓦，窗玻璃十块有九块是破的，一年当中三分之一是冰窖，三分之一是火炉。还有一年四季都得加工的不锈钢 T 形螺杆，别的工厂的车工们一班能加工一件就不错了，在我们厂里，每个车工每班必须完成的定额是十八件。

所有这些都没有让我觉得有什么不对，最终让我心存惶惑的一位初中的同学。在学校里他总是抄我的作业。不想让他抄时，他便威胁要揍我。有一回，我故意将作业写错，待他抄过之后，再改正过来。结果被老师在课堂上教训了一顿，说他连抄人家的作业都有本事抄错。毕业后他却在不到三年的时间里当了区委副书记。我被三百八十伏的电击打后，不得不休息了三天。那也是我人生中最惶惑的三天。不仅头一回感到生命如此脆弱，也头一回发现，此前自己对人生的态度似乎有些不对劲，或者可以说是有些对不起自己的人生。休息结束后第一天上班，一切还像往常。八小时做满了，下班之后，一群青年工人相邀到一起，在县城的街道上闲逛。在县城的小街上，那位习惯抄我作业的同学迎面而来，我与他打招呼时，他竟然装作不认识我。

当天晚上，快乐无忧的年轻的我失眠了。这也是我生平一次彻夜无眠，几乎就是那个终极问题的个人化版本：这样悄悄地来，悄悄地去，人活一辈子与畜生养上一两年就被宰杀的意义有何区别？就在那个不眠之夜，我为自己绘制了一个普通青年的人生梦想。同时也是那个时代的青年学子最喜欢的梦想：将自己的一生交给文学。无论成功与否，决不半途而废。只要真正努力过，决不对自己的选择后悔。相信生命在于奋斗；相信自己所设定的那个目标，是青春与灵魂的一场约会。我没有折断自己的手指，也没有在自己的手腕上割下一道血痕，当然，也没有邀上一群人当众起誓，说不再与他们在一起空耗了，或者在自己的住处贴一幅座右铭什么的。第二天下班后，一个人悄悄出了车间，跑到街上买了一叠稿纸，自此步步演化，使得文学成为个人精神支柱。并且慢慢地明白，一个人终其一生，或是逆流弄潮，或是顺水推舟，碌碌无为也好，轰轰烈烈也罢，真正主宰内心的是对优雅性情与高贵人伦的永久渴望。

十年工厂生活，让我获得了二十张先进生产者奖状。很多年后，因为写作我获得了武汉市劳动模范称号。这小小的荣誉却是我最为在乎的，也是我最愿意引以为骄傲的。正因为如此，当我的笔与文字与工厂相遇时，最由衷的总是对工厂的一切的不舍与敬重，而不敢用那些不敬之语来描写，更不敢有半分亵渎之心。

大约在离开工厂后的二十几年，不锈钢铁屑留给我的伤痕才完全抚平。在我心里却永远记得当年那些从领口里冒出来的烤肉香。我越来越相信，那是一种青春的滋味，虽然那不是青春的唯一滋味。但是我既往生活中最值得热爱的。我热爱工厂生活中的诸如此类的不快。正是这种没有什么了不起的不快，和绝对了不起的青春锻造了我的近乎不锈钢一样坚韧的神经。

长篇小说《生命是劳动与仁慈》是人民文学出版社在一九九七年出版的。二〇一二年十一月父亲去世，我将这句话刻在父亲的墓碑上。因而，上海文艺出版社重新出版本书时，我给了她一个新名字《燕子红》。墓碑树起来的那个春节后，上班的第一天，黄冈师院中文系教授夏元明来电话，说是有一件奇事。他的一位同事，在家里过完春节，回学校时，自己开车沿着国道往黄州行驶，也不知是何原因，竟然放着宽大的马路不走，在一个九十度的拐弯处，将轿车拐进一条村村通的窄道，往前行驶一阵后，就到了尽头。暮色错暗时，道路尽头处竖着一块类似方尖碑一样的墓碑。他那同事觉得奇怪，但还是停车下来，想看个究竟。见墓碑上刻着“生命是劳动与仁慈”一行字，不由得大吃一惊，因为她知道这是我的长篇小说名。到底是读书人和教书人，为了弄得更明白，第二天上午她还再次驾车返回来，将这一切看得确切无误。我一直想见一见这位老师，却又无缘相见。不说别的原因，我想也许是父亲觉得那刻在墓碑上的话，还有更多更广的作用，而通过这种方式来提醒我。当初改名时，就曾遭到众多善意的批评，有父亲的暗示，我于是决定借再版时恢复为《生命是劳动与仁慈》。

我是爷爷的长孙

——《往事温柔》后记

过去和现在，我读过的经典和非经典著作，难有一个精确的数字，其中有我喜爱的和我并不喜爱的，综合起来对我的影响也是一个很难说清楚的问题。我能确定的是，无论何时何地都不可能进入经典，甚至连非经典都算不上的爷爷，对我写作上的影响是巨大的。也包括我正在修养的书法，从二〇一一年腊月十八开始与水墨共舞，略有长进后，连一向熟悉的家人和朋友都认为我一定有过童子功。我只能说那一定也是爷爷在天之灵在暗中传授，爷爷虽然只读过三年私塾，却写得一手好毛笔字。小时候，我家的椅子、水桶、扁担等时常外借的生活用具上，爷爷都会用正楷写上他的长孙的名字。

这样的举动在当时是很普遍的，就像现在我们会在自己的电脑或者手机上设定一个密码。很小的时候我就晓得爷爷名字，至今还记得当初对爷爷名字的感觉：爷爷就是爷爷，爷爷怎么可以有名字呢？稍大一些，自己又像很有文化一样，暗地里不喜欢爷爷的名字，觉得俗气加古怪。当年，我却不高兴，爷爷为什么不将他自己的名字写在那些物品上？我不高兴的原因还在于，那时候，我的名字经常被说成是带有封建主义思想，而受到同伙们一定程度上的歧视。

爷爷的名字如今赫然刻在老家一座小山上。在那块刻着爷爷名字的石碑面前，我年年都要下跪祭拜。石碑后面的那抔黄土是爷爷永远的故事，那些故事曾经让我心中五味俱全、并且终生难忘。每一次祭拜之后，我站在小山之上，望着山下那口浅浅的水塘，心里总也免不了要问，当然不是问大梦千年与万岁的爷爷，而是问自己：这么一口平常的水塘，如何装得下爷爷那千变万化、常说常新的故事？星光下，火盆旁，那些故事曾是一大群孩子的快乐与梦幻所在，也是惊悚与胆怯的根源。

一定是爷爷对我的影响。从能听故事时起，我就不喜欢那类不是捉弄就是卖弄的所谓机智人物的故事。我喜欢爷爷讲的那些不知是真是假，在形式与内容上绝对具有亲历性的故事。爷爷的故事人物是有形象的，爷爷故事的内容是有某种喻世规劝的，爷爷的故事起始是有命运感的！这大约是我更喜欢长篇小说的写作，而在短篇小说上不够下力的最初原因。一如在《往事温柔》中神秘而残忍的笑刑，还有那只一直在记忆中游荡、却找不到契机为其写作的死而复生的鸭子。

讲故事是小说的天性，写小说是故事的修养。故事不灭，小说就不会消亡。那种摈弃故事的小说写作，无异于取消加减乘除的数学。直到今天，我还在向记忆中的爷爷学习，希望在某个夏天里，用自己的故事来取悦自家的孩子，让他们远离手机、电脑或者电视机，在夜空下，一边默数着星星，一边听着那些能够绵延一个接一个的夏夜、既不重复自己、也不模仿他人的独一无二的美妙故事。

一种名为高贵的非生物

——《一棵树的爱情史》后记

一个人终其一生，不知会做多少荒唐事。那些立即就懂了的，自然是用同步进行的一笑了之。有些荒唐当时并不晓得，过去了，经年累月了，非要被某种后来才发生的事物触发，才会明白。

那一天，去到江西永修境内的柘林湖。到达湖边时，一路上不曾间歇的夏季豪雨，突然停了。徐徐退去云雾的水坝旁，更是突然露出一块标示牌，上面分明写着：桃花水母繁殖基地。桃花水母是学名，平常时候人都叫它桃花鱼。叫桃花鱼的人与叫桃花水母的人不同，只要开口就不难分辨出，是治学古生物的专家，还是天下人文故事的口口相传者。

多年以前的那个夏天，我曾经奔着桃花鱼而去，那是奔流不息的长江为桃花鱼最后一次涨水。秭归的朋友在电话里告诫，这几天不来看，就只能永远地遗憾了。依照家在三峡的朋友们的说法，桃花鱼也不是想见就能见到，排除了当地人，许多专门奔桃花鱼而来的人，两眼空空来与去的实在太多了。朋友所指人与桃花鱼的缘分，不是俗来俗去的所谓桃花运。就连当地人也说不清楚，同样的天气，同样的时辰，同样的水流，体态婀娜的桃花鱼有时候出来，有时候却不肯露面，不使那些渴望的人，一见钟情心绪飞扬。那时的桃花鱼生长在秭归城外的那段长江里。如九龙闹江的咤滩上，有一座每年大半时间都在江底隐藏着的鸭子潭。我去时，朋友在当地的熟人一律往天上望一眼，然后众口一词地断定，这天气，见不着的。在我与百闻不如一见的桃花鱼相逢在水边后，朋友才说，其实，他是最早持这种看法的人。我去的时候，小妖一样的桃花鱼，偏偏一身小资气质地现形了。多年以后，只要有审美的需要，就会情不自禁想到此种细细的九亿年前的尤物。譬如柔曼，譬如风流，譬如玉洁冰清，譬如款款盈盈，再也没有比得过这汪洋蓝碧之中所荡漾的了。

现在，我当然懂得，任何的绝色无不属于天籁，不要想着带她去天不造、地不设的去处。人的荒唐就在于，不时地就会冲动，想着那些非分之想。我从礁石那边的江流里捞起一只瓶子，洗净了，装了一只桃花鱼在其中，然后就上了水翼船，不等我回到武汉，刚刚接近西陵峡口的那座小城，绝色桃花鱼就在荒唐中绝命了。过完夏天，又过完秋天。一条大江在屡屡退却中，再次将鸭子潭归还给想念的人们。从满江浊水中脱胎出来的潭水一如既往地清澈，然而，这已不是桃花鱼灿烂的季节了。山崖上的红叶扬起凛冽寒风。江水终于不再退了。那座因为空前庞大和空前纷争而举世瞩目的大坝，如期将这条最自由和最独立的大江，彻底套上了枷锁。那些铺天盖地倒流而来的巨大漩涡，沿着枯干的江滩反扑回来，在不计其数的时光中，向来不惧怕激流浪涛的细细桃花鱼，当然无法明白，从不涨大水的冬季，一旦涨起大水来，注定就是她们的灭顶之灾。

失去桃花鱼的不是桃花鱼本身，而是那些以人自居的家伙。科学的意义自不待言，对于普通众生，他们失去的是不可再生的审美资源。后来的一些日子里，偶尔谈论或者是在书文中阅读桃花鱼，总也免不了会猜度，没有见过桃花鱼的人一天比一天多，当他们的阅历让其与那早已成为虚空的桃花鱼相逢时，传说中由四大古典美女之一的王昭君，涕泪洒入香溪河中幻化而生的桃花鱼，是否会被想象成北冰洋边人所尽知的美人鱼！

仿佛如幽深的思绪，柘林湖边的那块标示牌，不动声色地为我更换了一种旷远、静谧的背景。这样一片浩瀚的水面，宛如一本智者的大书，翻动其页面，又有什么不能告之于人的呢？清水之清，被风吹起，俨然那薄薄霜色铺陈大地。湖光自然，被山收拢，一似莽莽森林落光了叶子。在居所所在的武汉，人在天界伟力面前第一位敬畏的就是水。在水的前面，只要被称为武汉佬，便是个个见多识广。而柘林湖还是让我震惊。

年复一年，日复一日，那些总让城市无法整理的清洁，随风入怀，汪洋肆意，毫无顾忌地游走在总是渴求一片冰蓝的情怀里。

于是，我在想，在桃花鱼古老的生命里，真正古老的是那份不与任何尘俗同流合污的高贵。宁可死于每一点来历不明的污染，也不改清洁的秉性。宁可葬身万劫不复的沧浪，也不放弃尊严随波逐流。与柘林湖水同游，时常有滴水成线的细微瀑布，送来深厚修养的轻轻一瞥；翡翠玛瑙散开的小岛大岛，也会端明九百九十几个情爱，没有任何阴谋地坦荡说来。也许，柘林湖此时的高贵只是一种风景。对于人，是这样。桃花鱼却断断不会这样想，高贵是其生命中唯一的通行证，舍此别无选择。有桃花鱼的柘林湖，理所当然值得每一个有心人去景仰，并且还要深深感谢它，用怡情的清洁，用梦想的冰蓝，用仰止的浩然，在大地苍茫的时刻，为滋养一种名为高贵的非生物，细致地保养着她所必需的墒情。

寸草当用心

——《团风简史》序

都二十年了，还不习惯称自己是团风人，宁肯先说一句自己是老黄冈县人，然后才不嫌啰嗦地补充道，就是现在的团风县。老黄冈县很大，大到从前的黄州，从前的新洲，都为属地。团风县很小，小到在时下格外流行的各种排序中，都被有意无意地弄到敬陪末席。为了对父老乡亲负责，对子孙后代负责，必须为此先说一句，当初将黄冈县拆零的行政决议，是对鄂东文化的无视，是对祖宗基业的纨绔，用明明白白的话来说，就是数典忘祖。

身为受这块土地养育之恩的游子，很理解更多乡亲需要关于这地方的文献史实，也同样理解这地方有识之士的执着与不甘，所以为团风县编纂一部简史，显然是无奈之中的坚持，是努力之下的妥协。当然也是自媒体时代传承经典的一次创意。

历史的尴尬如何形容？尴尬的历史如何评说？面对已是不争的现实，一方面要实实在在面对，该做的不仅要做，还要做好，每一件事都要做出不一样的精彩。不叫黄冈的团风，县域面积八百三十八平方公里，只要每一平方公里流传一个精彩故事，就会有八百三十八个精彩故事。虽然建县只有二十年，只要每一年都向前迈出一个坚实的步伐，就有了二十步坚实的跨越。所有这些故事，都包含在始于隋开皇十八年（公元598年），一直沿用至1995年的老黄冈县志史之中。所有前进的步伐，都是延续在这块土地上生生不息一千三百九十八年的人性文脉。

如同这简史，暂且向现实妥协，依这世俗之所称，向上追溯，虽旧石器时期只剩余遗迹，往下便可知团风在商代为举国属地，春秋时，又成了俗话说的吴头楚尾蔡脚，是春秋五霸及战国七雄之楚国经蔡国称霸中原的主要通道。又因为夏商时代，即有行政建置，秦汉之际，亦为郡国之属，团风注定是长江中游著名码头，且在三国时期地名乌林，是长江中游一带，与赤壁大战之乌林，在各要素上最接近历史真实的处所。偏偏数百年后，别的几处也开始叫乌林了，真的乌林却不愿叫乌林，改名换姓称为团风，如是一直以来总是断不了考古界的否定之否定，考证考证再考证。那些后来自称的乌林，除了成为一段历史的瓜葛，再三声明的丁点来头，甚至都达不到县乡一级的政治急所。唯我团风作为兵家必争之地，从来都是不争事实。春秋后期巴人在楚地西部式微，被迁徙到团风地域，巴水河畔，至两晋时期形成著名的五水蛮，每有兴风作浪，即与各朝禁卫大军血战于团风为中心的巴水、举水等五水之上，虽然最终完全溶入汉地，其英勇善战、血气方刚的文化性格，至今还使团风地方人众，凡事显得更勇于担当和敢作敢为。明末清初，也是惯于渴饮巴举二水的诗人杜茶村，为邻里家乡题写“用尽风霜力，难移草木心”之句，于声名卓著之外，重要的是对故土亲人的心血传记。

天下地理，也可以说成是用大地写成的道理。有山有水则称位置优越，家乡北部所倚大崎山，高不过七百米，却是佛道名山，更是盛夏江汉一带避暑第一方便处，也是清凉胜过远处高山的奇妙所在。南边所抱长江，江水一改别处凶神恶煞模样，从三江口分出天赐美丽的罗霍洲，再到隔水眺望的西山胜境，然后是因前后二赋被世所尽知的赤壁矶，将天地造人而慈悲于人，将人感天地而献身天地的大慈大悲大仁大义表现得淋漓尽致。有物有产则珍惜为物产丰富。家乡最让人难忘记的是那泥水田中种出来的荸荠，向东过了巴水，向西只要越过举水，向北向南，一旦过了大崎山与长江，那泥水中长出来相貌相同的小小东西，生在团风就如香甜水果，落到外地就变得像是咀嚼渣滓。还有家人在厨房随随便便做出那种名为狗脚的面食，果真是全世界再无第二份的美味。还有同样由家人在家中随随便便做出来的面食包面，真个是人世间万千美食中的美食。

又有所谓地灵人杰，人文荟萃。心底黄冈，眼前团风。即便不与大的黄冈计较，单以小的团风计数，莫不是五水之中心，莫不是五水之重点。得幸天造地设的垂青，才有历史长河中如星斗者，如杜牧、苏东坡等莅临我乡，以及由本土生长的李四光、熊十力、林彪、王亚南、秦兆阳、殷海光等显赫中华。

作为县的团风，二十年来经济和社会事业持续发展，民间绘画、黄冈善书、民间武术、龙舟会、天符圣会等非物质文化遗产得到了有效的保护和传承。其倾尽所能接纳的南水北调工程移民，其中代表成为感动中国的年度人物，两条铁路、三条高速公路贯通境内，这样的变化让古老的家乡显出新的活力。

二〇一二年，应团风诸位要求，为家乡写了一首歌：

桃花雨，梅花霜，
山回龙处红半江。
梦里曾忆青梅愁，
白首常将儿歌唱。
天涯近，天堂远，
有一个梦想叫故乡！

云飞静，水流响，
乌林古道万代长。
慈母芳华织春秋，
百年父老垦沧桑。
天涯近，天堂远，
有一个梦想叫故乡！

这几年时有国际同行来访，常将这首歌唱家乡的歌放给他们听。那一次塞尔维亚作家协会主席带几个作家诗人来访，听过这歌后，执意要我送给各位一份。我照办了。现今世界，塞尔维亚算是对家园失落有刻骨铭心之痛的。

家园的迷失还有别的方式，譬如作为文化符号的称谓。

所以，最后一定还要记上一笔，百年政治，千年文化，团风作为县名，注定是暂时的，等到团风不再是县名，等到团风县重新成为黄冈县，等到黄州重新称为黄州城，那时节，无论中国，无论中国湖北，无论中国湖北东部，才会是真的政通人和，万众享乐。

落叶归根

——《团风宗教志》序

少小离家老大还，表面是说人如落叶归根，又何尝不是在说人所信仰的那些根本的东西。团风是我的老家，无论别人如何说三道四，都不可能改变命运对一个人的认定。作为普通一人，对家、对家乡、对家乡文化所包含的全部元素，都是由如是信仰所决定。这也是我愿意为家乡的这本书写一点文字的缘由所在，就如同立下一份面对世界的如山铁证。

如常言所说的：光阴很瘦，指缝太宽。人生苦短，谁复卿卿？任凭蛮荒与文明，蒙昧与科学怎样的翻转腾挪，宇宙万物都逃不脱一样地生死兴亡。这是人人心知肚明，却个个视而不见的很尖锐也很尖端的大问题，也是一个小到头痛发烧走路摔跤的小小问题。

在平常的日子里，我们需要一个月黑风高的夜晚，有流星从天而降，惊醒枕上清梦。听着窗外风声，一只手枕在脑后，一只手扪着心窝，想一想曾经走过的路、曾经相伴的人、曾经做过的事。所谓忏悔，不全是因为人做错了什么，更重要的是人对自己深深的省思。是一个人对内心的投石问路，而不是对自己灵魂的打草惊蛇。

如本书所举证，家乡团风已有一百八十多所宗教场所，涉及三大宗教：佛教、道教、基督教。每次回家乡，从马槽庙镇路过，就想起爷爷说太奶奶临终之际想喝口肉汤，因为家中一贫如洗，拿不出一个子儿，爷爷只好拿起钓竿，本来只想到水塘里钓几只小鱼儿做口鱼汤，不料鱼饵刚一入水，就钓起一条两三斤重的大鲤鱼。爷爷赶紧拿上这鱼到马槽庙镇上，换了些猪肉回家，让太奶奶如愿品尝人生的最后美味。在爷爷的讲述中，太奶奶的故事与佛有着密切联系。团风最著名的庙宇在大崎山上，特别是在接天山一带，人坐在那不算宏大的庙宇前，听阵风穿过大片松林，迎面而来，于心情心性都有洗礼般感受。

南朝四百八十寺，多少楼台烟雨中。家乡诸位编纂本地宗教活动的志书，既是对过去二十年宗教发展的总结和梳理，也是一种文化的传承，更是为开拓未来打基础。团风是座小城，所承载的人文传统却大得像天，这本书的价值大概就在于此了。

灵魂的底线

——《姜天民文集》序

在和刘华、若知母女俩还有一帮朋友商量出版《姜天民文集》时，大家都要我写点专门的文字。我无法推却，有些话必须趁早说，也必须由我来说，再不说就对不起那把姜天民日夜佩带的匕首，对不起姜天民坐过的那把破藤椅。

先说藤椅。多年以前，在英山县文化馆那座破旧的两层小楼背后，有一处更加破旧的当作展厅的瓦房，那把连破旧一词都不好意思用作形容、更加破旧的藤椅就摆放在用几块展板，将大瓦房隔成的一个小间中。某个下午，我第一次走进这间屋子，坐在这把藤椅上的一位尚能抓住青春尾巴的年轻人站起来，用清瘦的右手同我握了一下。

这简简单单的一握让我至今难忘，不是由于握过来的手掌有种在冰凉中挣扎的温暖，也不是由于那手掌上有一种异于平常人的朱红，而是右手中指第一关节上的那颗比黄豆大、比蚕豆小的硬茧。那时我已与钢铁机器共处数年，十根手指，十处指根，无不生长着被钢铁机器厮磨出来，直到离开工厂十几年后才渐次消失的老茧。也见识了工友们，因工种不同而生长在肢体上形状各异的老茧。如此绽放在中指关节上，硬如筋骨的茧花，却是第一次见到。当我回到工友中间描述这枚老茧时，竟然无人相信。如果不是亲眼所见，很难想象那被叫作钢笔的东西，真的能与钢铁较劲，将肉身磨成硬骨头。很快这个从民办教师岗位上借调到小城文化部门工作的名叫姜天民的年轻人，成了我兄长般的朋友，不时在我们厂的车间和集体宿舍中出现。借故过来打探的工友，看清楚他那手指关节上真有茧花绽放之后，不免发出声声惊叹。一个人用一支钢笔将肢体上最不可能之处磨出老茧，需要何等的意志与力量？

一个人的毅然决然既可赞叹，又显悲壮。认识姜天民不久，他患病住院，转氨酶高达数百，身体所需要的营养全靠打点滴来维持。偏偏在这时，省内一家文学期刊通知他去修改中篇小说《淡淡幽香的槐花》。姜天民想也不想，就要求出院。医生再三警告，这时候中断治疗是要出人命的。情急之下，姜天民不惜做出若有问题绝不找医院麻烦的保证。

我一直相信，即便姜天民其时不在那个岗位上，我们也会在宇宙时空的某个角落里相遇，并成为一辈子的朋友。不为别的，是因为志趣相投。那一次，带我与姜天民认识的学弟，冲着姜天民一口一个老师称呼，我却脱口喊出他的名号。几乎在认识的那一刻，我们就成了无话不谈的知交。在越来越多、越来越明快的谈锋中，有一个话题是经常要触及的，那就是曾被贴在文化馆大门上的那副对联，上下联的开头分别是“庙小”和“池浅”。这对联我不记得是不是亲眼见过的，但我亲眼见过安放在这楼上，比对联更恐怖的东西。红卫兵运动闹到最高潮时，我还很小，住在离县城五公里的贺家桥，那一次，听说县城里的红卫兵在搞武斗，就忍不住和伙伴们一起到县城，看看武斗是何模样。路过文化馆时，见到临街的楼顶上，摆着一排硕大的坛坛罐罐，在坛坛罐罐的顶上，插着一根根导火索。当我们明白这东西就是红卫兵自制的炸弹后，一个个脸都吓白了。几年之后，姜天民受上级单位赏识，经历百般辛苦、千种麻烦，得以离开这座小楼。当我更加辛苦、更加麻烦地进到这座小楼内，坐上姜天民特意留给我的那把破旧老藤椅后，有机会到古城黄州与他相聚。三言两语寒暄过，他便问我感觉如何，我想也没想脱口将那副对联重复了一遍。随之而来的是我俩辛酸与共的喟叹。

姜天民走出这小楼大门之后就没有再回来，离开之日，就是诀别之时。在这一点上，我们性格略有区别，我是历经犹豫徘徊，三番咬牙，五次切齿，才最终下决心的。相比之下，我比姜天民要幸运，命运将他的血脉安排在那个地方的那份名义之下。我则不然，我的家族，我的天地，我五体投地的青草，我四季叩拜的黄花，在数百里之外的回龙山下，扬子江畔。我的离开只关乎肉体，肉体的告别，反而让灵魂更自由地融合在故乡故土之中。姜天民的离开，既在于肉体，也在于灵魂。离开故乡，不再回头，感觉上不可能有快乐，感情上更是深渊般痛苦。姜天民在英年早逝的那一刻是否有过某种回望，已是无人知晓。记得那年在汉口殡仪馆送别的人流中，望见姜天民决绝的最后模样，如同望见他又一次离开故乡。这一次姜天民走得太远了，远到无人知道他去了哪里。

再说匕首。二〇一四年秋天，在苏北泗洪的一个文学活动上，当地一位女子谈及她的舍弃一切只为文学写作活着，到老也未能成功的父亲时，眼泪汪汪地恨不能将此行中的几位外地作家，当作窃取乃父天赐才华的江湖大盗。那双哀怨的秀目，让我记起几十年前，姜天民必须面对的许多双不好说是不怀好意，却分明是不怀好意的侧目与怒目。一九八〇年代初期的姜天民，其文学才华在极短的时间里全面爆发，使其不可避免地成为人心不古者肆意中伤的目标。妖言最甚的那一阵，姜天民手握一把我的工友用高速钢替他打制的匕首，恨不能宰了口中数出的一二三四五个人。在现实中，无论何时何地，这世界最丑陋的物什中，某些酸臭文人的口舌有足够资格上榜，那种明日黄花和江河日下的，还有分明连雕虫小技都谈不上的，最叹为观止的是其妒火中烧后的厚颜无耻，以及比小人还小人地用卑劣手段侮辱他人，作为狐朋狗友的娱乐。

那一次，姜天民拖着病体从武汉回来，见面时，他闷头抽了几支烟，那样子不说也晓得，一定是小说没被那家杂志接受。抽完烟的姜天民将一只紫砂壶举起来，几乎要砸在地板上，大声骂出一句脏话后，才原原本本地说了经过。其实他不说我也明白，一定是受到那惯于中伤他的人的又一次中伤。成名之后，多家杂志抢着要这部《淡淡幽香的槐花》，其中也包括省里这家杂志，这一次轮到姜天民断然拒绝了。

那时的姜天民，时常两眼通红。因为年轻，不识沧桑，我们都以为是愤怒的缘故，从未想过那是生命严重透支的早期预警。人生奋进历程中，将对恶俗的愤怒转化为生命动力，表面看来最为有效，藏在深处的却是自己对自己的残酷。污水四溢之际，姜天民如同火山喷发的才华，终于换得往来时空中的鸦雀无声。那种时候，真理似乎被改写了，变身为写作者价值的唯一证明是作品，写作者品质的唯一证明是作品。一九八二年《第九个售货亭》问世，随即获全国优秀短篇小说奖的那一阵，应当是姜天民故乡生活为数不多的纯美日子。人们忽然发现，原来感情外露疾恶如仇的姜天民，另有一颗柔软纯粹的内心，透过他的作品可以看见，简陋得近乎粗拙的山区小城，原来蕴藏着冰清玉洁。或者还得感谢那些职业酸臭酿造者们暂时的痴呆，来不及找到可供泼洒的污秽。才情逼人这个词，在姜天民短暂一生中那段更加短暂的日子里，月光泻地般抒写着小小山城空前绝后的诗意。等到死灰复燃的恶俗试图侵蚀诗意时，姜天民已经如愿离开了堆满是是非非的故乡。

不管后来姜天民名气有多大，从不推荐朋友的作品，无论情谊有多深，他都不会心慈手软。后来的我却不如他，常常抵挡不住那点世俗之心，忍不住就答应帮别人一把。这其中有别人后来的成名作，也有别人的代表作，还有一些所谓突破性的作品。过不了几年，本来是朋友或者学棣的人，无一不生分了。前两年，被李敬泽戏称为“郁达夫的转世灵童”的甫跃辉写过一篇小文，他是王安忆带的写作专业硕士生，但王安忆从一开始就点明了对他说，休想自己会为他推荐一个字。姜天民当年也大约说过类似的话。本是举手之劳的事，他们为何都不做？其中理由，我也是这几年才悟出来：将别人的作品推荐发表，如果是长辈对晚辈的提携，则是大雅。换成年龄相差无几的人和人，就不一样了。当时是做好人好事，过后说起来，是作品好，还是人缘好？是作者本人行，还是推荐作品的那个人行？这个问题肯定会如针在股，如鲠在喉，如芒在背，成了当事人既躲不掉，又不愿提及的心病。

从不在写作上对人抱有怀柔之心的姜天民，临走时郑重地将那把破得不能再破的藤椅交到我手里，说了一句：在这地方，不坐在这把破藤椅上是写不出来的！日后验证，这貌似夸张之语真如寓言。姜天民离开此地时，已经住进新盖的四层小楼的四楼，包括获得普遍赞誉的一系列作品仍旧是坐在这破藤椅上写就的。日后，我离开此地，也对这把破藤椅有所交代，并转述姜天民说过的话。然而，曾经的文脉很快就只有面对遗憾了。世事之错，往往是自己的错，当一个人责备他人时，一定是自己首先犯下识人之错。在这一点上姜天民胜过我等。相赠以一把破旧藤椅，其意义远大于推荐一篇作品，更大于现如今四方张罗出版《姜天民文集》。

前几年，北方一家文学杂志要我点评一部当代文学名篇，我选了姜天民的短篇小说《失落在小镇上的童话》，并对应具体文字写了一些话。

“态度决定一切，生活无一例外。”

“人在很多时候所做的事，其实不是做事，而是为着铸造自己的内心。”

“梦想决定审美。”

“这些实话，说起来容易，做起来难。”

“人间不能没有寓言，人间更不能没有童话。”

这后一句，我以为最有可能深入到姜天民的内心。

黄州是我的故乡及出生地，姜天民调到黄州不久便遇上爱情，随之又到北京学习，与莫言等做了学友。其间回家养病，女儿若知出生。喜忧纷繁之际，《北京文学》发表了他的短篇小说新作《失落在小镇上的童话》。当年读毕，就将其当成神来之笔。

姜天民是真才子！就像他在这篇小说中写的那样，明明是童话般生活的境界，到最后却无法不成为命运的寓言。姜天民写这篇名满天下的小说时，我才刚刚发表自己的处女作。我一直珍藏着自己读着这篇小说的感动，牢记因这篇小说而泪流满面的样子。姜天民从北京回到黄州，我趁出差之机顺路去看他，却没有说自己的感动，反而表示如果能写得再细致而不是太匆忙，有可能获得更大反响。比如说，让孩子读书没有错，但以一辈子卖馄饨为不齿，有欠考虑。其实，我本可以继续表示，不管怎么说，这是一篇足以让人心碎的杰作。姜天民当时很生气，当面斥责我懂什么小说。以我们的友好关系，当时我也有生气，只是没有他气粗。说实在话，如果放到现在，即使遇到刑讯逼供，我宁可在屈打成招之下，承认自己是“伪娘”“奶茶婊”，也不会对朋友如此说话。

作为小说艺术，每一篇的成就都有独一无二的理由。汪曾祺的小说，如不精致就没有可能传世。也有一类小说是替天行道的，生逢其时就要为天地立言，这时候的艺术，重在呐喊的穿透力。几十年后，重读这篇小说，思索当年举国皆商，在全民向钱的大潮面前，除了姜天民，还有哪几位曾经有过这种特立独行的思考？姜天民生气对我是一种触动，我没去多想生气这事本身，而是在想自己是不是真的判断有误。所幸终于有了发现，文学与但凡伟大的事物一样，伟大本身就是命定的缺陷。人可以将一朵花绣得完美无瑕，不可能将一座大山修筑得了无破绽。童话都失落了，哪来完美？在早春中独立绽放的花朵，如何可以苛求花蕊无损，花瓣没伤？

几十年前的泪水，到今天还在流。谁又能晓得，当年的远行人如今平安否？尽管远行的姜天民会伤心落泪，会心如刀绞，我必须要说到姜天民的遗孀刘华及爱女若知，在最困难的十年间，这对在武汉举目无亲，无依无靠的母女，仅靠刘华退养的六百元生活费，艰难度日，硬是让若知上完大学，成为一家著名医院的执业医师。这中间，母女俩从未向人说过一句软话，尽管她们明知，在这座城市里还有姜天民生前所信赖的几个朋友。直到某天在一条小街上与刘华偶然相遇，听她淡淡地说些近况才知一切，那种心酸实在难以言表。刘华身体不好，却无力求医问药，便自学中药，用最简单的方法自己给自己当医生。二十多年过去，除了电视机更新了，其余居家用品全都是姜天民去世前的旧物。生活是艰难了，却与姜天民短暂一生的品格相延续。

为了重获被剥夺的爱与写作的权利，姜天民当年只身从苏北逃回故乡。为了寻找被扭曲的爱与写作的自由，姜天民又只身从故乡逃到他乡。为了铸造太贫瘠的爱与写作的高地，姜天民最终无法不选择先行天国，这一次他不再孤独，因为他的品格感动许多人。

姜天民匆匆离世，中国文学新进中少了一员大将。姜天民的文学生涯只有短短十年，其探索与创造，对于文学宏观的启迪意义是十分明显的。从先期的《第九个售货亭》，到后期的《失落在小镇上的童话》，不算汪洋恣肆的《白门楼印象》系列，仅此两篇短篇小说，就胜过一些人的洋洋百万言。

此生此界，有人在社交平台上活得很光鲜，口碑却如鼻屎。

又有人生前身后只有一把不到关键处不知其作用的风骨，偶然受人提及，顿时满场崇敬。

为人一生，为文一世，姜天民都可以成为风范。姜天民不去追逐名利高处的奢华，在尘土飞扬的社会生活中用破旧藤椅般的文脉，以及匕首一样的风骨，打造人的世界里至关重要的灵魂底线。

黄梅戏贤

——《黄梅戏回娘家》序

我熟识作为作家的章华荣先生。

那时候，我正客居大别山中，还没有回到自己真正的故乡黄冈。大约是被那种漂泊的无根之痛所伤，我开始选择文学。也是机缘眷顾，刚刚草写出一两篇自称为小说的文字，便认识了毕业于复旦大学的章华荣先生。当时他是黄冈地区文化局创作室主任，在我这样的青年工人面前，如此名头已是足够权威。后来的日子里，我一直清晰记得，那一次，又在县里见面，后来成为著名作家却英年早逝的姜天民，拉他去与安徽交界处的一座山上，看望一名业余作者。搭乘的手扶拖拉机挂斗里堆满农业杂物，一行人只能手脚并用趴在上面。山路崎岖，弯急坡陡，最惊险时，别人都在冒冷汗，他却爽朗大笑，口称座下拖拉机若翻下山崖，本县文学事业将会倒退二十年！后来一段时间，与章先生见面甚多，原因是他想将才华出众，但命运多舛的姜天民从县文化馆调到地区创作室。几年之后，当我也要调回故乡所在地工作时，才能设身处地体会那时章华荣先生所面对的艰难其系数有多高！个人性格，社会身份，人事背景都远比我复杂的姜天民，最终能够成功调入地区创作室，某种意义上说，真的是全凭章华荣先生一己之力。明的障碍之险，暗的陷阱之毒，姜天民本人都想放弃，反而是章华荣先生就像坐手扶拖拉机那样，这边还在苦中作乐地安慰当事人，那边就开始寻找绝处逢生的逆袭方法。

后来相关部门决定成立湖北省黄梅戏剧团，其时传统戏曲正日渐趋于低谷，无从知晓，那些决策者在选择章华荣先生领衔创业时，是否注意到他身上这种寓苦于乐、历久弥坚的珍贵品质？如果真像时下许多岗位上的人，其安排的理由只是为了解决政治待遇，那只能说，当初对章华荣先生的选择，是黄梅戏艺术发展过程中不太大，但也决不可以嫌小的一种幸运。

章先生有足以成为优秀作家的才华，回头一看却成了湖北省黄梅戏剧团团长，于我便有了陌生。一九八九年我终于回到少小离开的故乡黄冈，这时候，将黄梅戏请回湖北老家的专项工作，已经成了黄冈文化界当务之急。让才华尽在写作上的章华荣先生出任剧团团长真是奇葩主意，出乎所有人的意料。然而，真正令人惊叹的是，章先生不负众望，上任不久，就将黄梅戏五朵金花之一的杨俊等才华出众的青年演员引入剧团，几乎是在一夜之间，就在江汉大地上打造出黄梅戏的著名“老家”。在我离开黄冈来到武汉后，其间时有听闻黄梅戏剧团的佳音。一晃二十年过去，在我客串《芳草》文学杂志主编之际，意外收到章先生的信，谈及他已退休多年，真不敢相信时光过得如此之快，当年让我等仰望的师长英姿，何以书写成岁月喟叹？读罢章先生随信作为投稿寄来的自传，才明白，在我的记忆中，从熟识到陌生的章先生，实在是将人生中最成熟的岁月呈献给黄梅戏艺术。

章华荣先生的自传，主要讲述湖北省黄梅戏剧团创建的全过程，作为重要亲历者，他所描述的那些没有用一个苦字来形容的苦辛，也没有用一个美字来形容的成功，其朴实、其真诚、其热爱，无不显露在字里行间。章先生从头到尾没有用“如果”来评价自己的这段生涯，我却可以说，他本可以有好几种选择，包括可以沉思于斗室，放怀于山水，将做得好好的作家继续做下去。我敬佩他在蓦然回首之际，坦荡情怀之中，唯有他所选择的黄梅戏艺术以及为了艺术的人生。

在我的长篇新作中，写了这样一句话，识时务者为俊杰，不识时务者为圣贤。这个世界上有很多不识时务的人，他们不一定能成为圣贤，他们也从来不去梦想自己会不会成为圣贤，他们的不识时务，完全是个人品质的自然呈现。事实上，世所称领的圣贤，正是一个又一个诸如此类的既普通又非普通，既平凡又不平凡的执着者，日积月累起来的。

坐我右边的军人

——《铁马冰河入梦来》序

浮华时节的尘缘，有时候也会具有新奇。新年伊始的一个会议上，因为按姓氏笔画排列的缘故，我和身为某部副司令的刘耀来坐到了一起。之后几次例会，他始终坐在我的右边，我便始终坐在他的左边。于他于我，因职业的陌生感产生的彼此好奇，使我们在会议上各种报告的缝隙，作了许多每每是只有开头和结尾，省去中间过程的一竿子插到底式的简短交谈。

在我这里，一直认为保家卫国是军人天职，只有真正履行过这种天职的军人才是真正的军人；只有从枪林弹雨中冲锋陷阵，敢于提着自己的头颅，将一腔铁血漫天抛洒的司令，才不是阿庆嫂眼中的胡司令。所以，有一次，我突然问他打过仗没有。

耀来兄懂了我的意思，他取下军帽略低一下头，露出头顶正中一块指甲大小的伤疤。那是一颗 AK-47 突击步枪子弹的绝作。当年他在南方边境丛林里与敌军突然遭遇，眼前白光一闪，他下意识一缩脖子，原本冲着眉心而来的子弹，无奈地贴着军帽上的红五星的上沿，擦过耀来兄的头皮，坠落在身后常绿的丛林里。我这才发现生死之隔，远没有一架飞机翅膀那么宽大，末日与末来的距离也不会有飞机起落架飞出的那么远。

生活在浮华时代，尘俗比比皆是。万一遇上针鼻大小的艰难，便会放大到仿佛天要塌下来的末日一样，不仅让自己惊恐，还要绑架般让他人跟着绝望。在耀来兄那里，生与死、末日与未来，只隔着一颗金属锻造的红五星。放到平凡生活的人们那里，相隔也只有一块橡皮擦那么宽、一片口香糖那么厚、一粒米那么长；至于时限，肯定少于某个日常欢乐场合无心抛向异性媚眼之一瞬，肯定短于对某项分配或委任不甚满意的一声长叹与低吼。耀来身上还有一块碗口大的伤疤，那是一枚迫击炮炮弹在他冲锋的路上猛烈爆炸所留给他永远的纪念。

军人的荣耀从来是与牺牲相伴。耀来兄原来不叫耀来，在他还是个乡村小剃头匠、小泥瓦匠和小卫生员时，父亲赐给他的名字是跃来。在成为一名军人，并且成为连级指挥员之后，他才将自己原来名字中的“跃”改为“耀”。无论是跃来还是耀来，这时候的他，已经在TNT爆发的烈焰中将自己的脊骨淬过火，更将乡村少年的青春替换成中国军人的铁血，真的是怎一个耀字了得！

那一次在会上，耀来兄说起他写了一些关于自己的文字，有两万多字。我有意无意地信口说道，何不再充实一些内容，写一本一个普通中国军人的长成史。事隔半年，他真的拿出一部洋洋十万言的书稿来，要我在书的前面写上一段话。还说这是武汉大学的一位女士出的主意，要他谁也别找，就找开会时坐他左边的那位来写。耀来兄的幽默让我无法拒绝。读完书稿，其中铁血军魂自不待言，最妙不可言的是作为职业军人的他，所获得的最幸福，也最真挚，同时又是最为奇妙的爱情信物。那位日后成为终身伴侣的梁子湖畔的美丽女子，用一块美丽的花布包上一枚自己生产的扣子，将自己的初恋献给了一个从南方前线回来后，又去驻守西部大漠的军人。这情怀是那样的普通，因为那样的扣子每天都会在车间里堆出一座小山。这情怀又是如此浪漫，因为这枚扣子是从小山一样的扣子堆里精心挑选出来的最美丽的一枚。身为副司令的耀来，何尝不是这样一枚扣子！

如耀来兄爱妻当年所言，随便将这枚扣子缝在衣服上的什么地方都行。上战场、守大漠、护奥运、保家乡，他都做到了。像扣子一样，守住应当守的美丽家国，并且一步一个脚印地创造出从普通中超越出来的壮丽军魂。

将来的忧伤

——《黄昏小札》序

在我的案头上，有一本名叫《黄昏小札》的散文集，这是一个叫阎志的小伙子写的，他在写作她时，只是一个二十不到的大男孩。我无法想象，一个男孩子会对黄昏有怎样的感触，是和我们这种年纪的人一样，集苍凉、忧郁和失望而百感齐发，还是另有所思？

现在想来，初见他是在一九九〇年初的一个创作会议上，当时他和几个中学生一道，缠着丁永淮先生要题词，完完全全是一个淘气的大孩子。真正认识他是在同年七月的天堂笔会上，当时他是与会作者中最年轻的，他将一篇名叫《看山屋》的小说交给我，后来这篇小说成了此次笔会上为数不多的好作品之一。那次，我曾奉劝他将诗歌、散文割爱了，专心经营小说。过后，我曾怀疑，让一个十九岁的孩子与温柔的诗歌、浪漫的散文分手离别，这可能吗？当他拿来这本散文集让我作序时，我才意识到自己当时那话太残忍了，因为对于他们这般年纪的男孩子来说，诗歌与散文该是最初的恋人。

我痛恨忧伤，厌恶忧伤，忧伤的背后是生命与生活的落魄。

然而，这一次读到的男孩子的忧伤却偏偏令我心驰。它让人感到轻松恬静，感到无拘无束，而忧伤又无处不见。为爱情，为家园，为亲人，为一处风景，为一件平常的小事和为了诗！一切都那么自然流畅，似风吹一片白云，来去共潇洒，沉浮同飘逸。让人既觉得这忧伤有点不应该，又觉得这时节少不得忧伤，是该有点忧伤才好才美才动人才让人流连。阎志就是这么轻松地忧伤地抒着情，一如青春派歌手，用欢乐的旋律播撒着忧伤，能触及心灵却不伤及心灵。

在我想来，一九九一年十二月十八日对于作者来说也许是一个刻骨铭心的时刻。那一天，从下午到晚上，他写下了这个集子中的九篇散文。也许另外还写了九首诗吧？同时，天上也一定下着雨，是那种冬日的冷雨，一滴就可以寒彻身心。那天到底发生了什么，是失恋还是相思，或许根本与爱情无关，只是挨了父亲的一顿臭骂，只是读到一首好诗，听到一首好歌，看到一位漂亮的姑娘。对于男孩子来说，这些已足够震撼他们了。由此，衣食人生和艺术人生开始出现一个新的时期，我想这该是理所当然的事。

我一直认为读熟识的人的文章，其收益比读名著、读大家文章来得多，来得猛，来得直接。因为处在同一种环境，人更容易找到别人的艺术脉络。

这一次，我读出了一种忧伤，准确地说是一种忧虑。他们这一代人，同是出生于七十年代。国家在他们记忆中出现时，已开始一天天走向繁荣富裕，痛苦和灾难对于他们来说仅仅是一个与忧伤分量相等的体验。他们甚至不能准确地理解悲剧意味，欢愉与轻松成了他们艺术朝向的唯一所指。当然，我们没有理由要求他们像那许多的过来人一样去过一段苦日子，感受一下生活的艰辛与生命的艰险。就像我曾发过誓，决不让儿子去受我曾受过的那份苦那样，他们赶上了好时光，这是他们的福气。问题是作为寻求艺术之门者，却应当时刻关注着人生的悲剧性。青春的忧伤总会逝去，它只是生命过程中的一声呻吟，可以回味，可以挂念，却不可以痴迷。正如所有的青春派歌手都不可能成为真正的艺术家一样，这种成长过程中的小吟小叹，可以在流行中赢得共鸣，然而，在生活的长河中，它无法引起长久的震荡。

所以，美丽的忧伤有时并不太美丽。不要在流行中失去寻求与探索，不要在快乐中忘记苦难与悲悯，也不要以为青春真的永远不老，青春真的永远无悔！只有这样，那无忧无虑的青春忧伤才会真正美丽起来。

地理属于情感

我是个成熟的男人。用我的某一部分经历来看，成熟的男人会情不自禁地为某种不可改变的伟大现实而悲哀，同时还拥有一个可以安心在枕头上做梦的家。不过，我总以为成熟的代价太大了。那天，我丢下手中笔，独坐在自家的阳台上，正起劲地享受着难得的思维空白，一个亮光在思想的最深处冒出来。随之没来由地想：人其实永无摆脱听命他人的可能。因此人才如此珍视自己的情感。

我们的居所靠着碧波万顷的东湖。窗户外面，罕见地生长着许多树木。在过去的很多夜晚里，都能听见这些树木发出一阵阵的林涛声。我很喜欢这林涛声。每当它响起来时，因年龄增长而变得静谧的心中就会涌起让人激动不已的美妙的灵感。为此我时常在太阳刚刚升起或者刚刚下落的时候，沿着熟悉的街道，走向树林的深处，而与这些树林融为一体的时刻也是城市最美丽的时刻。

在绿叶如茵的季节，地平线上的太阳从树林对面透过来，四周光影灿烂色彩迷离，一个人置身其中，就像琥珀里那只一亿年前的小虫。那个专事命运安排的人指派我在冬季来到人世。这种时节，首先是白杨与垂柳的叶子变黄了，随后就轮到被我们叫着法国梧桐的垂铃木叶子与绿色告别。在落叶乔木中，最后让叶子枯黄的总是枫树。在这些卷入城市生活的林木中，还有一种树叫旱柳。这树的名字是童年留给我的记忆。旱柳长在乡村生活的山路旁，从前的姑娘们爱用它来打制装嫁衣的箱子。旱柳长在城市里却无人认识，它那长长的花穗被空气中的粉尘染得黑黑的，样子也不大招人喜欢。城市的人们只当它可以净化空气，只当它是一树绿荫，当它枯黄了就再也无人注意。黄叶飘飘，宛如生命在翻动着画页。每逢这样的早晨与黄昏，就能看到所有正在告别不再岁月的树木上，所有行将逝去的黄叶，还有在黄叶下眺望的人，全都成了地平线上绚丽的太阳。

有一天黄昏，在记不清走过多少次的树林里，出现一处没有草茎灌木，也没有苔藓地衣的光秃地面。地面有几尺宽。它在树林的边缘露出一点模样，好像身后还有羊肠小路蜿蜒。

那是一个我从未发现的路口。

或者还应当说，只有像我这样在城市外面生活许久的人，才会将城市里如此细小的地理叫作路口。

曾将自己在这一带的行踪努力地回溯过，终归没有想起什么。但也没有认为这是自己的粗心大意。这样的路口本来就应该属于城市。城市的路口都有醒目的红绿灯，都有无论白天还是黑夜都能老远瞧见的指示牌。就是一条小小巷子，都会在进出口钉上一块老大的铭牌。只有乡村的路口习惯地藏在地理与植被的背后。从记事开始，很长一段时间里，自己就一直是这么对待乡村地理：哪里有小路，哪里有山径，从哪儿能够滑进捞小鱼儿的深涧，从哪儿可以爬上有小兽出没的山崖。一切都像是生长在自己的基因里，无须刻意做什么，只管迈动双腿就能达到想达到的目的。

山野里最年少的东西都有百年以上的岁数，人的寿命再长，面对它们时仍然是幼稚小儿。自然是这个世界最伟大的智者，只要与它相处，一个人就会不知不觉地强大起来。我一直心存如下判断：如果没有乡村与自然的教诲，人一定没有力量在城市里面对那些灰头灰脸的摩天大楼。

黄昏的太阳一如往日，满树林的黄叶正在努力地炫耀着最后的辉煌。铺满落叶的湖滨大道见不到别人，与幽静的夕阳做伴，心中纵然有一千种滋味也难说得清楚。在楼群中待了一天一夜以后，猛地见到树林后面的东湖，情绪总是免不了要暗暗惊讶与激动。东湖大得像一个海湾，望着水面无边的地方，感觉那里应是它的出海口。让我很难将身后那些鳞次栉比的楼群与眼前烟波浩渺的湖水连在一起。大自然的鬼斧神工竟会鱼龙混杂到要与人类的雕虫小技息息相关，每每想起这些，就会为人的拙劣而脸红。追究起来，正是它使自己一次次地徘徊在这条路上。

还是那个黄昏，一个从乡村来的男人冲着我大声说：喂！到新华路怎么走？

从乡村来的男人迷路了，找不到他要去的地方。他的话非常直率，没有先生小姐或师傅老板的导语，一上来就直截了当地表达自己内心的想法。他一路上问了四个人，结果越走越不像先前走的路。要去的新华路在江北，这儿已是江南。两地间的距离，就是坐公共汽车跑也得一个小时。

我只好告诉他，他这样问话，在城市里会被看作失礼，别人有可能故意指错方向。

从乡村来的男人说，他知道这一点，所以总是往别人所指的相反方向走，结果还是走错。他还说自己刚来时，也是问路，在街上拦住一个女人叫她小姐，结果那女人当众回骂，说你老婆才是小姐。女人还想用高跟鞋踢他，被他一个侧跳躲开了。后来他又冲着一个男人叫老板，没等他说出后面的话，那男人就吼起来，说婊子养的才是老板。从那以后，他再也没有在城里问过路。今天被逼急了，本打算买张交通图，一问价，却要五元钱，他舍不得花冤枉钱，这才又开口问路的。

从乡村来的男人其实很聪明，我将他要走的路线说上一遍，他就记得清清楚楚，然后招手拦住一辆从面前经过的公共汽车。公共汽车走出几十米又停下来。那个从乡村来的男人半个身子吊在汽车门口，车内像有人在将他往外推。我赶过去。车上的人说出的理由，其实也就是乡村里的人在旷阔自然面前养成的那种一切都有些随意的习惯。我告诉车上的人，这个从乡村来的男人正在汉口最繁忙的街道，整修最最臭不可闻的下水道，这种苦活即使是在乡村中苦惯了的男人，也只有极少数干得下去，所以他们不应该为着一点借口嫌弃这些人。车上的人不作声了。从乡村来的男人却来了骨气，不肯坐这趟车了，要售票员将钱还给他。男人拿到车票钱后，跳到马路上，瞅着远去的公共汽车，恶毒地说，明天开工后，他就带两块砖头进下水道里，不出三天，江汉路就会漫成臭水沟。从乡村来的男人决意不再坐公共汽车，他要一路走过去。一个人走在路上不会有那么多的管束。

听着步步远去的声音，我感到那口音很耳熟。这种因素使我在他消失之后还想着要寻找他留下的踪迹。结果，我发现了从前一直没有发现的路口。事情的起因就是这样简单。路口就在一排大树下。只要我在过去的时光里，稍作留心就会发现，我却将它一直留到现在。这有点像男人都曾经历过的邻家女孩：天天从她窗前经过就是没能看见，等到经历了太多以后，站在自家门口稍作喘息，蓦然遇上时，禁不住懊恼先前所有的胡闹。

从未走进过的路口前面，有几棵法国梧桐和白杨没有去数，我只数过那三棵土里土气的旱柳。在乡村，这样的树被叫作臭柳。

臭柳或者旱柳们紧挨在一起，不仅像路障，连路本身都挡住了。

紧挨着路口有一扇门。小时候听过传说，只要围着有灵性的大树转上几圈，大树就会变成一扇通向宝藏的大门。在思想和肉体都成熟的今天，我仍旧喜欢神话。神话仍旧是我情感思维的一部分。但我已不再把那些奇怪的门当作通往幸福的捷径。轻轻地推它时，生锈的门轴发出一阵撕裂般的声音。有门的地方就有路。门后的路绕过湖水一角，悄悄地伸向湖心。一群过冬的大雁在水面上无声地掠来掠去，间或有一两声叫唤撞上心头，我清晰地感觉到，在心灵最深处有一种东西回应了一声。这种感觉让我在继续行走时略事迟疑。这样的地方会有什么事情发生哩？我的决定让我的脚步仍旧向前。这是我人生的性格。很多次在面对同样的问题时，我总是宁可冒险选择前进而不肯寻求稳妥而有所后退。我一向认为自己是一个在任何意外面前都能坦然面对，虽然不全是心如止水，被称作波澜不惊是丝毫没有问题的。自从来到这座城市以后，荣也荣过，辱也辱过，就连乘坐的飞机都摔碎过，还有什么不好经历的！不停地往湖心走去时，一阵风从大雁的翅膀下刮过来。看得见先是水面起了涟漪，紧接着空气簌簌地颤抖起来。眼前的林子整齐地低下树梢，将一阵涛声惊心动魄地掀起来。我的心弦顿时绷得紧紧的。

在居所里，听惯了这片树木发出的涛声。许多个夜深人静的时刻，这林涛穿窗而入渗透到我沉睡的心里，通体有一种洗浴之感，醒来时还能记起昨晚的收获。过去的日子里，也曾在别处痴迷地用全身溶入这林涛。此时此刻，林涛一响，除了肉身以外，在血液与神经中漂移的东西全都不由自主地升腾起来。听得见连绵不绝的林涛声里，有一股特别坚韧特别沉郁的力量，它将林涛撕成一丝一丝如细麻，又将这些细麻一丝一丝地拧成一股绳索，然后凭空而下，连接起天地四方。有片刻间，我怀疑自己的听觉神经是否在哪个部位出了问题。因为唯有松涛才有如此撼人的力量。城市里可以有林涛，这是已经是城市生活中不争的事实。城市也会偶尔容下了一两株松树，由于不能成林海，也就发不出松涛声。这也是不争的事实。

一座城市是一个地区里人的欲望的总和。

所以城市里家家户户的门总是紧闭，不想他人窥见自家可能的奇迹。

路口后面，那扇虚掩着的门，是否成心想藏起这个城市的奇迹，等着在哪天给我一个意外与惊喜？

在城市里行走，万万没有想到，那最不可能是松涛的声音，的确就是松涛。

在童年的乡村，自己曾早早地将风声分成林涛与松涛来听。乡村中世世代代的人总是听着林涛与松涛，笼统地说一声：起风了。隔一阵才又说是南风或是北风。起南风时，南坡上的阔叶林会响。起北风时，北坡上的松树林会响。有一天，我对他们说出林涛这个词。乡村中人虽然正经读过书的人不多，能背诵《三字经》，能讲得出完整的《水浒》和《三国演义》，能将《增广贤文》熟记到凡事脱口而出的人，几乎每个村落里都有好几个。他们不说林涛，但能理解林涛的意义。隔了不久，我进一步将松涛从林涛里分出来。因此松涛的出现，有人才预言，我将肯定可以进城做事。林涛和松涛这样的名词，不是我创造的。我只不过比别人早几天读到描写它们的文章。

对林涛与松涛的辨别其实并不难。松树是针叶。一簇簇针状的叶子，理所当然地将扑进自己怀里的风，梳成数不清的细丝。这些细丝拂过松针，宛如一束马尾摩擦着二胡上的银色的琴弦。针叶树种在童年的山中只有松树和刺柏。那些随处能见的太多种类的阔叶树，遇到风时，大大小小的叶子一起摇动起来，就成了那位从武汉来到我们乡村的女老师所弹奏的脚踏风琴中的簧片。这样说并非有意夸张，阔叶林涛与松涛确实存在着二胡与风琴的区别。

十二岁那年，曾读到了这样的警句：诗不是人的全部营养，食物也不是人的全部营养。

在读书期间的所有假日里，我必须成天上山砍柴以缓解家中收入的窘迫。在乡村这样的孩子有许多。大家都会在夏季还没过完时，就将附近山上的灌木与茅草砍得精光。以至冬季来临后，这些孩子必须结伴走上二十华里，沿着羊肠小路爬进深山，才能找到可以砍割的柴草。深山里，阔叶林早就在霜雪的打压下，秃着期盼春天的枝条。它们几乎不再发出声音。只要涛声一起，必定是松树在风中呼啸。在沉重的负担下只有松涛忠实地陪伴到底，除了是诗歌吟唱，还是孩子们的呼吸吐纳。

生活在乡村，没有哪一天能够离开山。一道大别山脉，数不清多少山山岭岭。

一座城市有多少高楼也是个数不清的问题。站在任何一条马路上望见的都是高楼。不同的是，若能登上那座最高的楼，还是能够发现城市的边缘。山里则不一样。我曾经多次站在名叫天堂寨的大别山主峰上向四周眺望，不但无法望见山的尽头，就连脚下的最高点也好像比远处的山矮半个头。除了那些高达数十层上百层的高楼外，城市的多数高楼没有正式的名字。通常人们叫它一号、二号、十七号或者三栋、四栋、十八栋。乡村的那些山也不是常有名字，一旦有了名字那后面肯定伴随着一段动人的故事。譬如留给我最深的乡村记忆的小镇，出门不到五里的那座貌不惊人的黄土岭叫作军师岭，离去不远的一些山峰分别叫作鸡鸣尖、仙人台、离书坳。还有一些听起来简直匪夷所思的山名：倒挂金钩、兔子归窝、美女显羞。相比之下，那些叫作佳丽广场、财神广场的著名大楼，便显得太没内涵了。在武汉只有一座楼能与乡村的山名媲美，那座楼叫黄鹤楼。如果没有这段“夕人已乘黄鹤去，白云千载空悠悠”的千古绝唱，如此巨大的城市，只有财富流传，真是太可怕了！

冬季到深山砍柴的半路上有一座山叫乌云山。

山腰上有一棵千年古松。每次砍好了柴，饥渴交加地往回走时，并不是盼着望见家门。只要抬头，心里就会想怎么还看不见那古松。从望见古松再到瘫坐在古松下，才敢在心里长长地吁一口气。坐在古松下，迎着夕阳，望得到十里外的家门。这样清明的天空，就是刚被雨洗过的城市也只能望洋兴叹。古松树冠如华盖，在它的荫护下，山里所有的风雨都浸不透一个人疲惫至极的身子。我见过古松用全部的树冠顶着白雪的样子，那时它差不多就是我读过的所有童话与神话里神仙的样子。在仿佛总也走不完的山路上，我确实梦想过，有一个法力无边的人来赐予美好的生活。古松在雪里的形象被同伴们说成是老了。同伴们还进一步引申说，凡是老了的东西都会死去。同伴的话竟然一语成谶。那场雪融化后不久，古松在挺立了一千年后，砰然倒地。一些手执利斧的男人，像弑父一样屠杀了它。现场我没有赶上，我只看到满地木屑。那些木屑白嫩嫩的。在我拥有自己的孩子后，每一次触摸到她的肌肤，我都会想起古松最后的木屑。苍劲的古松化作碎片，给世上留下经久不灭的婴儿奶香，和生命早期的娇媚。我将那些木屑收拢起来，小心翼翼地装满一只竹篓。因为这些木屑，家里整个冬天都弥漫着松脂的清香。一千年长成的古松并不是说砍就可以砍的。前去阻拦的人无法反对要砍古松的理由。那个领头的人用一种引诱的语气说，城里要盖一座最高的楼，没有这棵树做龙骨大梁，高楼就盖不起来。那天发誓要与古松共存亡的人不少于两百。他们轻而易举地就被这番话征服了。

在我进城的那一年，还牢牢记着当年古松被砍倒时大家说过的话，他们想到城里最高的楼上看看，做成龙骨大梁后的古松是什么样子。我在城市里走动了很久，真想替父老乡亲寻找一个满意的答复。最终结果是我的放弃。我寻找越多，答案越荒谬：古松在城市的高楼面前，正好应了那句话：英雄无用武之地。楼房盖得越高，越是不需要大树派用场。我只能选择遗忘而不再去面对古松到底作何用处的真，城市是乡村毕生的梦乡，我没有权力打碎它们。

那个时代的孩子对城市的经历几乎一样。最早知道的城市是北京。北京印在语文课本上。老师在教识字课时，大声领着我们朗读说：北——北京的北。随后又说：京——北京的京。在北京之后，莫斯科曾经充斥在所有的文章与话语里。那时候听到的全称是莫斯科当局。排在莫斯科后面的城市是纽约。美国的首都华盛顿进入我们的知识视野是很久以后的事。纽约能排在华盛顿前面，得益于华尔街上的金融风暴和曼哈顿黑人聚居区里的骚乱，那些迹象曾经被说成是美帝国主义行将灭亡的特大喜讯。乡间公路上因此出现欢欣鼓舞的游行示威，支持黑人兄弟们的抗暴斗争，并拼命地跟着别人一道诅咒华尔街的后台老板们。三十年后，我站在华尔街上，最早关于纽约的这些东西在记忆里情不自禁地跳了出来。我对自己幽默地一笑，然后拉开架势，以正对着华尔街口的教堂为背景，拍摄了几张能够证明自己曾经与华尔街同在的照片。

这样的过去只配成为现在的笑谈。

武汉不一样，一旦进入个人生活，便成为心中永远也解不开的情结。这不仅因为它离老家最近，还因为那一年母亲进城求医，记忆中是武汉医治好了重病的母亲。

多年后从乡村来武汉，没有街头浪迹的经历，始终影响着我对城市的了解以及对城市的感情。

城市是人趁上帝做梦时，匆忙发明的一种专门供自身享受的东西。

白天，每一个人都在忙得不可开交，城市便总是灰头灰脸的。城市的美丽属于夜晚。在一万种灯光的投射下，每一个人都会在它的妖娆面前身不由己地放弃自持，在心里拾起最轻松最能感动自己的幻想。城市在世界中的位置节节攀升，源于今天的人几乎将力量都使在城市的身上。在温情脉脉的感动中，城市不动声色地夺走了一批又一批人的精神资源，使其更能和谐地共存于物化的旋律之中。

湖上的风在大雁的翅膀下刮得更猛了。

迎着风，大步紧走一阵。我已经很久没有见过能让心里产生怀想的松树了。松涛声忽然间变得缥缈起来，好像经不起北风的搜刮，一下子逃逸到高空。我没有停下。从前的经验一下子苏醒了。我意识到松林就在眼前时，一棵五十岁左右树龄的松树便真的出现在我的眼前。不管是在高山大岭，或是在田野湖畔，天下的松树全都一样，只要有上几年树龄，松树就会凸显出与世上繁华格格不入的性子。南方最冷的日子正在来临，可是我的周身如同火一样发烫。当我的手触摸到松树的身子时，一种震颤顿时横亘在胸膛里。松树有一大片，每棵都很粗壮高大，落下的针叶在地上铺出一遍金黄。在松树林的深处，一对情侣正在忘情地发泄着他们的爱情。城市爱情不在乎有人打扰，何况眼前的松树有足够的尺寸作为屏障。松树没有人来人往地抚摸，这使它的周身粗糙如初。那种滋味进入心里，眼前立即闪动着乡村被风霜磨砺过的面孔。久违的松树通体散发着一股浓烈的松脂香。在目光平齐处，有人用小刀刻出一只心样的图案。图案上面布满一滴滴的松脂。刚刚凝固的松脂软软的，手掌搁上去，还能被粘住。几个不大的气枪弹孔，被松脂塞得满满的。松脂凝固后都会成为坚硬的结晶体。

在劳动中爱过的乡村男人，最会形容那些浸在汗里的乳房。他们说那是一块还没干透的松脂，粘上手就扯不下来，好不容易扯下来，十天半月还能闻到嫩腻的肉香。我将手紧紧地搁在松脂上，耳边又能听见那些大大方方地裸露着雪白而饱满乳房的女人，在田野里发出的放浪的笑声，以及男人由衷的惊呼。

乡村的孩子，曾经好久无法理解成年男人，为何将身边最美丽的女子，叫作五百瓦电灯泡。被叫作五百瓦电灯泡的女人是位赤脚医生，一年里难得见到她下地干几天活。只有在双抢与秋播最紧张的时候，她才出面收获稻谷和播撒。她一出现在田野上，男人就像疯了一样，每个人都要大声叫上十次，说五百瓦电灯泡都有了，今晚搞夜战吧。轮到生产队长说话时，他总是说：好吧，大家想搞夜战，那就搞吧！五百瓦电灯泡被成年男人们叫了几年后，孩子们才晓得，这话是瞎子三福最先说出来，形容赤脚医生那对像是许多松脂堆起来的乳房。老家有电灯是此后十年的事。

我和所有的孩子一样，无论如何也想不通，生下来就看不见东西的三福，竟然能将电灯泡这种东西与女人的乳房联想到一块。

男人一旦有了对女性身体最美丽地方的深刻体验，自然会惊叹瞎子三福所形容的美妙：性感的乳房确实能让男人的眼睛变成五百瓦电灯泡。

在成为男人之前，我曾经盯着瞎子三福追问过几次。每一次问时，他都要我上山爬树，给采些松树上的结晶体。

三福告诉我，这种结晶体就是松香。

三福能拉一手动人的胡琴。没有干部和党员的时候，他还会替人算命。眼睛白得像乒乓球的瞎子，常说我二十岁以前一定可以进城做大事。我已经记不起来，自己喜欢三福，究竟是因为爱听他的胡琴，还是爱听他的恭维，但我从未细想过他为什么要对所有孩子说类似的话。关于城市的模样，三福有时候会说，九十九个垸子连成一片就成了城市。有时候他又说，城市是将世界上最好的垸子拼在一起。三福还让我给刚从城里来的一个“右派分子”弄过这样的松香。“右派分子”也会拉琴，他拉的琴与三福的胡琴不一样，很像半只葫芦。“右派分子”将它叫作小提琴。他没有像三福那样用松脂做松香。“右派分子”经常收到城市里寄来的钱，他用这些钱到镇上去买回各种各样的东西，包括真正的松香。“右派分子”在三福的隔壁住了三年，他们之间很少说话。别人都认为“右派分子”瞧不起瞎子。三福却说他们是在用琴声交谈。“右派分子”在冬天里也要到深山里砍柴，我与他在古松下碰过面。他的柴担比我的柴担小。但他没有在一个少年面前害羞。他说他的才能不是力气而是智慧。“右派分子”经常手里捧着一些我们从未见过的东西，一个人站在家门口出神。遇上心情好，他也会将这些城里人用的东西给我们看，并讲给我们听。乡村的人都对“右派分子”夹在红色塑料封皮笔记本中的电车车票感到好奇。“右派分子”从位于汉口六渡桥的家里，到武昌水果湖单位上班时，每天都要买这样的电车车票。“右派分子”说，城里的人，都有一大堆这样的车票。还说城市离不开他，要不了多久就会请他回去。三年后，“右派分子”真的被人请了回去。

三福在“右派分子”离开乡村的前两天同其干了一架。起因是“右派分子”发现二福一个人悄悄地摸进他的屋子，并将一样东西塞进荷包里。“右派分子”于是堵在门口高声叫捉贼。三福不许“右派分子”说自己是贼，循着声音上前揪住“右派分子”，要撕他的嘴。“右派分子”不晓得老家流传的秘诀：同瞎子打架，千万别让他揪住。一旦被瞎子揪住，要么是他将别人打死，要么是别人将他打死，除此之外他是不会松手的。眼看着“右派分子”要吃亏，生产队长赶来了。生产队长威胁说不再让三福“吃五保”了，三福这才松手。生产队长也认为三福拿了“右派分子”的钱或者粮票，三福执意说没拿，但又不肯让别人搜身。三福说不让人搜身时，一双瘦得只剩下几根青筋的手，像吃了朱砂的公鸡的爪子一样颤动着。生产队长不敢拢身，就要“右派分子”自己上去搜。“右派分子”也不敢。最后仍是生产队长想出办法，让人将像五百瓦电灯泡的赤脚医生叫来。赤脚医生往三福的面前一站，三福就变得乖巧无比，任凭一双白白胖胖的手，从荷包里搜出那张我们曾经见过的，从汉口六渡桥到武昌水果湖的一路电车车票。“右派分子”百思不得其解地问，自己屋里什么东西不好，干吗要偷早就作废的电车车票。到这一步时，生气的是生产队长，他大声地警告，不许“右派分子”再说偷呀贼的，不然就要扣发他的基本口粮。生产队长还说，既然这张电车车票已经无用了，那就送给三福。当着大家的面，生产队长让赤脚医生再次伸手将电车车票放回那只荷包里。

上高中时，瞎子三福也走了。三福是自己将自己勒死的。死之前，三福胡琴上的里弦突然断了。三福随后忧郁地说过几次，他连琴弦都配不上一对，活得真没意思。我对他说，如果我在二十岁时真能进城做事，我要给他买一把最好的胡琴，并请他到最好的剧场去演奏。三福说只要能到城里去，哪怕在街头拉上几曲，也能心满意足。我又说，如果二十岁时进不了城，我就要将他仅剩的一根琴弦扯断。三福听了直笑。后来他突然问，不晓得天堂里有没有城市？还没等到我回答，他又说，其实城市就是天堂。几天后的一个夜晚，三福从胡琴上卸下那根仅存的里弦，勒在自己黑瘦的脖子上。三福死后，那张电车车票还放在上衣荷包里。电车车票上有一个用红铅笔胡乱画出来的8字。“右派分子”说过，红字是车上售票员画的，8是售票员号码。车票划过红就不能再用了。大人们埋葬三福时，将那张电车车票好生地放在他的衣袋里，并且不无羡慕地嘱咐死去的三福将电车车票揣好，若是弄丢了，只站在城市门口，就太可惜了。

我从松树上抠出那实在不能叫作松香的松脂，放在掌心里慢慢地碾磨。

乡村之事，一想起来，眼眶里就会湿润。

有几分钟我像瞎子三福一样什么也看不清。

那些将叶子丢光了的白杨、旱柳和法国梧桐不声不响地立在风中，做出一副互不招惹的样子。

松涛紧一阵缓一阵。

从松林深处传来恋人们的声音。

他们也会说松涛。他们要松涛为爱情作证。

不管是男人还是女人，只要不合时宜地老在什么地方徘徊，总会在人的世界里引起别人的警觉。那两个人觉得自己打扰了他们，一股窥视的目光老在我的身上绕来绕去。我不得不回头用自己的目光堵着他们的目光，直到他们离开松林。

放在以往，这样的心情，我非得仰天长啸才能排解。

日子也不用退回太多，三五年就行。如今我对自己有了新的发现。我的胸膛开始变得像一只酿酒的坛子，世事放进越久，回味起来越醇。或者说像一棵松树，活到岁月最深时，方才悟得人生的各种滋味。一个人不是时常能与历史与现状的契合点遭遇。一旦这样的幸运降临，任何形式的欢呼与呐喊反而都有矫情之嫌。

在我准备在松涛里待到天黑时，那对恋人悄悄地转了回来。

这一次，他们一直走到离我不能再近的地方。被爱情燃烧着的女性总是如此美丽，那个女孩用满是柔情的语言说，她认识我，她在电视里面见过我，她从精巧的坤包里取出笔和纸要我签名。我用她的纸和笔写了一句与城市有关的话，并落了款。那句话的准确意思已经想不起来了，我只记得自己最后写的几个字是：题于东湖松树林。美丽的女孩实际上也不在乎我的题词与签名。她甚至没看清我写的是什么就匆匆地抬头，说她周围的女孩都喜欢我的小说，都在等着读我的新作。她眼里放射着一种比爱还要迷人的光泽，仿佛身后不存在另一个男人。男人被自己的女人逼得非说话不可。他说他只听说写诗的人喜欢自杀，写小说的人应该比诗人实在。他还说像我这种地位的人日子应该过得不错。听得出来，这话的弦外之音是怀疑我有轻生倾向。当我发现在女孩美丽的温情后面同样存在着与男友相同的揣测，心里立即冒出一种近乎恶毒的念头。我准备告诉他们，在这座城市里自己拥有不少物质上的优越。这些念头最终没有形成语言。我只说自己不喜欢吊死鬼的样子，如果死亡不可避免，我会选择一种可以保持住自己形象的方法。

这是我在这座城市里不多的几次幽默之一。其余时间，我总是认真地想用自己的举止与行为来影响城市。

所以我活得很累。

所以我需要每天早晚从居所里出来，到树林里走一走。

我没能在松林里待到天黑。这一点，在不经意间与乡村经历形成一致。

山里的树，一到晚上就变成了黑森林，就是在黑暗与光明面前生活得毫无区别的瞎子三福，也不敢去黑森林。那个美丽的女人不知是在对谁说：天好黑哟，走吧！我就跟着他们离开了湖畔松林。女孩说她要晓得我的住所在哪里，日后她在同事朋友面前炫耀时，可以用我窗口的灯光作证。我蓄意将他们领到院子里生长着几十棵高大乔木的住所外。在将自己的窗户指给他们看时，窗口有种鲜艳在冲着外面灿烂地绽放！身旁的女孩小声嘀咕起来，她看见那份灿烂是一束鲜花。男人当即附和，说的确是鲜花！并说如此美丽的窗口后面一定有个更加美丽的女人！我再次为他们的目光短浅感到深深遗憾。鲜花在我的窗口绽放，一定是因为我的妻子。我深爱吃着轮船运来的粮食，喝着水龙头里自来的水长大的妻子，她是我在上帝那里为自己定做的生命的另一半。一个夜夜都在梦见乡村的浪漫男人，一旦非常清醒地爱上一个为城市而生的女孩，同时也被那女孩所爱，他的人生就会变得完美丰富。虽然他们对我心爱的女人表现出了足够的尊敬，我还是要指出他们的欠缺。他们应该看得见我的窗外有一株高大的香樟，并且另有众多的稍小的一些的香樟紧紧烘托着我们的房子。

同松树一样，香樟属于原野。年轻的城市承受不起它们一不经意就活上数百载的福禄。香樟长在高楼下绝不是城市的骄傲，相反它应该是乡村的奇迹。也就是说城市不管往前走了多远，总也丢不下乡村给予的血脉。香樟生长在乡村时只是一道风景，在城市里则成了一种纪念。窗外的香樟已在泥土上与天空中生存二百年。万里长江每年夏天都要汇集七万个秒立方的流量，汹涌奔来武汉。在年复一年洪水的摧残下，这座千年名城能幸存多少二百年前的物什？洪水是个来去两匆匆的野物，它席卷了所有无根的东西，有根的大树责无旁贷地成了城市的中流砥柱。

那么多的树，那么大的树，竟被人熟视无睹。

然而，那些花枝，还没招展，就让人兴奋起来。

树木不是为花生长的，这是哲理之一。

花只是树木在不同季节里的不同表现。这是哲理之二。

城市是什么？城市是一个被男人宠爱着的少妇。它的骄横，它的媚哆，都是男人千姿百态地想象的后果。乡村是在生活的酸甜苦辣中从年轻一直泡到年迈的母亲。

香樟茂盛的样子极像穿着孕妇衣装的女子。红透的花儿像风中的松树树冠那样在窗口动情地摇晃着。那是康乃馨。是所有安心下来居家过日子的女子的最爱。从康乃馨身上感受到无拘无束的神韵，会令人记起原野间那些漫无边际地尽情开放的烂漫山花。一个人埋在地理中的情感越深，对地理的建筑就会越高。时至今日我还在后悔，如果自己再有一次可以用生命来置换的爱情，就应当带着深爱的女孩到荒郊野外，用一双曾经熟练地砍倒柴禾的手，当面从荆棘丛中采摘一捧她永远也叫不出名字的野花，再配以几枝松枝。让她抱着这样的花束，我再抱着她。我明白，这样的念头只是追忆似水年华，强调那一年我曾经选择了三支玫瑰，本来可以登顶高唱大风飞扬，到头来只是快乐地轻轻哼了一支夜曲。

文学史上曾有外省作家一说。这个词概括了从里尔以外的小城小镇来到巴黎的一群法国年轻作家，和从西伯利亚乘坐肮脏的火车来到莫斯科的一群俄罗斯年轻作家。来到城市的最初几年里，外省作家的感觉老在我心头萦绕。很多次外出后踏夜归来，走在熟识的街道上却浑然没有感觉。看不见松树，听不见松涛，街上的植物只不过是为了观赏，和一个人的人生几乎没有任何联系。城市的情感，城市的历史，完全游离于自己的感官之外。一个人在成年以后才开始面对城市，无异于在对自己实行地理上的恐怖主义。地理可以超越，情感也可以超越——那是一个人强拧着自己的脖子做成的。经历城市最初的日子里，新的地理让我注定没有亲情，没有记忆，没有默契。甚至当我孤独地走在高楼的缝隙里，被街头飘来的一串萨克斯音乐所感动时，都不知道原因。

简单的道理有时候反而不太让人明白。我的运气好，能有机会及时弄清一个真理：人是要回家的。

在理想和梦境的城市里，人也不得不面对乡村小路尽头的老家。

在家的面前，地理毫无意义。

二〇〇年五月，有机会去了一趟美国。行程的最后一天，我固执地跑到洛杉矶市外的大海里游泳。不少穿着泳裤的男人在临海的街头徜徉，任凭招摇过市，也没有人多看他们一眼。从海里起来后，我也懒得换泳裤，随随便便地往上身套了一件 T 恤衫。才走几步路，就有人对着我窥视。经人提醒后，才知道窥视者以为我的 T 恤衫下面再没有别的纺织品。地理上的城市，就像洛杉矶海滨上身着 T 恤衫就能遮挡下体的泳者，不明不白地，反而更能诱发各色的欲望。

在天下所有能对人产生诱惑的物质中，城市是最大的诱饵。

宣布拥有一座城市与一座城市是否肯拥有你绝对是两回事。了解这一点，对所有经历着城市和打算经历城市的人尤为重要。

日积月累中，关于城市的感觉在我心中终于有了意义。这一点我一直在感谢爱情，还有那些在非艺术的环境里遇上的亲爱的读者。

一九九八年夏天，为纪念自己遭遇空难一周年，我开始写一首关于圣洁、关于情爱、关于信仰的长诗《用胸膛行走的高原》。当我趴在写字台上忘情地写作时，百年来最大的一场暴雨正在头顶上倾泻。那场雨下了三天三夜。在写作长诗之前，我就应该去送儿子到老家县政府设在武汉的办事处，搭乘长途客车，回老家度暑假。长诗写就后，暴雨还在下着。我将那叠诗稿从头到尾大声朗读了一遍，叫上儿子，出门在街边拦住一辆都快成为船的出租车。我们在六渡桥附近的一条街上下了出租车，顶着雨，低头一蹿，竟先进了紧挨办事处的一家私人药店。因为身上沾着雨水的缘故，我将拎着的包随手放在药店的柜台上。雨太大，当天的生意一直没有开张，药店老板的心情不好，他吼着不许我在他的柜台上放东西。我用城市的方言说，马上就会将东西拿开。我的不太流利的城市方言让老板一下子红了眼，他扑过来，抓起我的包，扔进门外的雨水里。在我愣着不知发生什么时，老板继续吼叫着，用标准的城市方言，讥笑我还没在这个城市里玩熟。我默默地走进雨中，从水里捞起自己的包。回望年久失修的办事处，就像看见了自己的根底。

药店老板的轻蔑不是没有理由！我的确没将这座城市玩熟！那句话泄露的是城市最深的心机。城市在这一方面是不愿意拥有我的。

城市的这种秘密，就像瞎子三福怀里揣着的那张电车车票。

是城市就不在乎乡村。这场雨，它在一九九八年的夏天淹没了半个中国。城市四周，方圆几千平方公里的乡村一时间全成了泽国。一位在北京做记者的朋友赶来采访时，在出租车上问司机，如此岌岌可危的孤城，万一守不住了怎么办。司机平静地说，这么大的城市，国家是不会让它被水淹的，真有万一时，肯定会丢农村这个卒来保武汉这个车。我的朋友后来说起那位司机的心安理得时，愤慨地说了一句很难听的话。我劝他息怒，并问，有谁会在这种时候牺牲城市保护乡村呢？朋友顿时哑然无语。

我们都记得一九六〇年前后的大饥荒，在远离城市的乡村，种粮食的农民饿死了很多，种棉花的农民冻死了很多。然而，城市不仅完好无损，它还反过来用积攒起来的粮票和布票，救济出产粮食与棉花的乡村。

我不得不悲壮地认识到，在城市面前，乡村永远是一种宿命。

我经常得去取信件和开会的单位，正在解放公园路与建设大道交叉处。路口上一直有个电话亭。那个电话亭是我与尚在城市之外的儿子说话的地方。那天中午，阳光很灿烂。树荫下摆棋摊的人生意好得出奇。我挂断打给儿子的电话从电话亭里走出来，心里正空虚，一个中年男人大大方方地走到我面前，亲切地叫我一声：老弟！中年男人是安徽寿县人，说是到武汉寻找失踪的妻子和孩子，来了一个星期，带的钱都花光了，希望我能帮一把，给些钱让他吃一顿吃午饭。他还没说完我就意识到，自己又遇上了一种新的骗人把戏。不过我还是将他的话全部听完。在故事的最后，中年男人添上一句与故事无关的话。他说：我一眼就看出，你是这个城市里唯一肯帮我的人。我嘴里没有作声，内心却颇为惊讶。我默默地从钱包里找出一张五元纸币递过去。他接过纸币后，像是怕自己的把戏被拆穿，一句多余的话也没说便匆匆往马路那边走去。待站到有一条车水马龙的大道阻隔着的地方，他才回头用一种不舍的目光望着我。

这个城市里的乞讨者从来都是低三下四的，像他这样敢于将自己可能的施舍者叫老弟，并不完全是乞讨者的勇气与艺术。

我明白，在自己身上还有与城市格格不入的东西。这类东西不会因自己在城市里生存地位的高置，生活质量的良好而发生变化。就算是有一天，肉体化入泥土，它也依然存在。这东西不完全是情感，然而在日常人生中，我们只有用情感来形容它。

抛开情感、地理的常识会说，这个世界上没有与乡村毫无关系的城市。

然而，常识不全是真理。

在美国西部的戈壁上就有一座与乡村彻底断绝了联系的城市拉斯维加斯。那举世无双的灿烂夜空，除了用奇迹来形容，任何词语都不合适。拉斯维加斯是用人的欲望堆砌起来的：爱赌、贪色、奢侈、浮华，所以它能超越地理常识。天下又有哪座城市能摆脱这些超地理的东西？拉斯维加斯只是体现了城市的一种极致。每一个来到城市的人都说自己是来寻梦的。梦是拉斯维加斯们在夜空里万般绚丽的幻影。人将自己的所思所想堂皇地交付给梦，日常生活里的那些抱怨与指责，就没有了发言的权力。城市在收留许多梦的同时，也接纳了藏在后面的欲望。多数时候，人是无法拒绝荣华的。无论在怎样的生活里，荣华的基础都是建立在物质的优越之中，荣华体现着物质生活的质量。人所拒绝的荣华，只是那些东西已经享受够了。没有深刻地体验过荣华的人，是不可能拒绝荣华的，特别是那些号称清贫的人。坦率地说，我不仅需要一定数量的荣华，甚至还要求荣华必须具有质量，否则我就不会答应那个美丽女孩要看我的窗口的要求。甚至也就不会来到城市。荣华不用达到贪婪的地步就能改造一个人。就连我都开始不能适应乡下老家的起居生活，每一次风尘仆仆地回到老家，住上几天，就开始数着日子，到离开时，心情已经有些仓皇了。

在民间流传过这样的故事：从前人本是不死的，死的是蛇，人像蛇那样蜕皮。人在蜕皮时痛苦不堪，就想与那轻轻松松就死去的蛇作生存方式上的交换。主管天恩的那位，在人答复肯定不会后悔以后，安排了这项交换。不蜕皮的人很快就发现死亡已经临头，便毫不犹豫地后悔起来。所以说，人的本质是贪婪的，凡是没有得到的东西，人都想得到。为了能够得到，人会选择新的抛弃旧的。当新的东西到手后，人又会怀念旧的东西。从前，人是如此。今后，人仍将如此。

有人这样形容过自己：他是一个在路上徘徊的儿童，手里拿着一分钱，却忘了母亲要自己买什么，怎么想都记不起来，唯一可以肯定的是他要买的东西最多就值一分钱。城市是乡村为着自己的需要而建设的。最终得到满足的是居住在城市里的人。不过，乡村里的人看见了自己的愿望近在咫尺，心里也有别样的满足。

在所有对宇宙黑洞的解释中，最生动的一段文字是这样说的：你去过舞会吗？你看到过年轻的男孩穿插着黑色晚礼服而女孩穿着白衣裳在四周环绕着，他们手挽着手，然后灯光变暗的情景吗？你只能看见这些女孩。所以女孩是正常的恒星，而男孩是黑洞。你看不到这些男孩，更看不到黑洞。但是女孩的环绕使你坚信，有种力量维持她在轨道上运转。

这些文字用来形容城市与乡村也是合适的。

城市毫无疑问，是被男人宠爱着的女人。

人在城市里生活，难得到乡村去寻觅那纯粹的体会。如果城市的舞蹈越来越奔放，如果城市的笑容越来越妩媚，那就是说，乡村正在它的身边。没有乡村，独舞的城市就会成为倚门卖笑的那一类女子。

城市是欲望在地理上所能达到的顶点，乡村只是人的家园。

没有城市，人在想象发展时，会少了大部分动力。

没有乡村，人就要失去自身的安全。

与没有乡村经历的人相比，一个拥有过乡村的人，会比他们更加懂得如何去爱护城市。因为城市在城市人的心里首先是生活，其次才是梦想。拥有乡村的人思想正好相反：生活是第二位，梦想才是第一位的。这样的人会说：当我们在某一天听到松涛空前波澜壮阔时，并非是风力增加，而是松树林比从前茂密。

像诗一样疼痛

一个人无论走多远，乡土都是仍然要走下去的求索之路。

一个人学识再渊博，乡土都是每时每刻都要打开重新温习的传世经典。

一个人生命有长短，乡土都是其懿德的前世今生。

乡村的土地上，只要有一点点合适的气候，去年冬季里由白雪包裹着枯叶，阴云冷雨也来苦苦相逼的无奈，就会烟飞烟灭，变化万千地生长出郁郁葱葱的青翠。虽然这些早已颠扑不破地记在心里，一年年地从那仿佛枯黄无望的田野上，最早冒出来的不忍卒读的嫩芽，还是带来阵阵明明是欢呼，却从潜意识里抢先跻身出来的长吁短叹与大惊小怪。一株最细小的嫩芽，如果是野生的，自会有水光山色来照应，即使是在最脆弱的那几天，漫不经心的家畜野兽在上头轮番践踏之后，接踵而来的人也不会想起要为它们绕道而行。一只脚就像伸进自己鞋里那样，自然而然地一点不犹豫。一朵其貌不扬的小花，因为来得太早，顾不上将自己打扮得五彩缤纷，那普普通通的颜色，只是白色，不是洁白。洁白需要一种规模，譬如纷纷扬扬铺天盖地的雪。来得太早的细小花朵，孤零零地出生在低矮的荒草地里，那份洁来还洁去的心愿，轻易地就被压缩到本来就离开不远的田野深处。花因蜂蝶更美，太早开的花只有米粒大小，那些有着与人差不多秉性，不冬眠但会歇冬的蜂蝶，还是懒洋洋地没有做好与花共舞的准备。偶尔有赞美之词题给这些甚至连名字都没有的细小野花时，也不过是一种借题发挥，借物抒情，有时候根本就是找不到合适的武器攻击对手，而将这些既无欲又无辜的花儿搬到台面上来加以使用。所以，应该相信这样细小的野花是洁白的，同时，又必须确认，这样细小的野花从来没有真洁白过。春天轰轰烈烈地到来，梨的花，杏的花，一齐开放了，漫山遍野对洁白的形容突然喧嚣起来。不管是否有过提醒，不管是否有过辩解，对那些开得太早的细小野花，在话语面前患上失语症，在记忆深处弥漫失忆症都是一种无须质疑的理所当然。

被提起最多的花，在乡村会因时因地而异，其千差万别闻听起来实在有几分吊诡。在鄂西利川一个叫大水井的地方，完整地保存着一处明末清初建成的古老庄园。上百间屋子里，凡是木料制造物都黑了，当年的斧凿痕迹也彻底蜕变成岁月风霜的烙印。不变的只有一种东西，镂刻在窗户、门扇、屏风以及各种梁柱夹角处的花，是牡丹的仍旧是牡丹，是芍药的仍旧是芍药，雕刻在绣楼上的梅花，当年有多少枝，如今仍一枝不少。位于大水井的这所民居是一种久远，零碎的不难觅得，保存得如此完整实在是难得一见。乡村人文最动情的还是那些唱起来千回百转的民歌民谣。石榴花开一盏灯，情哥情姐表真心；石榴花开叶叶青，郎把真心换姐心；石榴花开红纠纠，生不丢来死不丢。石榴之外还唱，高山岭上一树槐，高山岭上一树桑，高山岭上一树茶等等，甚至还会唱，高山岭上一块田，郎半边来姐半边，郎半边来栽甘草，姐半边来栽黄连，苦的苦来甜的甜。石榴之外，乡村歌谣唱得最多的还有桂花。除非是有意损贬，这样的传唱是不会提起桃花的。与之相辅相成的是，乡村人家绝对不会在后门栽桃树，面若桃花和走桃花运，乡村中人也爱说。与天下人一样，这样的话，往往都用在别人家的女子身上。面对自己安身立命之所，后门外若有桃树，就会想到家中女子容易惹上风流劫。乡村人家也绝不会在前门栽桑树，桑音同丧音，是更大的不祥之兆。所以，雕刻的牡丹芍药，传唱的石榴桂花，其中深意，一半是炫耀，一半是禁忌，都算不是乡土之花。乡土的命定之花，是轰轰烈烈地引领春天来到田野上的油菜花。

一九八六年秋天，在大别山腹地的一座小镇，听一位饱经风霜的长者，朗诵一首诗，难以克制的泪水竟然在脸上肆意横流。多年之后，因为不断转述，导致一些莫名其妙的人写信来，说这首诗是他写的。我一直在克制着不理睬，不去放大内心深处的愤怒。二〇〇二年的夏天，荒谬又重新出现，一位男子不仅写信，还千方百计地打来电话，说这首诗是自己上小学时写的。我终于发现再不愤怒就会坏事，在一番厉声斥责之后，还狠狠地摔坏了家里的电话。曾经以来，总在说，自己不晓得这首诗的作者是谁。实际情况并非如此，写诗的女孩我没见过，是传诵此诗的长者让我从心里熟识她。写诗的女孩生长在鄂西山区一条美轮美奂的江边，她只活了短短的十八年，就在一场车祸中回归永生。也成了传诵者的我，在鄂东的浠水河畔第一次布道般说起她和她的诗时，在县文化馆看门的一位老人，失控地在街边放声大哭，泪水流得比所有人都多。最近一次公开传诵她们，是二〇〇四年三月底，应法国方面邀请去巴黎，参加法中文化年中国文学周活动。在一个关于乡村文学的讲座上，在新艳的时尚之都，陈年的乡土同样难以抵抗。站在讲台上，看得见一行行泪水，在异国的人们脸上清晰地流淌。演讲结束后，担任同声翻译的那位加拿大老人，一定要我将那首诗用汉语写下来，他要好好收藏。加拿大老人曾经为已故中国国家主席李先念当过同声翻译，在这首诗面前，他说，自己哽咽着几乎翻译不下去了。

前天，我放学回家
锅里有一碗油盐饭
昨天，我放学回家
锅里没有一碗油盐饭
今天，我放学回家
炒了一碗油盐饭
——放在妈妈的坟前！

一位老师从我这里听去这首诗后，忍不住往教室的黑板上写。写完第一句，班上有一半学生在笑。写完第二句，班上大部分学生都笑了起来。老师于是说，等我写完第三句后，你们要是不流眼泪，这堂课就算放假了。老师将第三句写出来后，教室里先是一阵沉默，随后响起一片抽泣声。

在不知《一碗油盐饭》的时候，看到油菜花，就能早早闻到那浓酽的菜油香。有了这首名叫《一碗油盐饭》的诗，油菜花一开，依然可以早早闻到浓酽的菜油香，同时，还能感到一种诗一样的痛苦。

在苦涩的乡土，乡村人一直过着清汤寡水的日子。年年这个季节，他们总要沐浴在铺天盖地的开花油菜里，用难得一见的快乐，传说附近一些花疯男女的故事。金黄黄的油菜花，让在太深太久的压抑中变得坚硬无比的幸福之梦重回温情脉脉的情境。特别是女子，这种时候的目光，男子只要与之对视片刻就会心旌摇动。被注视的女子内心柔情如水，思绪更比水长。有人在，女子看人如看油菜花。身边的人去远了，女子会从油菜花里看到一种苦尽甜来的日子。挂在油菜花上每一滴露珠，从来不会被她们看成是甘露。承载着乡土生活的深情厚谊，小小的天外之物会将油菜花瓣沾在女子的宽衣大裤上，宛如城里人假日郊游时佩戴的花冠，又似二月十四日捧在手中招摇过市的玫瑰。哪怕油菜花瓣密密麻麻沾在身上，被目光暧昧的男人说成是从油菜田里钻出来的花猪花狗，女子也不会用手指弹一下，任由它们慢慢地挥发了水分，这才轻飘飘地洒落一路。在她们的眼里，油菜花向来由三部分组成，一部分是花，一部分是菜，最重要的一部分是油。花的美丽无须啰唆，从田里间苗扯回来的油菜秧是青黄不接时一碗难得的炒菜。没有哪个持家的女子不喜欢这种不用油就能炒得油汪汪的嫩菜秧，她们更喜欢看全家人满意地嚼着油汪汪的嫩菜秧，仿佛是过年时，那一斤肉只切成十块的红烧肉。

乡村女子是全家人的盐罐、油罐、糖罐，这一点至今也没有变。她们都一律害怕听到男人不高兴地评说，菜里面没有一个油星子。脾气好的丈夫，说话时会小声嘟哝，脾气不好的丈夫，则会在桌上一拍筷子，说完这话后再也不开别的腔。多年之前，家在乡村的那一阵，邻居家的九岁女儿放学回来，见灶里还是冷的，就烧火炒了两碗油盐饭。放工回来迟了的母亲进门后，女儿笑盈盈地说锅里还有一碗油盐饭。母亲脸色一变，抬手就将女儿狠狠打了一顿。别的女人闻讯过来劝她说，自己的女儿都十二岁了，从来不晓得饿了自己做吃的，若是也能上灶炒饭，别说用菜油，就是用猪油，她也会半夜里做梦笑醒过来。说着话，做母亲的都哭了。少年时期的乡村，因为母亲破例炒了一碗油盐饭而欢欣鼓舞，又因为偷着给自己炒了一碗油盐饭而挨打挨骂的事情如星罗棋布。那位在诗的面前大哭不已的看门老人非常后悔，儿子在世时最爱吃油盐饭，他却当成儿子太好吃了。如今，老两口会时常炒上一碗油盐饭送到才二十二岁就长眠不起的儿子的坟前，然后抱头痛哭。

一九九三年，我参加一个名为“奔小康”的工作队，在大别山区最南端一处叫香炉山的地方待了几个月。印象最深的是那里的孩子，也喜欢大人们作为奖励或者宠爱而单独其自己炒一碗油盐饭。那些失去自理能力的老人，在抱怨下辈对自己照顾不周时，依然说，总闻到儿媳妇在灶上炒油盐饭，他们吃的却是锅巴粥。其实，老人们也曾这样过。那时候他们也很年轻，舍不得将家里分得的一斤几两菜油三下两下全洒在锅里，偶尔给孩子一点宠爱，就连粘在锅铲上的饭粒也舍不得舔一颗，都要用筷子刮到孩子的嘴里。等到老迈时，回想当年遗憾，心里的那份馋自然非常了得。可这时候，一口牙没剩下几颗，肠胃也消受不起坚硬的饭粒，老人们一边望洋兴叹，一边用对儿媳妇的抱怨来强调往日想念，潜在的因素是，他们不甘心如此老去，像油盐饭一样喷香的好日子太少了，越是临近生命终极，心中越是生出许多羁绊。

乡土生活的质量是用一碗油盐饭盛着的。站在灶前的女子，小心翼翼地用半勺子菜油流淌出历史的痛苦，并辉映现实沉重。

爱油菜花是有条件的。只有生长在田地里大片的油菜花，才会受到青睐。那些犯下播种错误，在野地里迎风招展的单个花枝，则形同杂草。有人弯一弯腰，将其连根拔起，顺手喂给家里的牛羊，旁边的人见了，决无看不下去的意思。在浪漫与诗意背后，乡土之花刚刚开放，就盼着凋谢。油菜花瓣在地上堆积半寸厚，反而是更高兴的根由。落花才能结籽，那饱含在菜籽里面的滴滴香油，才是所有喜爱的本质所在。

有花的乡土使人流连。因为这份流连，乡土上才有新艳之风薄薄吹过，一会儿轻浮上峰巅，一会儿消沉入谷底，及时之乐或逝者如斯全部因人因事，或同或异没有一世定论，不惊不诧，不冷不热，唯有乡土本身。在万物生香的季节里，一场场春雨浩浩荡荡来，缥缥缈缈去，花因时光短暂，哪怕溅入泥土了，也不想记得来去知多少。春天去了，轮到雨水如花瓣般一滴一滴地溅落，叶片却在悄悄地数着，记下这难以改变的大局，其意义仅在于来得及时的事件。一如一碗油盐饭，在席卷而来的苦水前，它不代表幸福的真实降临，取那理想与希望的角度去看，才能遥远地感到地平线上，有一叶白帆若隐若现。

乡土如泥土，无论怎样翻动，也还是春天栽种水稻，秋天播撒麦子，冬天指望有雪铺陈开来，给来年留下如哲理诗一样的墒情。重重叠叠地斑斓，深深浅浅的原色，看它们的目光更是浸泡在乡情中的种子，恨不得一年四季，无论春光明媚，还是腊月寒冬都能落地生根发芽开花。远山近水，薄雾浓云，天之下，水之上，森林旁，草丛中，乡土元素有大有小、有圆有扁、有轻有重、有明有暗、有臭有香、有苦有甜，有时候深山会显得比沙丘还低矮，有时候男人会显得比女人还柔软。过了残秋晚虫时节，来到桃红柳绿之天。激流所在处，有鲤鲫跳跃跌籽；枝条新嫩下，听得见细芽的嗤嗤嬉笑。

乡村日子是将细小的野花插在秀发之上，没有玫瑰，只有月季，还另外称作月月红。他们将芍药种在地里，努力地使各种肥料变成漂亮的零食，又哄又宠只求其像庄稼一样生长。至于牡丹，更是远远地摈弃给处在乡村边缘的城市。万一有女人头上别了一朵大得些夸张的名花，必定是艰苦劳动间歇时，大家存心想要的一种轻松娱乐。许多人会因此而起哄。在过去，他们会指着戴花的女人，说她是从城里来卖那个东西的婊子。如今，再也不会有人说这样的话，表面上是这种说法过时了，其实是另一种疼痛在心。

生在乡村，长在乡土，如花似玉的女子，不等完全成熟就成了城市的收获。用乡间方言来说，往日深山出俊鸟，那时候，政府机关年年都要来乡村招工，带走的都是美丽女子，本地人也乐意将他们最优秀的出产奉献给城市。二十世纪七十年代，在我成长的地方，人人都晓得以武汉为首的几座城市里的男人喜欢常来走动的理由，那些人几乎是明目张胆地声称，去英山县看美女！当我的青春开始在体内萌动时，曾经用日记表达过一种经过夸张的意思：随着好女子一批批离开，本地下一代或者下下一代将会出现人种退化。青春期的日记注定会充满文学性。那些想象的翅膀来不及高飞去远，虚妄的概念就如巨石坠地轰隆隆滚滚而来。一年一度的寒假和暑假一到，尚未发育好的女孩子，便像候鸟一样迫不及待地开始其人生迁徙。才十几年光景，乡村中的青春和美丽就消失殆尽。人种是否退化了可以别论，乡村风情真的是俨然换了人间。

玫瑰风流，牡丹华贵，哪怕只是口口相传，也能使生下来就让油菜花熏香的女子，轻易地成为他们的收成。将玫瑰和牡丹作了梦想的油菜花们，打电话回来，写信给家人，她们的生活被描述得越好，堆积在乡土的担忧就越多。打情骂俏之时，他们也只会用乡土女子几乎没有一点希望去做的女明星和模特儿来取乐。即使是这样，仍然找不回过去那种百分之百的快乐。他们要身边的女子也学母猫那样边走边扭屁股，那声音总会在极短时间里，经历从压抑到发泄，到更压抑的变化。只有少不省事的小女孩才会用油菜花装饰和打扮自己。小女孩还没有长出一副能够看透这类灿烂的慧眼。小女孩的小脚，尚不足以支撑其去到远方，赏析别的花朵。这就是命定，不等一个人有意识长成，就在随手之间做出选择。油菜花开在乡村的命运里，油菜花可以开出不计其数的花朵，而乡村的命运永远只有一种。

只要季节合适，这命运之花，就会在乡土的每一个角落里开放。

那一年乘飞机去西藏，在变矮了的高天上，俯瞰壮丽的高原，一样地到处都是油菜花开。这是乡村命运最灿烂的时刻，目光领着心情从高处流下来时是如此，当心情推着目光往高不可攀处爬行时更是如此。最典型的莫过于五月间行走在长江三峡，身在谷底，仰面朝天地向上看去，只为对着几乎就是绝壁处的小片小片的油菜花投以惊鸿一瞥。

用不着油菜花来证明，任何乡村都是名副其实的。唯有三峡是一个明显的例外，来来往往之人是否曾经这样想过，三峡过去是乡村，现在是乡村，在可以预见的未来仍然是乡村。谁也说不清古往今来有多少语不惊人誓不休者，给三峡冠以多少惊世骇俗的美誉之名。他们用诗词歌赋诵唱的许多，都无法成为本地的日常生活，也无法改变三峡是为乡村的本质。横亘在乡村三峡眼中的，是寡妇崖，是鬼门关，是白骨塔；是那些千方百计地栽种下去，唯有开花才能收获的油菜；是那些蜿蜒小路，棉线一样从断岭残峰上飘挂下来的垂垂叹息。群峰之上的神女、峡谷中的兵书宝剑、夔门里看日出等都是当地人的身外之物。为它们写诗作赋的也都是李白、杜甫、白居易、苏轼和李贺等匆匆过客。

用诗词歌赋堆砌的三峡是怪异的。就像明朝崇祯五年，巫县朝阳乡一带山间常于月夜，见到的兵马旌旗之状，并闻钲鼓喧哗之声；清顺治五年，巫山县城东草屋中梁，偶如虫蛀，粉末落地如铜钱，顷刻化为奇茎异叶，布地而生，广阔数尺；到了顺治九年，霜降节月夜，星光灿烂，忽见中天一物，蜿蜒如龙，头爪分明，金甲夺目，直透碧空；康熙元年，当阳山有白雾三团，从天而坠，化作两匹白马，后化羊数千，自东往西而去；康熙十六年，柳树坪、错开峡一带，天降血雨，大者如钱，凝于石上如红膏；康熙二十四年十月初七，空中有声如炮，野雉皆鸣；道光二十七年，四乡夜闻千军万马之声，县民称之为过阴兵；一九八三年二月，梨子坪林场山巅出现佛光；一九八五年秋末到初春，七里乡长兴村二组江家一株生长约五百年的梅麻树每晚发出吼声，方圆两里之内可闻。县志上记载的光怪陆离之事，很快就在本地人的生活中化作平常的故事，用来打发茶余饭后的乡村时光。

平常如一切乡村，才是三峡的真品质。

一滴水在一只干瘪的下巴上晶莹地闪烁着。

一位老人感觉到了它的分量，伸出虬痕斑驳的手，仿佛从沙砾中寻觅到一颗玛瑙，轻轻捋下水滴，小心翼翼地捧起来，送到自己的唇边。

关于水，这是我记得最为细致的细节。记得它的地方，是在新滩，那里曾经是三峡中最险要之所在。仿佛不甘心葛洲坝建成后对其雄性的消减，一九八五年六月十日凌晨的新滩，用命定中的全部力量，将半壁巫峡从吴淞高程八百米处推入江中，激起怒涛八十米高，一千五百六十九间房屋，也不及平时打水漂的一块瓦片，山崩地裂水拍云崖，还没来得及说声不好，就没有了。

当年的新滩谁也去不了，我去的新滩是后来的新滩。从“屈原一号”客轮上下来，跨过晃荡不已的跳板，小小的码头上还散布着当年大滑坡飞来的十几块巨石。穿过巨石群，才有一道人工开凿的石阶通往位于半山腰的小镇。

老人就坐在那石阶上。因为枯水，又因为老人的手过于苍老，那石阶，愈发显得太高。坐在石阶三分之二高处的老人，拿着一只不知用过多少次的旧矿泉水瓶，半瓶净水映照出一江浊浪，她却丝毫没有诗中形容饮马长江的样子，目光浑浊涌动的全是干枯燥渴。

去过多少次长江三峡，我已经记不太清了。主要是不愿意一一细想，总觉得只需记住那份天底下独一无二的大江大水就够了。一如我们每天睁开眼睛都要面对的许多日常世俗，有多少能长久留存于心里永世不忘哩！是否记得去过三峡的次数真的不重要。那些一辈子活在三峡里，从没有离开过的人，难道可以说他们只到过一次三峡吗？

所以，一个人除了永生与某个地域生死厮守外，在不得不有来有往的时候，重要的是对这一类与灵魂有约的事物刻骨铭心。

或者逆水行舟，或者顺流而下，这是一般人去三峡惯用的方式。最初的时候，我也是这样尝试的，那时候还没有《泰坦尼克》，无论豪华游轮还是普通客船，大家都习惯站在船舷两边。后来有了这部电影，浪漫的船头也难见到有情侣站上去。三峡是属于两岸的，乘船人心里都有一种伸长手臂，抚摸只有江涛才能临幸石壁的隐私，更想微微抬高自己的头，嘣一嘣开在轮船顶上的乳白春花，吻一吻与船舱若即若离的苍红秋叶。

我之所以弃舟楫而登陆，脚踏实地行走在陡峭的大江两岸，就在于见到了这位将自身挂在江边陡峭石岸上的老人，和那一滴挂在宛如礁石刻成的下巴上的净水。老人双肩上的背篓里装满了许多故事，有她自己的，也有别人的，还有与任何人都不相干，苦乐情殇都只属于眼际里唯一的长江和数不清的高山大岭。行走在破碎的山路上，总要遇见如此背在女人肩上的背篓。二〇〇一年春天，在长江最大的支流清江边的长阳县，参加中央电视台的一个送书下乡活动，一位小学女生送给我一只被编结成旅游纪念品的小小背篓。在伸手接过的那一刻，我的眼睛突然模糊了。能够放在巴掌上的纪念品精巧可人，完全不像几年前，在三峡一带行走，看到的一只只背篓，和那些背着背篓的女人。

大江浩荡！大岭浩荡！大船浩荡！一个人用尽游历的目光也只能看到三峡的雄奇瑰丽，只有懂得了背篓，才能懂得乡间磨砺亦即这山水般荡气回肠。在三峡大坝截断江流前所剩无几的年份里，这样的背篓给当地女人平添了更多忧伤。每每与她们不期而遇，看得见那一双双的眼神，其中复杂，宛如高山上绝不放过每一滴落雨的无底天坑。曾经在心里闪过这样的描写，背篓之于三峡中的女人，是秀日，是玉乳，是美臀，出门时双肩不负背篓的女人是不完整的。还进一步认为总也不离女人肩上的背篓，是如此山水之间芸芸众生得以繁衍的另一种生命寝宫。无论如何来看，在表面，一江两岸亘古不变的背篓仿佛是山里女人肌体的一部分。就像那位坐在石阶上的老人，人坐在第一级，背篓垫在第二级，同时靠着第三级。不管外来者如何察看，她自己分明是在享受着一份人生的惬意。

与空阔背篓相依相偎的老人，不错过一滴净水的老人，在江边，当然会有自己的追忆。她将过去的一切从山上背下来，又将一切的过去从江边背回去。无须多问，从一滴水里就能知晓，老人年轻时同所有女子一样，嫁到别人家，满三朝的那天早上，就得背上背篓，从高高的山上下来背一桶江水回家，如此多日，直到练就了一滴不漏的功夫，才算得上是婆婆的媳妇，丈夫的女人。那时候的新娘子才敢在丈夫面前笑一笑，再放心大胆地在丈夫怀里做一回真正的女人。

只有走在破碎的山路上，才晓得紧邻长江的油菜花为何开得如此惊心动魄。在地理上被称为喀斯特地貌的这些大山，太害怕干旱了。半个月不见雨水落下来，大大小小的天坑就会比人还焦渴，张开大嘴拼命地吮吸着有可能变成水滴的每一丝潮气。女人们则纷纷背上背篓，出家门一步一步地沿着陡峭山崖下到江底，将一只木桶灌满水后放回背篓，然后又一步一步地爬向突然变得远在云端的家中。

有一天，一位女人背着因为水而变得格外沉重的背篓走到一处山崖下，忽然听到头顶上有一群家畜在吼叫。女人晓得那些畜生闻到了水的气味了，不敢再往上爬。等了许久，畜生们不但不肯离开，最渴的那头牛等不及，竟然奋蹄闯下山崖，摔死在女人面前。天要黑了，女人不得不哭泣着往这必经之路上爬，她明白接下来会是何种局面。女人刚刚露头，家畜们就冲上来将她扑倒，背篓里的江水一滴不剩地泼在岩石上。牛们、羊们和猪们，拼命地将自己的长嘴巴贴上去，吸啊，舔啊，舌头磨破了，岩石上变得血红一片，也不见它们有片刻歇息。

又有一天，一位刚刚出嫁的女子，从那高高的山上急匆匆下来了。见到江水，女子忙不迭地将焦黄的脸洗成让男人见了心爱心疼的嫩红，又用梳子蘸着江水将蓬乱的头发打理得一丝不苟。将全家的饥渴背在肩上的女子，从早上下山，天近黄昏时才到家门，她一高兴，忍不住叫了起来。她没说我回来了，一连三声都是说，水回来了！那一刻，她放松了警觉，也是因为太累，不太高的门槛突然升起来许多，脚下一绊，一路没有泼过一滴的水顿时没了，泼在地上，青烟一冒，转眼间就只有门前青石板的低凹处还有一点水的残骸。看着一家老小趴在青石板上舔那积水的样子，女子一声不吭地拿上一根绳子，将自己吊死在屋后的树林里。

本地人说这些事情时，目光一直盯着江南岸的高山大岭。想到从那些自然的皱折中找到散居的人家，唯一线索是炊烟。

后来的一个五月天，我独自一人再次来到这一带时，连接江水与陆地的石阶上仍然有背着背篓的老少女人在攀行，我没有找到那颗挂在老人下巴上的水滴，却看到了更多如水一般的汗珠密布在女人的前额上。不时地，女人伸手抹下一把，重重地摔在石阶上。一阵叭叭水响传来，那是江涛上涨时拍拍打打的声音。临近黄昏，我走向无人的水湾，与眼前早早黑下来的大山一道泡在冰凉的江水中，感觉中那些高不可攀的去处变得更加遥不可及。相对于一座山，无论从何种角度去接近，所能抵达的只能是她的背影。一滴水也是如此，无论怎样地想象她有多苦、有多深和有多宽阔，到头来所能记下的唯有那一点点的背影。

在各种生命面前江水已经是大得无法再大了。

那是春天所属的一个普通日子，种种背景都在衬托着一个从乡村到城市，又从城市流窜到乡村的男人的矫情。春天深得不能再深，江水却不满足，一刻不停地上涨，仿佛普通的人性，即使无法触摸那些高高在上的灿烂黄花，也要踮起脚来狠狠看上几眼。江水中其实一直不缺少油菜花。在这样的季节里，只要有河流，乡村之花就会像城市里流行的选美那样，众里寻她千百度，百里挑一、千里挑一、万里挑一地将一些同伴抛入流水。在天下的黄颜色中，油菜花是最娇嫩的一种。流水无骨也比它坚硬，一群花瓣的漂泊不会超过十里，每到尽头就会有新的飘零和坠落。

在流水落花之间，分不清谁是生动，谁是沧桑。

我那赤裸肉体在水湾中不断地遭遇这样的花朵。如果是在我生活过的熟悉乡村，那些小小的水面轻易就会被各种原因抛掷的油菜花瓣所统治，喜欢洗浴的牛和猪下去了，再起来时皮毛之上的变化，会让人将它们戏称为畜生也发花疯。季节特有的色泽哪怕只有一片嫩黄，也能让孤独的乡村换上一派清静舒心的广阔背景。用不着登高振臂，那沁透心脾的美艳与清香就成了呼唤，沉沉地响彻寂寞田野失语乡村。带着那古老的孤傲，带着那沧桑的清高，一如流水入江的样子，到哪里也丢弃不下的习性，与其说是冥顽，不如说除此一切乡村再也没有别的归属了。

流水五月，落花五月，这些天作之合的日子！

乡村是如此广袤，容得下金木水火土万物万灵，再久远的历史，也只能藏在毫不起眼的角落里成为某种碎片。

同样的乡村，又是如此小气，几乎留不住任何一种丢失了才觉得珍贵的东西，永远只记得住今日今时，永远只会为一日三餐劳顿奔波。一如狭窄的河床，到头来只有一天天逝者如斯。

生命才刚刚开始，生活才初步进入，生存才略尝滋味，看上去一切都是生机勃发，春意盎然。蓦然间，却终老了。一如黄昏落暮月朗星稀时，闻听竹笛横吹二胡拉唱。从风中来，往风中去，还没见到灯火阑珊处，乡村之声就消失了。鸡鸣狗吠，羊咩牛嗥，乡村中不变的节奏与律动，甚至影响到江上过往的大小轮船，短则如狗吠，长则似牛嗥，汽笛声声莫不是一一在对应家畜们的叫唤。

乡村中任何新生都在命定中属于古老，不是他或它们响不起岁月的声音，似这样耳熟能详的东西，何必还要喧嚣哗众。只有一种声音与众不同，因为它是最古老的，因为它在肩负着同样古老的责任。那一天的山光月色让人再也看不清油菜花时，我爬出水湾，独自走向那家以江水为邻的小旅馆。当我察觉夜空中有了哭声，那位将自己深埋在漆黑之夜里的女子，其实已这样做了很久。这一夜，我做了几个梦，也从梦中醒来过几次，那女子的哭泣一直没有间断，悠悠绵绵直到天亮。一台拖拉机高分贝地驶过，仿佛将哭泣声也载走，再也听不见了。离开这小镇时，我不是有意寻找，是心情使然，双眼沿着小街打量每一个忙碌或者闲适的女子。当然，我找不到心里想找到的。作为乡情，哭泣是沟通古今虚实，化解爱恨悲欢的小路。要走的是乡间人，不走的也是乡间人。像我这样的外来者，只是心到情却没有到，偶尔碰上这类小路，也是枉然。

女人的乡村，女人的三峡，任何一个理由都足以使其忧伤终身。一桶水是顾不上油菜开不开花的，那样的水只能用做勉强滋润不使心花变成枯草。辖治新滩的秭归县在县志中记载了太多干旱。仅仅从民国初期起到一九八五年止就有：一九一九、一九二八、一九三四、一九三五、一九三六、一九四一、一九四二、一九四六、一九五一、一九五三、一九五七、一九五九、一九六〇、一九六一、一九六二、一九六三、一九六六、一九六八、一九七一、一九七二、一九七九、一九八一等年份。这仅仅是干旱，还有暴雨洪涝的一九三一、一九三五、一九三六、一九四三、一九四八、一九五〇、一九五四、一九五八、一九六二、一九六三、一九七五、一九八〇、一九八一、一九八二、一九八四等年份。其余风灾、雹灾共二十一个年份，虫害两个年份，虫害和兽害同时发生的有一个年份。此外，因地质原因无力抗拒的岩崩与滑坡，还有一九二三、一九二四、一九三一、一九三五、一九五八、一九六四、九七七、一九八〇、一九八一、一九八二和前面已提及的一九八五等年份。在老天爷的喜怒哀乐中蹁跹起舞的乡村，女人的眼泪何尝不是一种永远也无法染上颜色的血脉。

被水阻断又随水奔腾的乡村三峡，刀削斧砍的两岸上，隔不了多远就有一条灰白小路出现，有时候在阔叶阴森的山沟里，有时候在怪石嶙峋的山脊上。每次进三峡，我都要尽可能将这样的小路一寸一寸仔细地看在眼里。谁都有理由相信，在小路蜿蜒的源头，必定是由田园和房舍组合的小小村落。细细看它们想它们，是因为不明白小路为何突然消失在三峡的水线上。在听过四季惊涛的三峡也会干旱的故事后，我以为那样的小路是为女子们准备的背水专线。那天早上，我放弃了对夜来哭泣的寻找，跟在一群背背篓的当地人后面，上了一艘混装轮船。后来见到当地朋友，说起来，朋友大惊失色，说这类船年年都有几艘出事的，除了当地农民，别的人从不敢搭乘。任凭江上大风不间断吹过，朋友郑重劝阻我不要再搭乘的轮船船舱里照旧弥漫着浓浓的家畜气味，加上各种各样劣质的香烟和自制烟丝的气味，顿使时光倒退，不由得想起高尔基在伏尔加河上、马克·吐温在密西西比河上的情景。破旧的混装轮船本来就行驶得不大流畅，突然间又减速了，轮船在狭窄的航道上猛一扭头的样子，简直就是机器出故障时的紧急处置。我盯着船上的当地人看，他们却不当回事，熟人们继续在一起用听起来有些夸张的方言高声说笑，没有熟人或者是有熟人却不想说话的，则继续在那里呆呆地不知出什么神，还有干脆打着瞌睡的人也不少。

混装轮船一个劲往水线靠近，多数时候总是空空如也的小路上出现一个女人的身影。她不紧不慢地走着，刚好在船停稳之际来到水边，不等跳板完全搭好，便歪歪扭扭地上得船来。下一次，不远不近地望见小路中间蹲着一个雕塑般的人，不晓得轮船上面的水手们是如何观察的，反正从头到尾我都没有发现那人有过何种表示，混装轮船就改变航向驶过去。看着那人借助一种专门的架子将一头肥猪背上船来。我终于明白，一条水线将细微的乡村三峡一分为二，一部分是私人小路，另一部分是私人码头。难道它们不像往日在田野皆为集体财产之外，那种另行分割给私人的小块自留地吗？我以为这样称呼是合适的！一天之内能有三五个人使用它们就很了不起，这样的数量正是当下一个正常家庭人口数量。

私人小路牵出许多大山背后的岁月。只要这山还在，这水还在，这小路还将继续牵扯，而不管其是否还有力量，还有激情。山路越细小越崎岖越是深深地插入乡村腹地，它像一条脐带，载着这座大山上，包括最没有用的狗尾巴草在内的所有植物、包括最被看重的五岁黄牛在内的所有生物、再加上各种各样的无机物和有机物，到达今生今世只能看到最微弱希望彼岸的码头。私人小路举重若轻，私人码头举轻若重。前者之重是生命不能承受之重，后者之轻是生命不能承受之轻。

在一九九五年之前，我也许会将这种连脚印都留不下来的小路称之为迷你小路，也有可能将这种连块石头标志都没有的码头称之为迷你码头。那一年的秋天，我躲在有水无山的武汉西郊写了一部名叫《迷你王八》的中篇小说。《上海文学》杂志在一九九六第一期上发表之际，时任主编的周介人先生在电话中同我商谈，将其改名为《分享艰难》，并且预言，在以后的多年里，“分享艰难”一词必将会成为一种公共话语，因为它会触动这个社会里最敏感的那条神经。在内心里我一直没有放弃先前的喜欢，觉得如此小说题名会平添一份有趣。我当然也明白，无论是举重若轻还是举轻若重，对艰难的分享与否，对于人性和人的品格来说，真的是高下立见。后来的种种事实，印证了周先生的先见之明。已经十几年了，人文领域每年都会冒出新的论争，“分享艰难”的问题一直处在挣不脱的旋涡中心。在大部分人那里，这场论争已经超越文学艺术本身，变成了以“为谁分享艰难”作为分水岭的政治红线。

人在思维中天马行空，是人类不断进步与进化的重要因素。随着时光推移，某些人的思想会显出高山仰止的境界。在人们普遍不能适应时世的艰难，仍然将自己限制在认为改革只能给这个世界带来没有穷尽的幸福的情结之中，“分享艰难”恰如一声断喝，惊醒许多黄粱枕上人。是愤懑？是迷惘？是撒娇？是非种种全是别人的思想经历。身为资深小说书写者，那时候我的心正在像诗一样痛苦。

那一年的情人节，南方的一家青年报，用一个整版的篇幅，刊登了一位浪漫痴情的男子向恋人求婚的广告。就在同一天，北京的一家青年报上，却有这样一篇报道，云南乡村的一位妻子，拿着家里仅有的两角钱，去往山下的镇上，买盐等日常生活必需品。离家之后的路上，妻子始终将钱紧紧地攥在手心里，奇怪的是那钱竟然还是丢了。妻子在崎岖山路上苦苦寻觅始终不见踪影，天黑之后不得不回家，并打算第二天再来寻找。为人妻的女人预感到将有灾祸降临，却没想到灾祸是如此严重。盛怒之下的丈夫，突然失去理智，拿起一把刀，活活将妻子的两只手指剁下来，以示惩戒。

我并没有亲自读到这两份报纸。这些事例是从同城诗人刘益善那里听来的。北京那家青年报的同一个版上，还有一篇消息也是说云南的：一位老奶奶拿着一分钱，在供销社里求售货员卖给她一两盐。旁边的一位干部于心不忍，买了半斤盐送给她。老奶奶翻身倒地，非要磕头谢恩。即使一分钱，那也是老人仅有的。

诗人讲述这些时，泪水打湿了双眼。到最后他才反问我，南方的那家青年报上所登求婚广告的花费是多少？我不想猜，只管愣愣地盯着，直到他回答说：五万元。我几乎是责问，你为什么不写成诗？这种诗是天赐的，想找也找不到的呀！诗人的回答让人加倍痛苦。他说，如今谁愿意发表这样的诗？就算勉强发表出来，谁看呢？

后来有机会去过一次云南。还没到达，半空中的飞机让人就感受到高原山区强气流给人的震撼。下飞机后的当天晚上，就见到了那位姓复姓的省委书记。他给我们讲在云南行路之难，他曾经去过一个乡，下了吉普车，再走三天才到达。我放弃了在那种场合复述一分钱、两角钱和五万元钱故事的想法。这位下决心要将全省的乡镇走遍的省委书记没有实践自己的诺言，不久之后，他就被调离了。私下里听一些人说，堂堂省委书记，每个周末都要开着吉普车往县里跑，事先也不打招呼，给全省干部造成很大压力。云南之地与长江三峡异曲同工，山水多如锦绣。我去时不是油菜花开的季节，唯有不靠阳光雨露滋润的山间小路，在袒露着条条艰难苦辛的生活脐带。其实，天下乡村哪里不是如此？如果不是亲历，只是带着一副审美的眼光四处行走，别说另类的“云南十八怪”让人兴趣盎然，就是宁夏西海固，也能看成是非常有特质的油画与雕塑。

作为自然，乡村像诗一样美丽。

作为人生，乡村像诗一样痛苦。

那一次，四季如春的昆明在我们习惯上称作深秋的日子突然落了一场大雪，据说是多年罕见。头一天还是风和日丽，一点预兆也没有，便洋洋洒洒地将满街玫瑰压得白一边、红一边、明一半、暗一半。云南的雪，本质上如此，昆明街头对玉龙雪山的学样，俨然是天赐诗章。那时，我没有见过北极圈雪景。如今，这样的雪景我也没有见识过。意识里我还是情不自禁地觉得这里的雪，只达到雪的意义一半。用纯粹的立场分析，我喜欢诗胜过日日夜夜为之守望的小说。云南的雪，我们的诗，在意境上是何其相似！雪的美不胜收正如诗的美不胜收，登高一傲，影响伫望纷纷。雪有雪线，诗有诗经。雪线以下只有非雪，诗经以外，却不一定全是非诗。

几年之后的二〇〇三年十月十六日，离北极圈很近的哈尔滨，这一天也还没有落雪。虽然大家都晓得落雪的日子就在眼前，却对另一场正在降临的诗的大雪浑然不觉。一般落雪，在人们眼里再平常不过。就像春天里油菜不开花，就像大山上找不到小路，就像俊俏的乡村女子不往城里去，就像留下来走不了的女子不会在夜里嘤嘤地哭泣不止，最北边的哈尔滨若是十月底十一月初还不落雪，那才是咄咄怪事。这一天，一位乡村母亲像往常一样，一大早就起来，到城里去卖大葱，一不小心竟被那辆能够以“6666”作为车牌的宝马车撞死了！留下如花一样的女儿，泣不成声地问父亲：天堂里也有宝马车吗？我妈在天堂还能卖大葱吗？

你是不是如同我的母亲
为了糊口
每天起得很早，睡得很晚
泥土一样颜色的脸上
落满了愁纹和风霜？

你是不是如同我的母亲
只体验过拖拉机的颠簸
从未想过宝马车的舒适
用大脚量完了一座城市
却舍不得坐一次公交车？

你是不是如同我的母亲
数着零散的角币
替我计算着下一年的学费

一阵寒风就能把她吹个趔趄
却仍然在义无反顾地走？

你是不是如同我的母亲
最喜欢儿女灯前的闲话
放下一天的操劳
享受一个短暂的温馨
明天继续为生计奔波？

然而现在
那车大葱永远卖不出去了
柔弱的生命怎能抗得过宝马的铁躯？
你悲惨地躺到地上
草芥一样的烟消云散

你的生命正如我的母亲
你的尊严正如我的母亲
你的苦难正如我的母亲
你的死亡让我想到了母亲！

那件不遮体的单薄的棉衣
抵得住另一个世界的黑暗和寒冷吗？
在这个真实得如同坚冰一般的人世里
我只能长歌当哭

为全天下受苦受难的母亲
为了你！
祈祷天堂里没有宝马
不需要早起卖大葱。

我是在互联网上了解到这事件的，而我亦相信，这些在互联网上如大雪一样铺天盖地的网友们的诗，才是这事件最深刻的真相。

《黑龙江志稿》卷十四、物产志一章中，对大葱的释文如下：葱，海兰路旧贡海葱。白露种，次年五月食者，名“小葱”。五月份之小葱复栽之，七、八月份食，为“大葱”。大葱迟至次年开冻发芽者，为“杨芥葱”。叶绿，根白，子黑与韭菜籽相类，性平味辛。干葱则大葱也。一名“芤”，一名“菜伯”，又名“和事草”。

大葱一样四季皆能生长的乡村，与野草一样保留着少许辛辣的乡村。无法入诗是一种痛苦，入得诗中后，一个一个地痛，一点一点地苦，反而成了从哈尔滨源起的大雪，一阵一阵更加弥漫开来。

大葱在四季轮回中做了乡村重重皱眉，春风一度的油菜花便是乡村的难得笑容。乡村的一生，见不到童年、少年和青年，一切尚在初始，就已经是终老。偶尔有花开鲜艳如霞，偶尔有裙袂随情歌飘扬，也不过是生殖季节的鲫鲤那般，跌几次鱼子，随即就归于苍茫。乡村灵魂再执拗，也改不了幽暗阴沉的垂垂老者风范。乡村的一生就是眼睁睁看着荒野田园，从越来越为自己苟安的世界中怆然去远。愿意和不愿意都是无效的！人所体察的诗情，需要乡村真实地扮演芳草萋萋、孤烟空寂、愁云薄如天等夕阳西下时，不能太痛，却少不得深深的惋惜之情境。夏之苍翠，秋之苍黄，冬之苍白，春之苍茫，乡村终其一生，究竟在等待什么？究竟等到了什么？一辈子只能待在老家的乡村，用女人滴滴凄凉的泪水煎熬自己的内心，每每炼成峻峭深沉的诗句，便放在冰冷的历史长河里，凝成一种命中注定的咏叹。乡村用自身唯一拥有的方式，面对始终处在阴影中的继往开来，默默无语地书写着这些永远的遗憾。

诗不是乡村，但是乡村一定是诗。

乡村疼痛时不会是诗，但是诗一定会是一种乡村疼痛。

谁还记得乡村与我们曾经有着相伴相生的天命，而且这种天命就是世界的本质？

乡村的孤独是那样绝对，让事事都能一分为二的哲学彻底失语。

乡村的生命小路充满生存泥泞，进入不难，离去后的抛却更是连举手之劳都不需要就能办到。山水无形，固有的从来是惆怅，轻柔温软一撒，就将一季的辛劳化作了长梦，等不及对面垸里的灯火熄灭，早早就将思绪困锁在夜的深处。荷塘幽香，高悬在上的却不是玉洁冰清，乡村女子的私语早已潜入污泥纵深，昔日露珠一样的诗，除去变成不堪重负的生产资料，余下的还不够促成冬季里冰封的刺痛。

常常地，一个人在乡村行走，心里感觉不到自身。能够持之以恒地面对旷阔苍茫的乡村，只有乡村本身。乡村的欲望太大了，大到根本无法行动，如同要找一架上到天堂的梯子，且不说天堂孰真孰假，要做那样的梯子，就得栽种一棵比天还要高出两寸的大树，否则就搭不上去。一如当下普遍的借贷，那些有本事从银行弄来几个亿的人，从没想过要彻底还清债务。太大的东西如一座山，人在山上住着，还会想方设法过好日子。相反，那些小户农家，借得几百上千元信用款，到期不还，或是牛马，或是房舍，就保不住了。所以，小小的东西是石头，走到哪，背到哪。离开乡村，多数人不得不变成石头，所以才能追随欲望越来越远，直到将乡村抛在尘土飞扬的起源。

乡村的天空渐渐暗淡，乡村的季风反复无常，总是如耳光响亮一样的诗曰：东风恶、欢情薄、春如旧、人空瘦，桃花落，闲池阁，世情薄，人情恶，晓风干，泪痕残，人成个，今非昨——此种千古绝唱，响遍断肠之声幽幽，在那重重烟云背后的陆游与唐琬，如何不是当下的乡村与诗！

是谁让我们再也难以与乡村执手，是诗吗？

这样诘问，很明显是对诗的不公正。

一九九五年春天，在义乌开往杭州的区间火车上，坐对面的是那位以毕生教授诗歌而声名远播的北京大学中文系教授。三天前与其相逢时，我就想找机会同他聊聊那首《一碗油盐饭》。在我心情沉重但又诗情激昂地背诵之后，教授不仅没有表一个标点符号的态，连哼哼都没有发半声，便将目光移向车窗。那时，杭州到义乌一线还没有开始经济起飞，弥漫在硬座车厢的乡村气味，不可避免地闯入我们所在的软座车厢。在强烈的人畜混合体臭刺激下，明知诗坛上的事，大多是由眼前这位教授说了算，我仍然坚持说，《一碗油盐饭》若是进不了诗歌史，那简直是天理不容。这话一半是解嘲，一半是解恨。由此引申开来，我们没有理由责备诗，也没有必要刁难诗人。真有症结，那也是由于当时下的诗意发生社会性位移。在这样的位移之后，诗意还可靠吗？

那叫大浪淘沙的，不就是一场大水过后，泥土和细沙全被冲走了，河床中能够留下来的起码也是砾石的经典描述！若要经得起千千万万的洪流，则只有那些如小山般的巨石了！谁也休想让我放弃内心的坚持！我的眼睛明白地看见，无论是流经城市的江河，还是只在乡村泛滥的溪流，用干涸之后的故道来推测之前的汪洋与滋润，是毫无信用可言的。或许一个时期的历史本身就是一种诗意。然而，我们的眼睛也没有白白地浪费滋润它的营养，只因为不会说话，才没有大声呐喊，凭着那唯一的特质，让一汪汪泪水映照出历史的种种谬误与荒唐。历史真相只存留在欲望之外，真的诗意同样只能缘起于欲望之外。在物质的欲望恶性膨胀时代，那种萌发在虚拟世界中的诗意反而是真实和真诚的。

乡村不是诗意之经典。田园牧歌不是乡村之经典。

在李白的黄金时代，还有杜甫之草堂诗意。

处在日常情况下，对已经收获颇丰者而言，诗意与物质无关。回到紧随其后的许许多多的人中间，要实现这样一个求之不得的欲望，哪怕与别人打死架，哪怕别人说是认贼作父，也要用诗意来表达对好不容易据为己有的物质的由衷赞美。

如此就可以解释，在乡村被毫不留情地抛弃于脑后，人们还要在精神上蒙受前所未有的痛苦，顺藤摸瓜寻找过去，其根源正是诗意迷失。

当你老了，头发白了，暮思昏沉
偎着炉火打盹，请取下这部诗歌
回想你过去眼神的温柔，慢慢读
慢慢读，回想那昔日浓重的阴影
多少人爱你青春欢畅的时辰
爱慕你的美丽，假意或者真心
只有一个人爱着你朝圣者的灵魂
还有那衰老的脸上痛苦的皱纹
垂下头来，在红光闪耀的炉火旁
凄凄地轻轻诉说爱情消逝
在头顶的山上，缓缓地缓缓地踱步
在一群星星中，隐藏着脸庞！

在已经找不回诗意的当下，还没老的我，心甘情愿地希望被当成老男人，方便与不会年轻，也不善于年轻的乡村，做一个心怀诗意的伙伴，就像写上面这首诗的爱尔兰诗人叶芝那样，将“叹世事无常，人生常恨水长东”的英雄气短；将“回首来时萧瑟处，也无风雨也无晴”的浪荡潇洒；将“日日花前常病酒，镜里不辞朱颜瘦”的悱恻缠绵统统化为一往情深。

诗会放大乡土的悲欢离合。

没有诗的乡土更好，索性在沉默中潜行。

没有诗也就少了一样疼痛，即使有人在痛，也不会传染开来，还有可能在平静中接受现实，而不去一次次轻弹男儿之泪。